W0407393

Le Livre de Poche Jeunesse

ENCLAVE

Ann Aguirre

Ann Aguirre a fait des études de littérature. Avant de devenir écrivain professionnel, elle a été clown, greffière, comédienne de doublage. Elle a grandi dans une maison jaune, plantée au milieu d'un champ de maïs, et vit aujourd'hui à Mexico avec son mari, ses enfants et des animaux de compagnie. Elle aime les livres, la musique et les films d'action, et écrit aussi bien pour les adultes que pour les adolescents.

ann aguirre

ENCLAVE

Traduit de l'anglais (États-Unis)
par Charlotte Faraday.

L'édition originale de cet ouvrage a paru chez Feiwel and Friends,
an imprint of Macmillan,
sous le titre :
Enclave

Traduit de l'anglais (États-Unis) par Charlotte Faraday.

« Le Garçon du jour et la fille de la nuit » :
extraits de *Contes du jour et de la nuit* de George MacDonald,
dans la traduction de Pierre Leyris parue chez Bordas en 1980.

Couverture © Karolina Kumorek
© Tommy Kelly/Trevillon Images
Conception graphique : Frédérique Deviller

À Andres, pour toujours.
Bien que le chemin ait été jonché d'épines,
tu as toujours été là pour me tenir la main,
et pour me rattraper chaque fois que je trébuchais.

PREMIÈRE PARTIE

EN DESSOUS

*DANS LA TOMBE SANS FENÊTRES DE SA MÈRE AVEUGLE,
AU CŒUR DE LA NUIT, SOUS LES FAIBLES RAYONS
D'UNE LAMPE AU GLOBE D'ALBÂTRE, UNE PETITE FILLE
SURGIT DANS LA PÉNOMBRE EN GÉMISSANT.*

George MacDonald,
Le Garçon du jour et la fille de la nuit

TRÈFLE

Je suis née durant le second holocauste. Avant, l'espérance de vie était plus longue. Enfin, c'est ce qu'on nous racontait, mais je n'y croyais pas : dans mon monde, personne n'atteignait les quarante ans.

Dans l'enclave où je vivais, l'homme le plus âgé avait vingt-cinq ans. Il avait le visage flétri, et ses doigts tremblaient au moindre petit effort. Les gens murmuraient qu'on ferait mieux de le tuer. Que cela abrégerait ses souffrances. En fait, ces gens-là refusaient de voir leur propre futur reflété sur sa peau.

Ce jour-là, c'était mon anniversaire. Un an de plus. Comme chaque année, l'événement faisait monter ma peur d'un cran. Et, cette fois-ci, c'était pire encore…

— Prête ? me demanda Twist.

Il m'attendait, debout dans l'obscurité.

Twist était petit et frêle, et la rudesse de la vie lui avait creusé des rigoles sur le visage. Il avait l'air bien plus âgé qu'il ne l'était vraiment et portait déjà ses cicatrices, car il avait deux ans de plus que moi. S'il avait survécu au rituel, j'y survivrais moi aussi.

J'étudiai mes avant-bras pâles, encore intacts. Il était temps pour moi de devenir une femme.

///

Les tunnels étaient larges, et leurs sols recouverts de barres de métal. On y avait trouvé d'immenses conteneurs, couchés sur leurs flancs comme des créatures sans vie. Les vestiges de moyens de transport, sûrement. Parfois, ils nous servaient d'abris : lorsque l'un des nôtres était attaqué, un simple mur suffisait à le sauver des griffes de nos ennemis affamés.

Moi, je n'étais jamais sortie de l'enclave. Ce monde d'ombres et de fumée, c'était mon univers, le seul que je connaissais. Les murs étaient faits de blocs rectangulaires qui avaient dû connaître la couleur, mais ils étaient devenus gris avec le temps. Çà et là, des babioles récupérées dans les tunnels jetaient des touches de lumière.

Je suivis Twist à travers le labyrinthe et mon regard se promena sur des objets familiers. Mon préféré : l'image d'une fillette sur un nuage blanc. J'ignorais ce qu'elle tenait dans les mains, cette partie s'étant effacée au fil des ans. Mais deux mots rouge vif m'émerveillaient depuis toujours : « DIVIN JAMBON ». Vu l'expression de la fille, cela avait l'air plutôt bon !

Les jours de baptême, l'enclave accueillait ceux qui avaient vécu assez longtemps pour recevoir un nom. Et maintenant, ils étaient là pour moi. Les Aînés nous attendaient près du feu. Notre enclave était petite, et je connaissais tous ces visages baignés par la lumière tamisée.

Nous perdions tellement d'enfants en bas âge que tous les mômes étaient appelés « Garçon » ou « Fille », et on y apposait un numéro. Aujourd'hui, je recevrais un vrai nom. Du coup, j'avais non seulement peur de souffrir, mais aussi de me retrouver affublée d'un nom affreux qui me suivrait jusqu'à la mort.

Pitié, faites que je tombe sur un joli nom !

Le plus âgé d'entre nous, qui s'appelait Chrome, marcha jusqu'au centre du cercle. Les flammes teintaient sa peau de nuances terrifiantes. D'une main, il me fit signe d'avancer.

— Que chacun apporte son offrande, déclara-t-il.

Les Chasseurs s'approchèrent, leurs cadeaux dans les mains, et les empilèrent à mes pieds. Une montagne d'objets intrigants grandissait à vue d'œil. Je n'avais aucune idée de leur utilité… *De quoi décorer, peut-être ?* Les gens de l'ancien monde semblaient obsédés par les objets dont le seul but était d'être jolis. Pas d'être utiles. Moi, je ne pouvais concevoir une chose pareille.

Quand ils eurent fini, Chrome se tourna vers moi.

— Il est temps, me dit-il.

Le silence se fit. À travers les tunnels nous parvenaient des échos de gémissements. Quelque part, non loin d'ici, quelqu'un souffrait. Quelqu'un qui n'était pas assez âgé pour assister à mon baptême. Nous allions peut-être perdre un habitant de plus avant même la fin de la cérémonie. Les maladies et la fièvre étaient dévastatrices, et notre guérisseur nous faisait plus de mal que de bien. Enfin, c'était mon avis. J'avais appris à ne pas remettre en cause ses pratiques car, ici-bas, la liberté de penser n'était pas la bienvenue. *Les règles assurent notre survie*, avait l'habitude de nous répéter Chrome. *Si vous n'êtes pas d'accord, vous êtes libres d'aller tenter votre chance Au-Dessus.* J'ignorais si l'Aîné avait toujours été cruel ou si l'âge y était pour quelque chose. Et, maintenant, le voilà qui se tenait devant moi, prêt à me prendre mon sang…

Je n'avais jamais vu le rituel de mes propres yeux, mais je savais à quoi m'attendre. Je tendis les bras. Le rasoir étincelait à la lumière du feu. C'était un de nos biens les plus précieux, et l'Aîné le maintenait propre et aiguisé. Il grava trois entailles sur mon bras gauche. La douleur était intense mais je ne le montrai pas, refusant de faire honte à l'enclave en éclatant en sanglots. Puis il lacéra mon bras droit avant que je n'aie le réflexe de le retirer. Je serrai les dents tandis que le sang chaud dégoulinait le long de mes bras. Mais je le savais : les incisions ne mettraient pas ma vie en danger, elles étaient purement symboliques.

— Ferme les yeux, me dit-il.

Il se pencha, étala les offrandes devant moi, puis saisit ma main avec ses doigts fins et glacés. Mon sang allait éclabousser un objet, voilà comment on choisirait mon nom. Les yeux clos, j'entendais les autres respirer, immobiles et respectueux. Un mouvement, puis un bruissement près de moi…

— Tu peux ouvrir les yeux. Sois la bienvenue, Chasseuse. Désormais, tu seras appelée Trèfle.

L'Aîné tenait une carte à jouer. Elle était déchirée, tachée et jaunie par le temps. Le dos était couvert de jolis motifs rouges, et sur la face étaient dessinés la forme du trèfle ainsi que le chiffre deux. Mon sang l'avait élue et, désormais, je devrais la garder sur moi en permanence.

Quelle sensation étrange… Jamais plus on ne m'appellerait Fille15 ! J'allais mettre du temps à me faire à mon nouveau nom.

La cérémonie était terminée. L'enclave se vida et quelques personnes me félicitèrent avant de reprendre leur travail. Il était temps de retourner à la chasse et au ravitaillement.

— Tu as été très courageuse, me félicita Twist. Maintenant, occupons-nous de tes bras.

Je savais ce qui suivait, c'était le moment le plus difficile. Heureusement, le public ne restait pas pour cette étape : mon courage m'avait désertée. Lorsque Twist posa le fer rougi sur ma peau, je ne retins plus mes larmes. La douleur était insupportable, mais je savais que c'était un mal pour un bien. Nous ne laissions pas les coupures guérir naturellement. Sinon, elles ne cicatrisaient pas correctement, et on risquait une sérieuse infection. Nous avions perdu trop de mômes de la sorte : certains refusaient l'épreuve des flammes et mouraient suite aux complications. C'est pourquoi Twist ne se laissait plus attendrir par nos larmes, et j'étais soulagée qu'il ignore les miennes.

Les six cicatrices prouveraient que j'étais assez robuste pour mériter le titre de Chasseuse. Les autres habitants en recevaient moins. Les Ouvriers avaient trois cicatrices et les Géniteurs, une seule. Le nombre de marques sur nos bras avait toujours identifié notre rôle au sein de la communauté.

Je m'appelle Trèfle.

Des larmes dévalaient mes joues tandis que Twist cautérisait ma peau. Les unes après les autres, les cicatrices apparurent, témoins de ma force, gages de ma capacité à surmonter les horreurs que je rencontrerais dans les tunnels. J'étais enfin prête. J'avais passé ma vie à m'entraîner, et je savais manier aussi bien le couteau que la massue. Le moindre morceau de nourriture me rappelait que ce serait un jour à mon tour de nourrir les mômes.

Ce jour était arrivé. Fille15 était morte.

Longue vie à Trèfle.

///

Après la cérémonie, mes amis avaient organisé une fête en mon honneur. Œillet et Sable m'attendaient dans la zone commune. Proches depuis toujours, nos personnalités et nos aptitudes physiques nous avaient pourtant fait prendre des chemins différents. Moi, j'étais la plus jeune des trois. Depuis qu'ils avaient reçu leurs noms, ils prenaient un malin plaisir à m'appeler « Quinze ».

De petite taille, Œillet était un brin plus âgée que moi. C'était une Ouvrière. Elle aurait préféré être Génitrice, mais un léger handicap le lui interdisait : elle avait une jambe un peu plus courte que l'autre. C'était un défaut de naissance, et cela la faisait boiter. Elle avait les cheveux noirs, les yeux marron et le menton pointu. Devant son regard écarquillé et son air naïf, les autres doutaient souvent ouvertement de sa maturité. C'était le meilleur moyen pour la mettre en rogne.

Œillet avait souvent les doigts crasseux, et la saleté se répandait sur ses vêtements et son visage. Il lui arrivait souvent de laisser une traînée noire sur sa joue lorsqu'elle se grattait. Mais c'était une fille sensible, alors je ne la taquinais plus sur ce sujet.

Parce qu'il était beau et costaud mais pas particulièrement intelligent, Sable, lui, était devenu Géniteur. Pour accéder à ce poste, il fallait avoir des qualités intéressantes à transmettre à ses descendants. D'après Chrome, Sable avait du potentiel. Il suffisait de l'accoupler à une femelle intelligente, et il engendrerait une progéniture vigoureuse. Les Aînés surveillaient les naissances avec attention et ne gardaient pas les plus faibles. Il y avait un quota de mômes dont nous étions capables de nous occuper, et nous ne devions surtout pas le dépasser. D'ailleurs, Œillet avait eu de la chance : les Aînés l'avaient gardée malgré son problème de jambe. C'est pourquoi elle travaillait deux fois plus que les autres. Pour leur prouver qu'ils n'avaient pas fait une erreur…

Œillet se précipita sur moi pour examiner mes avant-bras.

— Tu as eu mal ? me demanda-t-elle.

— Très mal, répondis-je. Deux fois plus que toi.

Puis, à Sable :

— Et *six* fois plus que toi.

Sable disait avoir le travail le plus facile de l'enclave. C'était peut-être vrai, mais je n'aurais jamais souhaité porter ce fardeau. Assurer la survie de notre peuple jusqu'à la prochaine génération ? Très peu pour moi. En plus, non seulement il concevait les mômes, mais il en était aussi responsable... Et les mômes étaient fragiles. Trop fragiles. Cette année-là, Sable avait engendré un mâle, et je ne savais pas comment il surmontait la peur de le perdre. J'en aurais été parfaitement incapable. Moi, je me souvenais à peine de ma Génitrice. Elle était morte à dix-huit ans, plus jeune que la norme, d'une maladie qui avait ravagé l'enclave.

Certains habitants pensaient qu'être Géniteur était le métier le plus important qui soit. Mais cette vie-là n'était pas pour moi. Ce que j'avais toujours voulu, c'était devenir Chasseuse. Je savais à peine marcher que je regardais déjà les Chasseurs s'engouffrer dans les tunnels. Et je serais comme eux, moi aussi. C'était mon destin.

— Je suis beau, ce n'est pas ma faute, dit Sable en souriant à pleines dents.

— Arrêtez, tous les deux ! nous interrompit Œillet.

Elle sortit un cadeau emballé dans un tissu délavé.

— Tiens, me dit-elle.

Je ne m'y attendais pas. Je pris le paquet en fronçant les sourcils, le soupesai puis le déballai.

— Tu m'as fabriqué de nouveaux poignards ! m'exclamai-je. Ils sont *superbes* !

C'était vrai. Seul un Ouvrier était capable de réaliser un ouvrage aussi subtil ! Et elle les avait coulés rien que pour moi. J'imaginais les heures interminables qu'elle avait passées au-dessus de la forge, à marteler, polir, aiguiser... Quel travail ! Ils scintillaient à la lueur des flambeaux. Je m'empressai de les essayer et leur trouvai un équilibre parfait. Pour la remercier, j'exécutai une combinaison de pas : Œillet adorait me voir en pleine action. Surpris, Sable fit un bond, de peur que je le frappe par accident. Quel idiot ! Un Chasseur ne commettait jamais d'erreur. Il ne touchait jamais quelque chose qu'il n'avait pas visé.

— Je voulais que tu aies les meilleures armes, dehors, m'expliqua-t-elle.

— Moi aussi, renchérit Sable.

Il ne s'était pas embêté à emballer la massue, elle était bien trop grande. Elle n'avait pas les qualités d'une arme d'Ouvrier, mais Sable était un bon sculpteur et il avait choisi un morceau de bois très solide. Je soupçonnai Œillet de l'avoir aidé à fabriquer les pièces de métal accrochées aux deux bouts. Par contre, les créatures fantastiques gravées dans le bois étaient de lui, sans aucun doute. Il avait appliqué une sorte de teinture sur les sculptures pour les mettre en valeur. Ces décorations allaient rendre plus laborieux le nettoyage de l'arme, mais Sable était un Géniteur, et il ne fallait pas s'attendre à ce qu'il pense au côté pratique des choses. En tout cas, la massue était aussi belle que solide, et je me sentirais plus en sécurité avec elle sur le dos.

— Elle est merveilleuse, lui dis-je, souriant avec gratitude.

Ils me prirent tour à tour dans leurs bras, puis sortirent une trouvaille que nous avions réservée pour le jour de mon baptême. Œillet avait acheté cette boîte voilà bien longtemps, en prévision de l'événement. Le récipient était déjà, à lui tout seul, un régal pour nos yeux : ses couleurs rouge et blanc étaient bien plus lumineuses que celles de la plupart des objets que l'on trouvait ici-bas. Nous ignorions ce qui se cachait à l'intérieur. À l'ouverture, une odeur délicieuse s'échappa de la boîte. Je n'avais jamais rien senti de pareil, c'était frais et doux. L'arôme seul faisait de mon baptême un moment unique. À l'intérieur, une poussière rose... Hésitante, je l'effleurai du bout du doigt.

— Ça doit servir à sentir bon, suggérai-je.

— Est-ce que ça se met sur les habits ? demanda Sable.

Œillet réfléchit.

— Seulement pour les grandes occasions, conclut-elle. Il n'y a rien d'autre dedans ?

Je remuai la poudre jusqu'à atteindre le fond.

— Si ! m'exclamai-je.

Remplie de joie, je m'empressai d'en extraire un épais carré de papier. Il était blanc avec des lettres dorées, mais elles avaient des formes bizarres, et je ne parvins pas à les lire. Certaines lettres avaient l'air normal, d'autres non. Elles se nouaient, retombaient et formaient des boucles qui me laissèrent confuse.

— Remets-le dedans, dit Œillet. C'est peut-être important.

C'était bel et bien important : ce papier était un des seuls documents complets que nous ayons jamais vu.

— On devrait l'apporter au Gardien des mots, ajoutai-je.

Cette boîte nous appartenait, pas de doute là-dessus. Nous l'avions achetée nous-mêmes. Mais si elle abritait une information importante pour l'enclave et que nous la gardions pour nous… Là, nous risquions d'avoir de sérieux ennuis. Les ennuis menaient à l'exil, et l'exil à des choses abominables. Je replaçai le papier et fermai la boîte. Notre découverte avait ses conséquences, et maintenant que nous en avions conscience, l'ambiance devint plus grave. La contrebande était un délit grave, et aucun de nous ne souhaitait en être accusé…

— Allons-y maintenant, proposa Sable. Après, il faut que je retourne m'occuper des mômes.

— Donne-moi deux minutes.

Je partis en courant à la recherche de Twist. Sans surprise, je le trouvai dans les cuisines. On ne m'avait toujours pas attribué mon espace privé et, maintenant que j'étais baptisée, j'avais droit à une chambre à moi. Enfin ! Finis les dortoirs.

— Qu'est-ce que tu veux ? me demanda-t-il sèchement.

J'aurais dû m'en douter. Sa façon de me parler n'allait pas changer du jour au lendemain. Aux yeux de certains, je resterais une môme pendant encore quelques années.

— J'aimerais savoir où est ma chambre.

Twist soupira, mais il me guida quand même dans le labyrinthe bondé, à travers les couches de cloison et les abris improvisés. Ma chambre était encadrée par deux autres et ne faisait qu'un mètre de largeur. Le principal, c'était que ce mètre m'appartenait.

La pièce était cloisonnée par trois murs en vieux métal brut, et un morceau de tissu effiloché donnait l'illusion d'intimité. C'était à peu près la même chose pour tout le monde. La seule différence reposait sur les babioles que les gens possédaient. Moi, j'avais un faible pour les choses qui brillent. Je troquais toujours mes affaires contre des objets qui scintillaient à la lumière.

— C'est tout ? demanda-t-il.

Il repartit vers la cuisine sans attendre ma réponse. Je respirai un grand coup et ouvris le rideau. Devant moi, une palette et un cageot. C'était peu, mais suffisant. Et puis, personne n'aurait le droit d'entrer ici sans y avoir été invité. J'avais enfin gagné ma place !

Je souris en rangeant mes nouvelles armes. Ici, personne n'y toucherait. Et mieux valait ne pas rendre visite au Gardien des mots armée jusqu'aux dents, il aurait pu le prendre comme un affront. Tout comme Chrome, il devenait de plus en plus étrange avec l'âge. C'est pourquoi la perspective d'un interrogatoire ne me rassurait guère.

LE PROCÈS

Le Gardien des mots plongea sa main dans la boîte. À vingt-deux ans, il avait les cheveux fins et tellement clairs qu'ils avaient l'air blancs. Il était grand et rachitique, et fronçait tout le temps les sourcils, comme s'il était inquiet en permanence.

Il sortit la carte en la maniant délicatement. La poussière rose glissait entre ses doigts.

— Depuis combien de temps possédez-vous cet objet ? nous demanda-t-il froidement.

— On l'a acheté ensemble il y a quelques mois, répondit Sable. Mais on le gardait pour le baptême de Quinz… euh… Trèfle.

— Et vous ne saviez pas ce qu'il y avait dans la boîte ?

— Non, monsieur, confirmai-je. On vient juste de l'ouvrir.

— Souhaitez-vous prêter serment ?

Comme à son habitude, Œillet se faisait discrète. Mais elle osa prendre la parole :

— Oui, monsieur. On vous jure qu'on ne savait pas ce qu'il y avait dedans.

Cuivre, la cuisinière, nous servit de témoin, puis le Gardien des mots rangea le document en grommelant.

— Sortez d'ici, ordonna-t-il. Je vous tiendrai au courant de ma décision.

Ensuite, j'invitai mes amis dans ma chambre. Machinalement, on s'affala sur la palette. Sable au milieu, ses bras autour de nous. Comme au dortoir, quand nous étions mômes. Je posai la tête sur son épaule, goûtant sa chaleur familière. Je n'aurais jamais laissé quiconque me toucher de la sorte mais, avec lui, c'était différent. Nous étions comme frère et sœur.

J'observai Œillet, blottie contre lui, le visage radieux. Elle aurait vraiment fait une bonne Génitrice... Hélas pour elle, les imperfections, même insignifiantes, ne devaient pas se transmettre aux générations futures.

— Ça va aller, affirma Sable. Ils ne vont pas nous punir pour un crime qu'on n'a pas commis.

Il avait raison. Les Aînés agissaient pour notre bien, ils allaient analyser la situation et reconnaître notre innocence. Nous leur avions apporté le papier immédiatement après l'avoir trouvé. Il ne nous arriverait rien.

Sable jouait avec mes cheveux sans s'en rendre compte. Pour lui, c'était naturel. Les Géniteurs avaient le droit de se toucher et de se prendre dans les bras. Les Ouvriers et les Chasseurs, eux, devaient rester vigilants. Aucun contact, aucune caresse.

— Bon, il faut que j'y aille, dit Sable avec regret.

— Pour faire d'autres mômes ? demanda Œillet, instantanément agacée.

La pauvre… Contrairement à moi, elle n'aurait jamais ce qu'elle voulait. Elle ne deviendrait jamais Génitrice. Moi, j'étais enfin Chasseuse.

Sable prit la question avec légèreté :

— Si tu veux vraiment savoir…

— Laisse tomber, l'interrompis-je.

Œillet était clairement contrariée.

— Il est temps que j'y aille, moi aussi. Tu es contente de ta journée, Trèfle ?

— Oui, tout était merveilleux. Enfin, sauf l'interrogatoire !

Ils me laissèrent seule dans ma chambre, et je m'avachis sur ma palette, le sourire aux lèvres. Mon rêve de devenir Chasseuse s'était enfin réalisé.

///

Un visage maigre et anguleux, les cheveux ébouriffés, des yeux noirs comme le charbon… Et des cicatrices, beaucoup de cicatrices. Autant dire que mon premier aperçu de Del ne m'avait pas inspiré confiance. Son physique témoignait de la violence des batailles auxquelles il avait survécu. La vie était rude ici-bas, mais il avait connu bien pire encore.

Contrairement à la plupart d'entre nous, Del n'était pas né dans l'enclave. Les Aînés l'avaient trouvé dans les tunnels. À l'époque, c'était un petit garçon chétif, affamé et sauvage. Il ne portait pas de numéro, il ne savait pas quel âge il avait et, surtout, il n'avait pas la moindre idée de comment se comporter. Malgré cela, il avait été accueilli par la communauté.

— Survivre seul dans les tunnels est une marque de force, avait proclamé Chrome. Il sera d'une grande utilité à l'enclave.

— S'il ne nous tue pas tous avant, avait murmuré Cuivre.

À vingt-quatre ans, Cuivre était l'habitante la plus âgée après Chrome. Elle était la seule à oser le contredire. Nous, nous avions appris à nous taire. J'avais déjà vu des gens se faire exiler pour moins que ça.

C'est pourquoi nous ne pouvions qu'être d'accord avec Chrome lorsqu'il décréta que le nouvel arrivant resterait. Pour faciliter son intégration, Del dut étudier notre mode de vie : il maîtrisait déjà l'art du combat, mais il ne savait pas vivre en collectivité. Nos lois le perturbaient. Il passa donc de longues heures avec le Gardien des mots. Ensuite, les Aînés estimèrent son âge, et fixèrent une date pour lui donner son nom.

Je ne pus assister ni à sa formation, ni à son baptême : à l'époque, je travaillais nuit et jour pour devenir Chasseuse. On était tous formés par les vétérans. Moi, c'était avec Soie que je m'entraînais.

Puis je me mis à croiser Del régulièrement. Je ne lui adressais jamais la parole, car les mômes et les Chasseurs ne se mélangeaient pas en dehors des leçons. Notre rencontre officielle ne devait avoir lieu qu'après mon propre baptême… Et ce jour-là était arrivé. Twist m'escorta dans sa classe. Del était avec un groupe de mômes auquel il enseignait les bases du combat au couteau. C'était la fin de la leçon.

— C'est tout, leur dit-il.

Les mômes se dispersèrent en ronchonnant. Cela me rappela mes premiers entraînements. Le stress, la fatigue, les courbatures… En tout cas, les efforts de l'époque avaient payé : j'avais des muscles d'acier ! Il me tardait de mettre mon corps à l'épreuve dans les tunnels.

Twist s'adressa à Del :

— Je te présente ta nouvelle coéquipière. Soie l'a classée première de son groupe.

— Vraiment ? demanda Del.

Je détectai une touche d'ironie dans sa voix, et me forçai à affronter son regard noir. *Allez, un peu de cran*. Il m'intimidait, mais je devais garder la tête haute.

— Oui. J'ai fait un sans-faute en lancer, répliquai-je.

— Tu es chétive, affirma-t-il avec mépris.

— Les apparences sont souvent trompeuses.

— Tu t'appelles comment ?

Un instant d'hésitation. Fille15 ? Non, plus maintenant… Je touchai la carte enfouie dans ma poche, mon talisman.

— Trèfle, répondis-je. Je m'appelle Trèfle.

— Je vous laisse papoter, nous interrompit Twist. J'ai d'autres chats à fouetter.

Twist avait toujours quelque chose à faire. Sa petite taille et sa fragilité l'empêchaient de chasser, c'est pourquoi il était devenu l'assistant de Chrome. Il faisait ses commissions et gérait les tâches administratives. Je ne l'avais jamais vu inactif, même la nuit ! Je le saluai d'une main, et il disparut derrière la cloison de métal dentelé.

— Je m'appelle Del.

— Je sais. Tout le monde le sait.

— Parce que je ne suis pas des vôtres ?

— C'est toi qui le dis, pas moi.

Silence. Il ne voulait pas parler ? Tant pis pour lui ! Je ravalai ma curiosité et n'insistai pas. Je n'allais pas faire comme les autres, qui voulaient tous entendre l'histoire du « Môme des tunnels ». Une seule chose m'intéressait chez Del : il allait être mon coéquipier.

Il changea de sujet :

— Soie désigne au jour le jour les Chasseurs qui sont de patrouille. On rejoint le roulement demain. J'espère que tu es aussi douée qu'elle le prétend.

— Et ton ancien coéquipier ?

— Il n'était pas aussi doué qu'elle le prétendait, répondit-il en souriant.

J'étais prête à affronter les tunnels, je le savais. Lui, non. Il fallait que je le lui prouve. Sans réfléchir, je le défiai :

— Tu veux vérifier ?

Les mômes étaient tous partis. Del prit position au centre de la pièce, l'air faussement blasé.

— Montre-moi ce dont tu es capable.

Sa tactique était bonne, mais je n'étais pas idiote. En me désignant attaquante, il m'empêchait d'évaluer son style. En plus, je ne l'avais jamais vu s'entraîner. J'observais beaucoup les Chasseurs, mais Del passait peu de temps avec eux en dehors des patrouilles. Je serrai les poings. Un sourire s'esquissa dans ses yeux, mais il était déjà focalisé sur le combat.

Il frappa rapidement. Un coup du poing gauche, puis un du droit. Je bloquai le premier, pas le second. Heureusement, il n'y avait pas mis toute sa force… Le choc me fit quand même vaciller. Je profitai de ce nouvel angle pour plonger un poing dans ses côtes. Ça, il ne s'y attendait pas !

Notre duel attira des spectateurs, mais j'essayai de les ignorer. *Reste concentrée.* Je visai sa jambe, et il esquiva d'un bond de côté. Je perdis l'équilibre. Il saisit l'occasion. J'eus à peine le temps de reculer qu'il m'avait déjà plaquée au sol ! Je tentai de rouler sur le côté pour échapper à son blocage… Impossible. Malgré mon regard furieux, il me garda sous son emprise jusqu'à ce que je tape au sol les coups qui me déclaraient vaincue.

— Pas mal, se moqua-t-il. Tu as tenu une minute.

Il tendit une main pour m'aider à me relever et je l'acceptai, malgré la douleur qui parcourait mes bras. Il ne fallait pas que je lui montre mes faiblesses.

— Un coup de chance, marmonnai-je, c'est tout ! Je prendrai ma revanche.

Il partit sans dire un mot.

///

Ce soir-là, j'aiguisai mes couteaux. Je vérifiai mon équipement. Deux fois. Trois fois. J'étais bien préparée et bien entraînée, je le savais, mais j'eus quand même du mal à m'endormir. Allongée, j'écoutai les bruits aux alentours. Un môme pleurait, et deux personnes s'accouplaient. Les gémissements du premier se mêlaient aux soupirs des seconds et…

Twist me réveilla d'un coup de pied dans les côtes.

— Debout ! cria-t-il. Va manger ! Tu es de patrouille dans quelques minutes… Et ne compte pas sur moi pour te réveiller tous les matins.

Ma première patrouille ! J'étais surprise d'avoir réussi à fermer l'œil. Je me levai avec hâte, lissai mes cheveux avec une goutte d'huile et les attachai en queue-de-cheval. Puis je m'équipai : la massue nouée sur le dos et les couteaux dans mes fourreaux de cuisse. J'avais fabriqué mon attirail moi-même. D'après Chrome, cela nous forçait à en prendre soin. Il avait peut-être raison.

Je fonçai en cuisine, où Cuivre faisait rôtir quelque chose sur une broche. La graisse grésillait en dégoulinant sur le feu, et la fumée me piqua les yeux. Elle me découpa un gros morceau de viande. Je me brûlai les doigts en l'attrapant, et l'engloutis en quelques secondes. J'étais si fière de prendre mon petit déjeuner avant le reste des habitants ! Le premier service était exclusivement réservé aux Chasseurs et, désormais, j'en faisais partie.

J'observai mes confrères en train de dévorer leurs portions. Tous semblaient courageux et déterminés, pas anxieux du tout. Puis mon regard s'attarda sur mon partenaire. Del mangeait seul, dans un coin, et les autres ne lui adressaient pas la parole. Manifestement, on le traitait toujours comme un paria…

À la fin du repas, Soie monta sur une table :

— Bonjour à tous. Un groupe de Monstres a été repéré près de l'enclave. *Trop* près. Ils s'enhardissent, alors tuez tous ceux que vous croiserez !

Des Monstres… J'en frissonnai. D'apparence humaine, ils avaient les dents tranchantes comme des lames de rasoir, la peau en décomposition et des griffes acérées. Ils mangeaient les morts mais aussi la viande fraîche, quand ils arrivaient à mettre la main dessus. Notre boulot ? Faire en sorte que cela n'arrive pas. J'avais appris qu'on pouvait les détecter à leur odeur, qu'ils empestaient la vieille charogne. Mais la puanteur permanente des tunnels compliquait la tâche.

Soie brandit un gros sac en tissu.

— Votre mission de la journée : remplir ce sac avec de la viande. Tout sauf du Monstre. À part ça, je me fiche de ce que vous mettrez dedans. Bonne chasse !

Tandis que les autres quittaient la cuisine pour rejoindre les tunnels, je me frayai un chemin à travers le groupe pour retrouver Del. Il était aussi intimidant que la veille. Il avait beaucoup plus d'expérience que moi, alors que nous avions quasiment le même âge… Cela m'impressionnait. Ses armes reluisaient : c'était bon signe. Je voulais un coéquipier sur qui je pouvais compter ! Mais il fallait que je reste méfiante. Après tout, il avait perdu son dernier collègue. De quelle manière ? Il me l'expliquerait peut-être un jour.

— C'est parti, dit-il.

Je le suivis jusqu'à une galerie annexe, pour sortir de l'enclave par le blocus est. Les barricades avaient été construites à des endroits stratégiques, mais elles s'étaient effondrées avec le passage des années. C'est pourquoi il fallait escalader les décombres pour passer de l'autre côté. Pas très pratique… En grimpant, je m'écorchai les genoux et les mains. Il était temps qu'une équipe d'Ouvriers vienne réparer cela.

J'étais enfin dehors ! Hors de l'enclave, pour la première fois de ma vie. Par contre, je n'y voyais rien du tout. L'obscurité totale.

— On chasse… dans le noir ? balbutiai-je.

— Les Monstres sont attirés par la lumière, expliqua Del. C'est pour préserver l'effet de surprise.

Personne ne m'avait prévenue ! Une peur primale me glaça le sang. Par réflexe, je vérifiai mes armes, comme si parler des Monstres allait les faire surgir du brouillard. Je détachai ma massue avec facilité et mes couteaux se retrouvèrent dans mes mains en un geste.

J'avançai à tâtons. Au fur et à mesure, mes autres sens se développaient. Je m'étais déjà entraînée à l'aveugle, mais sans savoir que cette maîtrise allait m'être indispensable dans les tunnels. J'étais bien contente d'entendre les pas de Del : moi, je discernais des ombres, rien de plus. Je compris mieux pourquoi les Chasseurs mouraient souvent pendant les patrouilles.

En avance sur moi, Del ramassait la viande là où les pièges avaient fonctionné. Il n'essayait même pas de me rassurer, il se contentait de me laisser le suivre dans l'obscurité et le silence. Peu importe, je n'avais pas peur. Du moins, c'est ce que je me répétais en boucle.

Juste après avoir tourné vers la gauche, j'entendis des bruits, au loin. Des cliquetis humides qui faisaient écho dans le tunnel. Aucune idée de leur distance. Le sol devint plus rude sous mes pieds, je sentais des bouts de métal brisés et des fragments de pierre. Et Del se dirigeait *vers* le danger… Je le suivis. C'était mon boulot.

Nous étions arrivés à un carrefour où quatre tunnels se rejoignaient. Le plafond s'était écroulé et il y avait des débris partout, éclairés par un filet de lumière blafarde.

C'est là que je vis mon premier Monstre. Il était concentré sur son repas de chair crue et ne nous avait ni vus, ni entendus.

Del me fit signe de me taire. Il s'occuperait de celui-ci et, moi, je devais assurer ses arrières. La créature n'était sûrement pas seule dans les parages. Elles se déplaçaient toujours en meute.

Rapide comme l'éclair, Del se jeta sur elle et la tua d'un coup de couteau. Elle poussa un cri strident. On aurait dit un chant funèbre.

Puis je perçus un mouvement au nord. Deux Monstres ! Mon instinct de survie remplaça ma terreur et je m'emparai de mes couteaux. Je savais me battre avec les deux en même temps, contrairement à la plupart des Chasseurs.

Le premier Monstre me fonça dessus.

Courage, Trèfle. Tu es la meilleure de ton groupe. Je l'accueillis d'un coup tranchant de bas en haut. *Vise les organes vitaux*. Je le repoussai de la main gauche. *Tue-le du premier coup*. J'entendais la voix de Soie dans ma tête. *La moindre seconde que tu passes à te battre t'ôte l'énergie dont tu auras besoin plus tard*.

Ma lame transperça la chair flasque mais percuta un os. Trop haut ! J'avais touché la cage thoracique. La créature hurla de douleur et essaya de m'attraper avec ses griffes répugnantes. L'entraînement ne m'avait pas préparée à ça…

Je contrai de la main droite. J'aurais aimé observer Del, étudier ses tactiques, mais je n'en avais pas le temps. C'était mon premier vrai combat, et je ne voulais pas en sortir dans un sale état. Question d'honneur.

Combinaison coup de pied – coup de couteau, et le Monstre s'écroula sous le choc. Je l'achevai en lui plantant ma lame dans le cœur, et reculai pour éviter ses griffes. Un sang putride, sombre et épais jaillit de la plaie.

Bien entendu, Del avait terminé avant moi. J'essuyai mes dagues sur les haillons que portait le Monstre, puis les rangeai dans leurs gaines. Jamais je ne parviendrais à détacher son sang du métal… Je compris mieux pourquoi les Chasseurs passaient leur temps à nettoyer leurs armes.

— Pas mal, finit-il par me dire.

— Merci, répondis-je avec satisfaction.

J'avais réussi. J'avais fait mon baptême de sang. J'étais officiellement Chasseuse !

On laissa les trois cadavres derrière nous. D'autres Monstres allaient les dévorer. Ils se fichaient de leurs morts et, surtout, ils étaient prêts à avaler n'importe quoi.

Le reste de la patrouille fut plus calme. La moitié des pièges donna de la viande. Pas mal d'animaux vivaient sous terre, comme nous. Des créatures poilues à quatre pattes. J'en achevai une que le piège n'avait pas tuée et cela me mit mal à l'aise, davantage que d'avoir massacré le Monstre. Troublée, j'attrapai son corps encore chaud. Del me le prit sans un mot et le laissa tomber dans le sac, avec les autres. Nous avions des mômes à nourrir.

— Il est temps de rentrer, déclara-t-il.

D'où cette notion de l'heure lui venait-elle ? En tout cas, je trouvai cela bien pratique.

Sur le retour, je tentai de mémoriser notre parcours. Je me mis à compter chacun de nos pas, chaque changement de direction, chaque courbe… Parce qu'un jour, ce serait mon tour de mener les patrouilles. Ce n'était pas officiel, mais je le savais. Le moment venu, Del n'accepterait aucune excuse, et je refusais d'avoir à lui en donner.

Le temps d'arriver à l'enclave, d'autres Chasseurs avaient déjà rendu leurs rapports. En cuisine, Twist était chargé de la réception des sacs. Il pesait la viande, puis félicitait ou réprimandait les équipes.

— Bon travail, nous dit-il.

L'équipe suivante n'eut pas autant de chance que nous.

— C'est à cause de gens comme vous que les mômes crèvent de faim ! leur lança-t-il.

Je dis au revoir à Del. Il me salua en silence, puis se dirigea vers la chaleur du feu. J'étudiai son dos étroit et musclé, ses cheveux qui dévalaient le long de sa nuque.

Del se déplaçait comme il se battait, avec grâce et parcimonie.

Soie me rejoignit. Du haut de ses vingt ans, elle était un peu plus grande que moi. Elle avait les cheveux clairs, tondus très court. C'était une fille robuste, autoritaire et aguerrie : parfaite dans son rôle de chef. Mais je voyais bien qu'elle méprisait Del. Elle n'aimait pas ce qu'il représentait et, contrairement aux autres, il n'acceptait pas ses ordres avec ferveur.

— Alors ? me demanda-t-elle. Qu'est-ce que tu en penses ?

Je ne savais pas quoi répondre. Trop de questions se bousculaient dans ma tête.

— Il est trop tôt pour le dire, murmurai-je.

— Beaucoup de gens ont peur de lui. Certains disent même qu'il est à moitié Monstre… Ça expliquerait pourquoi il a survécu dans les tunnels !

— Les gens disent beaucoup de choses, bredouillai-je.

Soie en conclut que je défendais mon coéquipier, et cela ne lui plut pas du tout.

— C'est vrai. Par exemple, *certains* disent que tu ferais mieux d'être Génitrice.

Cela ne méritait même pas de réponse. Je sortis en trombe de la cuisine. Personne ne m'empêcherait d'être Chasseuse. Personne.

LE GARDIEN DES MOTS

Deux jours plus tard, Sable, Œillet et moi étions convoqués par le Gardien des mots. Je savais que nous n'étions pas en tort, mais je m'y rendis quand même avec appréhension.

Le Gardien des mots s'assit devant nous, le regard lourd. Cela n'avait rien de rassurant.

— J'ai bien examiné la boîte, déclara-t-il. J'en ai conclu que vous n'étiez pas au courant de ce qu'elle contenait. Je vous proclame donc innocents.

Ouf ! Je pouvais respirer à nouveau.

— Vous avez bien fait de m'apporter ce document, continua-t-il. Je vais l'ajouter à nos archives. Et pour vous récompenser de votre honnêteté, j'ai décidé de vous lire ce qui est inscrit sur le papier. Mettez-vous à l'aise.

À l'enclave, nous avions tous appris à lire. Mais les leçons étaient très limitées, et la plupart d'entre nous savions déchiffrer les panneaux d'avertissement, pas plus. Notre entraînement privilégiait les domaines qui serviraient à la communauté, pas à notre développement personnel.

Je m'assis au sol, et Œillet et Sable s'installèrent à mes côtés. Le Gardien des mots se racla la gorge puis nous lut l'inscription :

— *Vous êtes cordialement invité au mariage d'Anthony P. Cicero et Jennifer L. Grant le mardi 2 juin 2009 à 16 heures, 35, avenue Olivet. La cérémonie sera suivie d'une réception.*

C'était très mystérieux. J'eus envie de lui poser des questions, mais je n'osai pas. Il nous congédia. Retour vers la zone commune.

— Un mariage… murmura Œillet, songeuse. C'est quoi, d'après vous ?

— Une sorte de fête ? suggérai-je. Comme celle que l'on fait après les baptêmes, peut-être.

Alors pourquoi le papier était-il caché dans une boîte remplie de poudre ? Décidément, nous ignorions beaucoup de choses. Nos vies ne nous permettaient pas d'être trop curieux, nous n'en avions pas le temps.

— Tu n'aurais pas d'autres objets de contrebande, par hasard ? plaisanta Sable. On pourrait y jeter un œil, avant d'aller travailler !

Œillet lui lança un regard sévère.

— Ce n'est pas drôle du tout ! rétorqua-t-elle. Maintenant, ils vont nous surveiller pendant des semaines !

C'était bien probable. L'année d'avant, de vieux documents et des outils technologiques avaient été découverts dans la chambre d'un garçon qui s'appelait Sucre. Il avait caché les reliques sous sa palette et dans des objets creux, mais des Chasseurs l'avaient surpris et avaient apporté la collection entière à Chrome et au Gardien des mots. Ils estimèrent qu'elle était importante pour notre développement culturel, et exilèrent Sucre sur-le-champ. À part Del, je n'avais jamais entendu parler de survivants dans les tunnels.

Il y avait d'autres occupants, bien sûr. Nous n'étions pas les seuls à vivre sous terre. Mais les ressources naturelles étaient faibles, c'est pourquoi on ne pouvait pas habiter trop nombreux dans le même secteur. Parfois, nous faisions commerce avec Nassau, l'enclave la plus proche. Elle était à trois jours de marche et le périple était très dangereux.

Quand nous étions mômes, les Aînés nous répétaient sans cesse qu'un équilibre mal maîtrisé conduirait à notre perte. Et nous les croyions, parce que nous en avions eu la preuve : d'autres enclaves avaient fini par disparaître à cause de leurs règles trop laxistes. Certains avaient mal contrôlé les naissances, et étaient morts de faim. D'autres n'avaient pas suivi les procédures d'hygiène, et les maladies les avaient décimés. Ici, les lois avaient une vraie raison d'être. Elles nous sauvaient la vie.

J'étais donc d'accord avec Œillet et remis Sable à sa place :

— Ton humour déplacé, tu peux le garder pour toi.

— Je plaisantais, bafouilla-t-il.

— On le sait, répondit Œillet, plus tendrement. Mais les autres pourraient te prendre au mot.

En effet, les gens ne connaissaient pas Sable aussi bien que nous. Il parlait souvent sans réfléchir, mais il n'était pas mauvais pour autant. Il suffisait de le voir avec les mômes… Il n'aurait pas fait de mal à une mouche !

Mais Chrome et le Gardien des mots n'avaient pas son humour, et je ne voulais pas que mon ami soit jeté dans les tunnels.

— Je vais faire attention à ce que je dis, assura-t-il. Promis.

Puis chacun partit travailler de son côté. Notre amitié ne tiendrait jamais la longueur. J'en étais persuadée. Œillet se rapprocherait des Ouvriers. Sable, des Géniteurs. Moi, des Chasseurs. Ce n'était qu'une question de temps. Nos vies allaient rapidement changer, et je n'aimais pas du tout y penser.

J'arrivai au point de rencontre des Chasseurs au moment où Soie commençait son discours. Comme d'habitude, elle était perchée sur un cageot. Elle détestait qu'on la regarde de haut.

Elle me fit les gros yeux, mais pas de remarque publique. Tant mieux, cela voulait dire qu'elle savait que mon retard était exceptionnel. D'habitude, j'étais l'une des premières à arriver. J'étais si fière d'aller travailler !

Soie établit les priorités de la journée.

— Il y a de plus en plus de Monstres dans le secteur, déclama-t-elle, même après avoir renforcé les patrouilles ! Je ne sais toujours pas pourquoi ils sont si nombreux.

Un Chasseur de petite taille prit la parole :

— Peut-être qu'une enclave voisine a été transformée, suggéra-t-il.

Un grondement parcourut le groupe. Soie jeta un regard féroce à ceux qui avaient réagi. Des rumeurs racontaient que les Monstres pouvaient être créés. Qu'une simple morsure nous rendrait comme eux. Moi, je trouvais ces superstitions ridicules. Les Chasseurs étaient souvent mordus mais, lorsque les blessures ne s'infectaient pas, ils retournaient dans les tunnels dans un état normal. Ils ne se transformaient pas en créatures baveuses et assoiffées de sang…

— Silence ! cria Soie. Pour les poules mouillées, il y a de la place chez les Géniteurs.

— Ils ne voudront pas de lui, plaisanta une Chasseuse. Il est trop moche !

L'assemblée rit nerveusement tandis que le petit Chasseur rougissait de honte. Il n'était pas laid, mais il n'était pas non plus assez beau pour être Géniteur. La sélection était rude.

Soie attendit que tout le monde se taise, et reprit :

— Votre mission de la journée : trouver pourquoi les Monstres se rapprochent de l'enclave. Quelque chose les pousse vers chez nous. Je veux savoir quoi.

Elle se tourna ensuite vers Del et moi.

— Aujourd'hui, vous n'êtes pas de corvée de viande. Un autre groupe va prendre en charge votre itinéraire. Vous, vous allez m'inspecter les tunnels arrière.

Voilà comment je payerais pour mon retard. Et puis, le fait que Soie déteste Del n'avait sûrement pas arrangé les choses…

— Est-ce que les rôles sont clairs pour tout le monde ? demanda Soie.

J'acquiesçai, dépitée. Les tunnels arrière étaient crasseux et souvent inondés. J'avais entendu les Chasseurs en parler, quand j'étais môme. À l'époque, je vivais leurs aventures par procuration, et j'essayais d'imaginer les choses qu'ils enduraient.

— Alors bonne chasse ! termina Soie.

Le groupe se dispersa et Del me rejoignit.

— Tu avais mieux à faire aujourd'hui ? me reprocha-t-il.

Évidemment, tout était ma faute…

— J'étais avec le Gardien des mots, expliquai-je.

Del n'insista pas. L'excuse était suffisante. Refuser un tel entretien m'aurait valu bien pire qu'une journée dans ces tunnels. Et puis, ce n'était pas la fin du monde ! D'autres Chasseurs l'avaient fait avant nous. Ils revenaient couverts de boue, c'est sûr, mais ils n'en mouraient pas.

— Si j'ai bien compris, repris-je, on doit trouver ce qui attire les Monstres vers l'enclave ?

— C'est la faim, affirma-t-il. Rien d'autre. Mais je suis un gentil garçon, et je fais ce qu'on me demande de faire.

Il ne manquait pas de culot ! Comme si obéir aux ordres était une marque de faiblesse… Je me retins de commenter et le suivis en silence. Del n'allait jamais s'intégrer à la communauté. Il était égoïste et asocial. Il ne comprenait rien. Pas la peine de lui faire la morale.

Avant de rejoindre les tunnels, je vérifiai mes armes. Je plaignais les pauvres gardes postés derrière la barricade. Ce travail était leur punition à eux : à la base, ils étaient Chasseurs, mais ils avaient commis un délit mineur qui les avait menés jusqu'ici. Cela devait être ennuyeux à mourir : les Monstres n'avaient pas attaqué l'enclave depuis bien avant ma naissance.

Au lieu de suivre notre itinéraire habituel – dont je me souvenais par cœur –, Del coupa à gauche, dans un tunnel à moitié inondé. Ici aussi, le plafond s'était effondré. Une eau opaque ruisselait, et l'odeur était infecte. Del longea l'eau boueuse, et je lui emboîtai le pas. Il y avait un rebord en pierre construit plus haut que le reste. En restant dessus, on évitait de se retrouver avec de la boue jusqu'à la taille. Je fis de mon mieux pour ignorer les choses qui flottaient dedans. Pire, qui *nageaient* dedans. C'était répugnant.

Le tunnel devint pentu, et le niveau baissa peu à peu. Ici, il faisait un peu moins sombre que dans les autres tunnels. Sur un mur, je distinguai un panneau à demi effacé : « AC ES R SE VE AU PE S N EL D'EN RETI N. » Je n'arrivai pas à deviner les lettres manquantes.

Devant moi, Del s'arrêta net, l'oreille tendue. Je n'avais rien entendu, mais je le laissai faire. Un bon Chasseur devait respecter l'instinct de son coéquipier, même si c'était un imbécile égocentrique.

Je mis mes autres sens au repos et, à mon tour, je perçus un son très faible. Armes en main, Del se dirigea vers la source du bruit. Je le suivis tout en sortant mes couteaux. J'avais du mal à avancer, la boue me faisait glisser.

— Qu'est-ce que c'est ? haletai-je.

— Un appel à l'aide.

En effet, le rythme était constant... On aurait dit que quelqu'un tapait sur du métal. On courut de toutes nos forces. Heureusement que j'étais bien entraînée, sinon, Del m'aurait largement devancée. Je n'avais plus aucune notion de la distance qui nous séparait de l'enclave. Dans les tunnels, le bruit se répandait de manière trompeuse, et on mit plus de temps que je ne pensais à atteindre notre but.

On quitta les tunnels pour se retrouver dans une galerie plus large. Au centre se tenait une de ces boîtes en métal géantes, retournée sur le côté. Le son venait de là.

Je grimpai par-dessus les morceaux de métal écrasé et de verre brisé, et me laissai tomber dans le compartiment obscur. Cela sentait le vieux sang et les excréments. Je m'étais entraînée à l'aveugle depuis notre dernière patrouille, et le résultat était déjà payant. Mes yeux s'ajustèrent assez vite au noir.

Je balayai l'intérieur du regard. Des barres verticales, des sièges verrouillés au sol... Pas de Monstres à l'horizon. Par contre, terré dans un coin, se trouvait un petit garçon amaigri, allongé sur le côté. Dans sa main, un long bout de métal rouillé. Il tapait le sol avec ce qui semblait être ses dernières forces. Il ne nous avait même pas remarqués. Comment avait-il atterri ici ? Un môme comme lui n'aurait jamais eu le droit de sortir de l'enclave...

Je me mis à genoux à côté de lui. Il réagit immédiatement, et pointa sauvagement son arme dans ma direction.

— On ne va pas te faire de mal, le rassurai-je. On est là pour t'aider.

Il tourna son visage vers moi et, même dans le noir, je distinguai ses yeux blancs. J'en eus la chair de poule.

Ce môme était complètement aveugle ! Dans notre enclave, il n'aurait pas tenu deux mois. Les Aînés ne gaspillaient pas de ressources pour des mômes comme lui.

— Tu es humaine, soupira-t-il.

— Oui. Tu n'es pas loin de Collège, notre enclave.

Soulagé, le môme posa son arme.

— Il faut que je parle à tes Aînés, dit-il.

Je m'inquiétais de l'accueil qui nous attendait. Nous avions désobéi aux ordres, quitté les tunnels arrière, et nous ramenions un vagabond handicapé… Soie serait furieuse. Del m'observait en silence, pour me tester. Puis je pris ma décision. Les conséquences allaient être catastrophiques, mais je ne pouvais pas laisser ce môme mourir ici.

— Est-ce que tu peux le porter ? demandai-je à Del. Il n'est pas en état de marcher.

— Bien sûr, répondit-il. Il ne doit pas peser bien lourd. Par contre, tu devras prendre le relais si on croise du monde. Tu t'en sens capable ?

— On va bien voir.

Del prit le môme sur ses épaules, puis on s'empressa de sortir du conteneur. Je passai devant lui et adoptai un rythme qu'il pourrait suivre avec le môme sur le dos. Heureusement, j'avais mémorisé nos déplacements.

Je repensai à ce que Del avait dit plus tôt. Que la faim attirait les Monstres vers l'enclave. Si c'était vrai, nous étions un repas ambulant. Il arrivait que les Chasseurs meurent au combat, cela faisait partie du boulot. Et, en meute, les Monstres étaient bien capables de vaincre deux personnes…

À peine étions-nous arrivés au carrefour qu'ils nous attaquèrent de tous les côtés.

L'EMBUSCADE

Les Monstres se jetèrent sur Del. Cette fois-ci, ils étaient quatre. Mes couteaux ne suffiraient pas, il était temps d'utiliser ma massue. Je frappai de toutes mes forces et fendis le crâne d'une des créatures.

Les trois autres se retournèrent vers moi. Parfait, j'avais attiré leur attention. Je fis mine de bondir et, au dernier moment, roulai au sol. Couverte de crasse, je me relevai dans leur dos et attaquai l'un d'eux par derrière. Un coup de massue, et il était à terre.

Del avait raison : ces Monstres mouraient de faim. Vu de près, cela se voyait. Moi, j'étais rapide, musclée et bien nourrie, j'avais largement le dessus. En plus, ils n'avaient aucune tactique de combat : ils se contentaient de sauter, grogner et donner des coups de griffe. À chaque fois qu'ils m'attaquaient, je répondais par un coup de pied ou de massue. Les os craquaient et le sang éclaboussait l'eau souillée. J'eus terminé assez rapidement, laissant une pile de cadavres derrière moi pour les prochains Monstres qui passeraient par là.

Le môme pleurait, toujours perché sur les épaules de Del. Si j'avais été à sa place, je n'en aurais pas mené large non plus. Del lui tapota le dos jusqu'à ce qu'il se calme. J'ignorais si ce geste avait pour but de le réconforter ou de le menacer pour qu'il se taise.

— Tu as remarqué de quelle manière ils nous ont attaqués ? demanda Del.

— Oui. Ils nous ont encerclés.

Les Monstres étaient de plus en plus intelligents. Pour l'instant, ils n'étaient pas capables de planifier les attaques, ni d'élaborer de stratégies. Mais, si jamais ils se mettaient à penser comme nous… Là, cela deviendrait dangereux. Et dire qu'on avait déjà du mal à tenir le coup !

On repartit immédiatement. D'autres Chasseurs rapporteraient à Soie que nous n'étions pas à notre poste, c'est pourquoi il valait mieux arriver à l'enclave avant eux. Sinon, nous risquions gros.

Je menai mon petit groupe jusqu'aux barricades sans aucun faux pas. Je me souvenais du trajet entier alors que je ne l'avais pris qu'une seule fois ! Fière de moi, je me retournai vers Del. Il n'avait rien remarqué. Il était occupé à faire descendre le môme de ses épaules pour le prendre dans ses bras.

À l'entrée, le garde nous arrêta.

— Qu'est-ce qu'il se passe ? Vous devriez être au travail !

— Il faut que je parle à vos Aînés, souffla le môme.

À la lumière, il avait l'air bien pire que je ne le pensais… Ses yeux blancs étaient encore plus dérangeants qu'ils ne m'avaient paru dans les tunnels, et sa peau était recouverte de croûtes. Il avait le visage creusé par la faim et la soif, les lèvres craquelées et les coins de la bouche complètement abîmés. Les gardes reculèrent d'horreur, dégainèrent leurs armes et nous bloquèrent le passage. C'était bien ce que je craignais. Notre retour ne passerait pas inaperçu.

— Que se passe-t-il, ici ? demanda Soie, alertée par le mouvement des gardes.

J'interrogeai Del du regard. Il haussa les épaules. Apparemment, c'était à moi de parler.

— On a trouvé ce môme dans un abri d'urgence, expliquai-je. Il a des informations importantes à transmettre aux Aînés.

J'exagérais un peu. Je n'avais pas eu le courage d'abandonner le môme, c'était aussi simple que cela. Mais je ne pouvais pas l'avouer à Soie. « *Seuls les plus forts survivent.* » C'était le précepte des Chasseurs, et je l'avais enfreint, à ma manière. Ce moment de faiblesse se retournerait contre moi, et je ne savais pas si je pouvais compter sur Del pour me soutenir.

Le môme prit la parole.

— Je viens de Nassau.

L'enclave la plus proche. Il avait donc survécu à plus de trois jours de marche. Je ne comprenais pas pourquoi ils l'avaient choisi, lui, pour cette mission.

— Ils m'ont envoyé parce qu'ils ne pouvaient pas se permettre de perdre des Chasseurs, reprit-il. Moi, je ne suis pas important. Ils espéraient que j'atteigne votre enclave pour que vous nous envoyiez de l'aide. Nassau est cernée par les Monstres.

J'avais la réponse à ma question. Nos Aînés auraient agi de la même manière. Par contre, il était improbable que Collège vole à leur secours. Nous faisions commerce avec Nassau, mais c'était tout. Nous ne formions pas d'alliance, et nous ne nous étions jamais promis de nous aider les uns les autres. Chaque enclave se gouvernait seule et survivait – ou pas – en fonction de sa propre force. Chacun ses problèmes.

Mais Soie voulait savoir pourquoi les Monstres nous provoquaient, et le môme en savait peut-être plus qu'elle. S'il lui était utile, elle ne m'accuserait pas d'avoir abandonné mon poste.

— Ils encerclent aussi Nassau ? demanda Soie, étonnée. Merci pour l'information. En effet, les Aînés doivent être mis au courant.

Elle se tourna vers Del et moi, un mauvais sourire aux lèvres. Je m'attendais au pire.

— Vous allez me vérifier ça, tous les deux. Je vous envoie à Nassau.

— Seuls ? demandai-je, interloquée.

— Est-ce que ça te pose un problème, Chasseuse ?

— Non, chef, balbutiai-je. Quel sera notre rôle une fois sur place ?

— Je vous envoie en mission de reconnaissance. Je ne vous demande pas de tuer les Monstres, ils sont trop nombreux. Dans le passé, lorsque les Monstres attaquaient les enclaves, nos pièges et nos armes les en dissuadaient... Ils finissaient pas avoir peur de nous. Je veux savoir *pourquoi* ils n'ont plus peur.

— Qu'allons-nous faire de lui ? demanda Del.

Le môme était toujours dans ses bras.

— Il a fait ce qu'il avait à faire, répondit Soie avec dédain. Même Nassau ne veut pas de lui.

Je me retins d'intervenir. J'aurais voulu qu'ils lui donnent à manger et à boire, que le guérisseur s'occupe de lui… Mais la froideur de Soie me laissa sans mots. Elle prit le môme à bout de bras et le passa aux gardes. Ils l'attrapèrent comme ils auraient attrapé un sac. Comme s'il était déjà mort…

J'étais bien trop sensible. Il fallait vraiment que je m'endurcisse. Je ne voulais pas qu'ils me transforment en Génitrice. C'était rare, mais cela arrivait. Ils ne pouvaient pas effacer mes cicatrices, mais ils étaient bien capables de les cacher avec un tissu.

Le môme se remit à pleurer mais, cette fois-ci, Del ne le consola pas. Il était silencieux lui aussi, mais sûrement pour d'autres raisons que les miennes. J'avais l'impression de l'avoir déçu, et cela me rendit triste.

Le lendemain, nous partirions pour Nassau. Soie se fichait de notre survie. Son message était clair : je n'étais pas irremplaçable. Et, si je survivais, elle savait que je reviendrais tellement apeurée que je suivrais ses ordres sans rechigner.

— C'est tout ? demanda Del.

— Oui, répondit Soie. À demain. Et soyez à l'heure.

Del me prit par la main et courut à travers le labyrinthe tout en me tirant derrière lui. Je ne comprenais pas où il m'emmenait. Il s'arrêta devant la chambre de quelqu'un et, sans hésiter une seconde, il se précipita à l'intérieur. Cela devait être la sienne. On n'entrait jamais chez les autres sans invitation, alors je me tins derrière le rideau et attendis qu'il m'invite à entrer.

Puis, avec sa politesse habituelle :

— Entre !

Son espace ressemblait au mien, à peu de chose près. Del s'était assis sur un cageot, la tête dans les mains. Il dégageait une émotion qui ne m'était pas familière, et je n'avais pas envie de passer une minute de plus avec lui. Depuis que nous travaillions ensemble, j'enchaînais les problèmes. Et puis, j'avais envie de me laver et de m'occuper de mes armes. Ma massue en avait grand besoin.

Sa voix enrouée me coupa dans mes pensées :

— Ils vont le tuer.

Je le savais, mais j'aurais préféré qu'il ne le dise pas tout haut et, surtout, ne pas être émue. J'étais une Chasseuse. Je devais penser au bien de l'enclave et protéger les nôtres, pas les mômes fragiles trouvés dans les tunnels. Sauf quand ils étaient assez costauds pour survivre seuls, comme Del…

— Je sais, confirmai-je.

— Il aurait pu m'arriver la même chose.

— Bien sûr que non, rétorquai-je. Tu n'es pas handicapé.

Il se releva d'un coup et s'approcha de moi avec rage. Je ne bougeai pas d'une semelle.

— Ça me dégoûte ! protesta-t-il.

— Ah oui ? m'écriai-je. Alors pourquoi restes-tu avec nous ? Moi, je le sais… Tu restes ici parce que c'est toujours mieux que *là-bas*.

— Vraiment ? Et comment le sais-tu ?

— Si c'était mieux ailleurs, tu serais parti depuis bien longtemps. Tu détestes l'enclave ! Tu nous détestes tous !

— Pas *tous*, non. Du moins, pas jusqu'à aujourd'hui.

— Tout ça à cause du môme…

— Sors d'ici, trancha-t-il en s'éloignant de moi. Je pensais que tu n'étais pas comme les autres, que tu comprendrais… J'ai eu tort.

J'écartai le rideau avec furie et tombai nez à nez avec un Ouvrier. Il me toisa sournoisement du regard.

— Hé, tu n'as pas le droit d'entrer seule dans la chambre d'un garçon ! lança-t-il. Allez, je te jure de ne rien raconter si tu me promets quelque chose en échange…

Décidément, c'était ma journée. Oui, j'avais brisé les règles en y entrant sans chaperon. Mais je n'étais pas en état d'en supporter davantage.

— Je ne suis pas restée assez longtemps pour qu'il se passe quoi que ce soit, rétorquai-je. Alors tu vas me faire le plaisir de te taire et de me laisser tranquille. Sinon, ma massue va atterrir sur ton nez.

Je fis mine de dégainer mon arme, et le garçon partit en courant. Il n'était pas complètement idiot. Il allait sûrement me dénoncer, mais je n'avais pas grand-chose à perdre. J'allais quitter l'enclave pour Nassau, et n'en reviendrais peut-être jamais. Franchement, je me fichais de recevoir une punition pour mauvaise conduite.

Je me rendis dans ma chambre pour récupérer des vêtements propres, puis fonçai aux douches. Cette partie de l'enclave était cloisonnée et réservée aux femmes. Des tubes en métal laissaient s'écouler un maigre mais constant filet d'eau. Je ne savais pas qui avait mis cet équipement en place : c'était vraiment pratique. Mais si l'eau était assez propre ici pour nous permettre de nous laver, nous faisions bouillir celle que l'on buvait, au cas où.

Les douches étaient vides. Tant mieux. Les filles passaient leur temps à se comparer les unes aux autres, et je détestais ça. Pour ma part, mon corps était une machine, rien de plus. Je me contentais de l'entretenir pour qu'elle fonctionne.

Je me déshabillai en vitesse. Il faisait toujours frais ici, et le fait que l'eau soit glaciale n'arrangeait pas les choses. Je pris un morceau de savon dans un pot au sol, puis me lavai le plus rapidement possible sous les gouttes intermittentes. Il suffisait de tourner une petite roue pour faire couler un peu plus d'eau, mais Twist surveillait notre consommation de près. Il aurait su qui en avait abusé.

La douche apaisa ma colère. Je n'aurais pas dû en vouloir à Del, c'était injuste. Il était simplement différent de nous. Après tout, l'endroit où l'on grandit forge notre personnalité et notre comportement. Les habitants de Nassau, par exemple, défendaient certaines idées saugrenues. Contrairement à nous, ils ne planifiaient pas les accouplements ni les naissances, et leur odeur démontrait qu'ils se fichaient aussi de la propreté. Lorsque des commerçants nous rendaient visite – la dernière remontait d'ailleurs à bien longtemps –, nous leur offrions toujours un accès aux douches. Mais ils nous souriaient avec leurs dents noires et nous répondaient :

— Une douche ? À quoi bon ? On va se resalir en rentrant chez nous !

Pour Del, c'était pareil. Il avait grandi ailleurs et ne nous ressemblait pas. Mais je lui en voulais tellement de m'avoir incluse dans ses bêtises ! J'aurais dû refuser de le suivre hors des tunnels arrière. Nous n'aurions jamais trouvé le môme, et Soie ne nous aurait pas envoyés à Nassau. Mais le deuxième précepte des Chasseurs me forçait à « *respecter mon coéquipier* ». Je devais lui faire confiance, quoi qu'il dise.

Il fallait que j'arrête de réfléchir. J'avais des choses à faire : laver mes vêtements sales, les étendre pour les faire sécher, nettoyer et polir ma massue pour que le sang ne tache pas le bois…

Je passai donc d'une corvée à l'autre. Cela m'occupa l'esprit et me fit relativiser. *Notre punition aurait pu être bien pire*, me rassurai-je. *On va s'en sortir.*

Ensuite, je me rendis dans la zone commune. Des Géniteurs et des Ouvriers jouaient à un jeu de devinettes stupides. J'avais besoin de me changer les idées avant d'aller dormir, alors je m'installai pour les regarder. Les Chasseurs se retrouvaient ailleurs, mais je ne me sentais pas capable de les affronter. Je ne savais pas ce qu'ils pensaient de moi après tout cela. En plus, Del y serait sûrement, et je n'avais pas envie de le voir.

Œillet et Sable me rejoignirent après le travail.

— Est-ce que c'est vrai ? murmura Sable. Ce dont tout le monde parle ?

— Sûrement, répondis-je.

— Vous avez *vraiment* quitté votre poste ? enchaîna Œillet, perplexe. Et changé votre itinéraire de patrouille ?

— Oui, *vraiment.*

J'eus envie de remettre la faute sur Del. *Je n'avais pas le choix. Il est parti en courant et j'étais obligée de le suivre.* Mais c'était faux. Je n'avais rien fait pour le retenir parce que, moi aussi, je voulais sauver la personne qui appelait à l'aide. J'aurais pu mentir en leur disant que le son semblait venir d'un groupe de Monstres, mais ils ne tapaient jamais sur les murs. Ils attaquaient, point.

J'avais fait un choix, je devrais vivre avec les conséquences. Mes amis m'observèrent en silence, à la fois choqués et sceptiques. Sable ouvrit enfin la bouche :

— Pourquoi est-ce que tu as fait ça ?

Parce que je suis faible. Parce que je ne mérite pas d'être une Chasseuse, et que je ferais mieux d'être Génitrice. Encore une fois, les réponses se succédèrent dans ma tête, mais je n'avais pas le courage de les formuler. Ils n'insistèrent pas.

— Il faut voir le bon côté des choses, enchaîna Œillet. On a enfin des nouvelles de Nassau ! Les Ouvriers aînés se demandaient pourquoi les commerçants ne venaient plus nous voir…

Ils ne me posèrent aucune question sur le môme. Ils ne devaient pas en avoir entendu parler, ou bien ils s'en fichaient. J'aurais dû faire pareil, au lieu de penser à son pauvre visage crasseux et à ses yeux blancs.

— On vous a vraiment envoyés à Nassau ? me demanda Sable.

— Oui. En mission de reconnaissance.

— Oh ! Trèfle… murmura Œillet.

Quand ils me prirent dans leurs bras, je les laissai faire.

LE VOYAGE

Le lendemain, les Chasseurs ne croisèrent pas mon regard. Tant que Del serait mon coéquipier, ils ne me respecteraient pas. Mon retard de la veille et le fait que nous ayons enfreint les règles et ramené le môme n'avaient fait qu'empirer les choses. Je n'écoutai le discours de Soie qu'à moitié, jusqu'à sa conclusion habituelle :

— Est-ce que les rôles sont clairs pour tout le monde ? Alors bonne chasse !

Les autres quittèrent la pièce et Soie se planta devant Del et moi.

— Le voyage dure trois jours, dit-elle. Si vous n'êtes pas revenus d'ici une semaine, j'estimerai que vous avez été dévorés et je vous ferai remplacer par deux mômes. Est-ce que c'est clair ?

— Oui, chef, murmurai-je en même temps que Del.

— Est-ce que vous avez préparé votre stock de provisions ?

J'acquiesçai. De l'eau, de la viande sèche, une couverture, des vêtements de rechange et mes armes. Tout était prêt. Soie nous laissa passer, satisfaite de nos réponses et de nos visages apeurés. Elle savait très bien que, si nous survivions, nous ne lui poserions plus aucun problème. Je ne laisserais plus jamais Del nous écarter de nos missions.

Terrifiée, je nous menai jusqu'aux barricades. Un garde qui était de service la veille nous lança un sourire en coin. En sautant par-dessus la barrière, je me demandai si c'était lui qui avait tué le môme aveugle.

Les règles assurent notre survie, me consolai-je. Mais cela n'apaisa pas ma panique. Finalement, Sable avait de la chance. Il souffrait à chaque fois qu'il perdait un môme, mais il n'avait pas à endurer des punitions comme la nôtre.

Del me rejoignit de l'autre côté avec, à la main, une carte indiquant notre itinéraire. Son silence était insupportable. Il me frôla comme si je n'existais pas et prit les devants au pas de course. Il valait mieux le suivre de près, peu importe son rythme. Il était encore en colère contre moi, et je craignais qu'il soit capable de m'abandonner, seule dans le noir.

On courut toute la matinée, sans faire de pauses. De temps en temps, je buvais tout en trottant. Ma bouteille, une relique du passé, était transparente et solide. Quelques années auparavant, quelqu'un l'avait trouvée dans les tunnels puis l'avait ramenée et nettoyée. Je m'étais jetée sur l'objet dès que je l'avais aperçu. Je troquais souvent mes affaires pour des objets qui me serviraient le jour où je deviendrais Chasseuse.

Peu à peu, je m'habituai à courir dans le noir, dans les pas de Del. À certains endroits, des rayons de lumière traversaient les pierres craquelées et éclairaient les tunnels. Mais je préférais l'obscurité. Au moins, je ne voyais pas les eaux dégoûtantes et les petites créatures qui nous entouraient.

J'avais mémorisé le trajet qui nous mènerait à Nassau, et j'en profitai pour contrôler celui que prenait Del. Il pouvait très bien nous éloigner de Collège et de Nassau pour me laisser mourir dans un coin. Il avait été tellement furieux la veille…

Je songeai à nouveau à la mort de son ancien coéquipier. Del m'avait dit qu'il n'était pas aussi talentueux que Soie le pensait. Peut-être m'avait-il menti ? Peut-être que son coéquipier ne partageait pas ses idées égoïstes, c'est tout. Cela n'avait rien de rassurant, il fallait que je reste sur mes gardes.

À plusieurs reprises, je sentis et entendis des Monstres dans les tunnels avoisinants. Mais nous avancions rapidement, et ils n'eurent pas le temps de nous attaquer. Je n'avais aucune idée du temps qui s'était écoulé depuis notre départ, et je traînais un douloureux point de côté depuis des heures. À un moment donné, Del fit enfin une halte. Les tunnels étaient différents, par ici. Les murs étaient éclaboussés de peinture rouge et noir, datant d'il y a bien longtemps.

À notre droite, le rebord en pierre nous permit de sortir du chemin central, couvert de métal et de morceaux de roche. On s'assit le dos contre le mur afin d'avoir une vision globale du lieu en cas d'attaque, puis j'ouvris mon sac et en sortis un bout de viande. Chez nous, la nourriture n'était pas très variée : viande sèche, viande fraîche, champignons. Parfois, quelqu'un tombait sur une boîte de conserve, mais cela restait exceptionnel.

Je mangeai et bus avec modération. Il fallait que nos provisions tiennent jusqu'à Nassau, et nous ne savions même pas si nous aurions accès à leurs réserves. Si le môme disait vrai, il était possible que l'enclave soit envahie par les Monstres.

Del m'adressa la parole pour la première fois de la journée :

— Il est temps d'y aller. Il nous reste quatre heures avant de nous installer pour la nuit.

— Comment le sais-tu ?

Il releva sa manche – Del préférait cacher ses cicatrices – et me montra son poignet. Il y portait une petite horloge. Je n'avais jamais vu ça de ma vie. Il y avait bien des horloges à l'enclave, récupérées Au-Dessus des années auparavant, qui nous donnaient un repère commun. Mais je ne savais pas qu'il en existait des petites.

— C'est une montre, expliqua-t-il.

Les aiguilles étaient fluorescentes, visibles dans le noir. Cela expliquait enfin sa notion du temps passé dans les tunnels.

Je rangeai mes affaires et descendis du rebord. Notre pause avait été calme, nous avions eu de la chance. Je sentais que mes muscles faiblissaient mais, cette fois-ci, je passai devant, même si je n'aimais pas avoir Del dans mon dos.

Sur le trajet, on évita quatre attaques de Monstres. À chaque fois, ils essayèrent de nous attraper dans notre course, mais ils étaient trop lents et affaiblis par la faim. D'un commun accord, on ne s'arrêta pas pour les tuer. Nous pouvions sortir amochés d'une bataille, et une blessure ferait de nous des cibles faciles. On tuait les Monstres près de l'enclave pour défendre notre territoire. Ici, il valait mieux passer notre chemin.

Au bout de quatre heures, on décida d'un endroit où passer la nuit. Il était temps. J'avais mal partout. Le tunnel que nous avions choisi était plus large que les précédents. Au sol, il y avait deux lignes de métal. Les côtés étaient surélevés et recouverts de peinture et de verre. Del grimpa sur la plate-forme et me tendit la main pour m'aider. Il était tellement fort qu'il me souleva comme si je ne pesais rien du tout.

Une fois en haut, j'étudiai les lieux. D'un côté, une barrière en métal. De l'autre, deux portes. Del essaya de les forcer. Il parvint à en ouvrir une, et une odeur horrible s'en échappa.

— Est-ce qu'il y a quelque chose de mort, là-dedans ?

— Sûrement, répondit-il.

Chaque porte dissimulait une petite pièce. Dans celle-ci, j'aperçus un siège troué au milieu. J'entrai par curiosité. Sur le carrelage blanc, des taches noires de crasse et de sang séché... L'endroit était répugnant !

Un mouvement attira mon attention. Je me retournai d'un coup, armes en main. L'autre fille fit de même.

C'était un miroir. Ceux que nous utilisions dans l'enclave étaient minuscules et souvent fendus, alors que celui-ci faisait ma taille. J'étudiai mon reflet. J'avais les cheveux bruns et les yeux gris. Ça, je le savais déjà. Mais c'était la première fois que je me voyais en entier. Del me rejoignit et s'arrêta pour m'observer. Je me sentis immédiatement mal à l'aise et stupide.

— Je préférerais dormir là-bas, annonçai-je en montrant la plate-forme du doigt.

— Moi aussi. Et tu peux y aller en premier, si tu veux.

— Où ça ?

— Aux toilettes.

Le mystère du siège troué n'en était plus un. Nous, nous faisions cela au-dessus d'une grille tout au bout de l'enclave. L'odeur nauséabonde de cette zone me rappelait en effet celle de chez nous.

Del me laissa seule dans la pièce. Le siège était rempli d'une eau noire et repoussante, et je fis bien attention à ne rien toucher. Puis ce fut au tour de Del. C'était étrange de voir comment les gens vivaient autrefois…

Ensuite, on essaya d'ouvrir la seconde porte. Mais on eut beau pousser et tirer de toutes nos forces, elle ne céda pas. On s'installa dans un coin entre les deux pièces, loin du bord. Je mangeai à nouveau et bus quelques gorgées d'eau. Heureusement qu'il ne faisait pas chaud, sans quoi j'aurais sûrement déjà vidé la bouteille.

— Je monte la garde en premier, imposai-je.

— D'accord. Tiens, prends ma montre.

Il me la passa et je l'attachai à mon poignet avec facilité. C'était vraiment très pratique. Je remarquai que le cuir avait gardé la chaleur de Del.

— Merci.

— Réveille-moi dans quatre heures. Quand la grande aiguille aura fait quatre tours.

— Je sais lire l'heure ! m'indignai-je. Je ne suis pas complètement idiote, tu sais.

À l'enclave, Twist nous tenait au courant de l'heure et faisait sonner une cloche pour annoncer les repas ou les changements de postes. Mais je savais quand même lire l'heure. De trois à huit ans, on nous enseignait ce genre de choses. C'est entre huit et quinze ans que l'on était formés pour notre futur travail. Del ne devait pas être au courant de tout ça.

— Je ne t'ai pas traitée d'idiote, dit-il avec calme.

— Tu n'en penses pas moins.

Les mots m'échappaient. Je ne voulais pas le provoquer, ce n'était pas prudent…

— On t'a juste appris à penser d'une certaine manière, murmura-t-il. Mais pas de la bonne.

Et c'était reparti ! Nous en revenions au môme aveugle. Del me reprochait de ne pas avoir réagi quand ils l'avaient embarqué. Je le sentais. Mais il n'avait rien fait, lui non plus !

— J'ai mes opinions, repris-je. Tu as les tiennes. Tu n'as pas intérêt à les laisser influencer ton boulot.

— Qu'est-ce que tu veux dire par là ?

— Rien du tout, répondis-je.

— Tu penses que j'ai laissé mourir mon coéquipier parce que j'étais en désaccord avec lui ? demanda-t-il, visiblement blessé. C'est ça ?

C'est alors que je me rendis compte à quel point je m'étais trompée. Del avait été ému par la mort d'un môme qu'il ne connaissait même pas. Il n'aurait donc jamais laissé un Chasseur mourir sans essayer de le sauver. Il avait dû leur arriver quelque chose de grave, ou bien son coéquipier avait commis une erreur. Mais ce n'était pas sa faute.

— Je ne fais que respecter les ordres que l'on me donne, continuai-je. Je ne sous-entendais rien. Je suis certaine que tu as tout fait pour le sauver.

Il se tut pendant une bonne minute. Je le savais car j'étais hypnotisée par la montre et le mouvement de son aiguille. Dans le silence, son tic-tac ressemblait à un battement de cœur.

— Alors tu es la seule à me croire, murmura-t-il. Tout le monde pense que je suis responsable de sa mort. Même Soie.

À ce moment-là, je compris à quel point Del était seul. Il venait de nulle part, et personne ne le connaissait vraiment. Il était tout à fait normal qu'il se protège du regard des autres.

Et je pris conscience d'autre chose : j'avais toujours cru que Soie m'appréciait. Du moins, jusqu'aux événements récents. Elle m'avait toujours encouragée, et assuré que je deviendrais une grande Chasseuse. Alors pourquoi m'avait-elle mise avec Del ? Si elle pensait qu'il était responsable de la mort de son coéquipier, pourquoi m'envoyer dans les tunnels avec lui ?

Apparemment, Del lut dans mes pensées :

— Soie m'a dit que s'il y avait bien une personne qui survivrait avec moi, ce serait toi, se moqua-t-il.

Je le pris comme un compliment. Cela signifiait qu'elle croyait bien en moi. Mais, depuis que je soutenais Del et que je bravais son autorité, j'avais perdu sa confiance. Tout était tellement compliqué ! Lorsque je rêvais d'être Chasseuse, ce n'était pas cette vie que j'imaginais. Je pensais rejoindre une famille et me faire enfin respecter des autres. C'était tout l'inverse qui se passait.

— On va s'en sortir, affirmai-je, en partie pour me rassurer.

Del s'enroula dans sa couverture et s'endormit aussitôt. Quelle chance ! Moi, j'avais tant de mal à arrêter de réfléchir que je mettais toujours du temps à trouver le sommeil. C'était un énorme point faible, car les Chasseurs étaient censés pouvoir s'endormir et se réveiller rapidement.

Je montai la garde pendant des heures. J'aurais aimé bouger un peu pour me tenir éveillée, mais un mouvement aurait pu attirer l'attention d'ennemis. Du coup, j'organisai des duels dans ma tête, dans lesquels je me battais contre des Chasseurs plus expérimentés. J'en avais regardé beaucoup pour apprendre leurs techniques.

Del roula sur lui-même et se retrouva face à moi. Je me mis à étudier son visage. Je savais qu'il n'apprécierait pas, mais la tentation était trop grande et l'ennui trop pesant.

Il avait des sourcils noirs et élégants, et cela contrastait avec sa peau blanche…

Je détournai le regard et essayai de penser à autre chose. Par exemple, au réservoir de poissons qui nous permettait de tenir lorsque la viande se faisait rare. Collège était la seule enclave à en posséder un. C'est pourquoi les Aînés limitaient les échanges commerciaux : il ne fallait pas que trop de gens soient au courant de l'existence du réservoir. Sinon, nous courions le risque de nous faire envahir.

C'était bien joli, tout ça, mais cela ne m'aida pas à oublier la présence de Del. Je me retournai vers lui. Il avait le nez pointu, tout comme le menton et la mâchoire, et les pommettes extrêmement saillantes. Seule sa bouche dégageait une vraie douceur, et encore, seulement lorsqu'il dormait. En la regardant, mon ventre fit des cabrioles. Je me sentis à la fois émue et gênée.

J'avais l'impression de m'être immiscée dans son intimité. Del allait peut-être m'observer dans mon sommeil, lui aussi… Je tournai la tête, et me retrouvai à nouveau nez à nez avec l'obscurité. Avec tout ça, j'allais avoir encore plus de mal à dormir. Je n'étais pas habituée à tant de proximité ! Lors des missions, les règles habituelles concernant les filles et les garçons n'étaient pas valables. Si nous avions passé autant de temps ensemble dans l'enclave, nous aurions été forcés d'avoir un chaperon à nos côtés. Cela évitait les grossesses hors programme. Mais les tunnels crasseux et infestés de Monstres n'étaient pas des endroits propices aux dérapages, et les Aînés le savaient bien.

Alors que j'entrais dans ma troisième heure de garde, je fus tirée de ma rêverie par un son que je connaissais bien… Des raclements de griffes sur du métal.

LA CACHETTE

Je me relevai aussitôt, dégainai mes armes, puis réveillai Del d'un coup dans les côtes. À peine avait-il ouvert les yeux qu'il était déjà sur ses gardes. Je lui fis signe de se taire et de tendre l'oreille. Il reconnut immédiatement le bruit et se mit en place pour affronter les Monstres.

Massue en main, je me rapprochai du rebord, puis j'attendis. Se cacher n'aurait servi à rien, ils savaient que nous étions là. Ils reniflaient dans tous les coins, à notre recherche. Leur odeur de charogne et de viande malade nous parvint d'un coup. C'était bien pire que celle des toilettes. Puis ils arrivèrent, surexcités à l'idée de dévorer de la chair fraîche.

Ils se précipitèrent sur la plate-forme, et j'accueillis le premier d'un coup dévastateur. Son crâne explosa sous le choc, le sang jaillit de la plaie, puis il s'écrasa au sol. Un de moins. De son côté, Del en abattit un, mais deux autres escaladèrent à leur tour et l'espace devint trop étroit. On recula tous les deux pour avoir plus de place. J'évitai de croiser le regard des Monstres. Je détestais leurs yeux. C'était la seule partie de leur corps qui dégageait encore un peu d'humanité. Comme si, derrière la faim, la détresse et la folie, ils comprenaient ce qui leur arrivait.

Mes réflexes étaient mous. Nous avions passé la journée à courir, et je n'avais même pas dormi... Lorsque je me retrouvai face au deuxième Monstre, ses griffes raclèrent mon épaule avant que je ne les esquive. Je repoussai la créature d'un coup de pied et j'entendis ses os craquer. Je l'achevai avec ma massue. Ce n'était pas très gracieux, mais je n'avais pas la force de faire mieux et il fallait en finir vite. Ce que je fis, et Del aussi.

— Je sais que tu n'as pas dormi, haleta Del. Mais il faut qu'on bouge. Désolé.

Il avait raison. Les cadavres allaient attirer d'autres Monstres. À l'aide de mon couteau, j'arrachai le bas de ma chemise et découpai des bandes de tissu. Je les nouai autour de mon biceps pour empêcher le sang de couler. Ma blessure devrait attendre.

Mon sac sur le dos, je descendis de la plate-forme. C'était reparti pour la course. Encore deux jours...

— Est-ce que tu es déjà allé à Nassau ? demandai-je à Del.

— Une fois, oui.

— C'est comment, là-bas ?

— Ça ressemble à votre enclave. En pire.

Nous courions depuis un long moment lorsque je me rendis compte que la montre de Del était toujours à mon poignet. Cela devait faire une heure que nous étions repartis. J'avais mal à la tête et mes yeux étaient secs. Une heure plus tard, je ne tenais plus sur mes jambes.

— J'ai besoin de dormir, bredouillai-je.

Nous étions entrés dans un tunnel abandonné. Il n'y avait pas la moindre trace de passage ou d'odeur de Monstre. Comme à chaque pause, je grimpai sur le rebord. Celui-ci était plus étroit que d'habitude. J'aurais assez de place pour m'y allonger, à condition de me replier sur moi-même. Finalement, la palette et le chiffon rembourré qui me servaient de lit à l'enclave étaient bien confortables. Comparée à ici, ma chambre était un nid douillet. Mais j'étais tellement épuisée que j'aurais pu dormir n'importe où.

— Est-ce que tu peux me rendre ma montre ? me demanda Del.

— Bien sûr. Excuse-moi.

Le simple fait de la détacher de mon poignet était un effort. J'avais la tête qui tournait. Pour une fois, je n'aurais pas de mal à m'endormir.

Je m'enroulai dans ma couverture et fermai les yeux. Allongée sur le côté, un bras sous la tête, les genoux remontés jusqu'au buste… Je sombrai dans un sommeil noir.

Je rêvai du môme aveugle. De son visage squelettique et de ses yeux blancs. Dans mon rêve, il avait la tête tordue sur le côté. Il titubait, les bras tendus vers moi. Ses doigts étaient tellement pâles et maigres qu'ils ressemblaient à des os.

— *J'avais confiance en toi.*

— *Ils t'ont tué.*

— Tu *m'as tué.*

Il se rapprochait de moi, mais je ne pouvais plus bouger… J'étais paralysée.

Del me réveilla. J'avais l'impression de m'être endormie une minute auparavant, mais cela devait faire plus longtemps. J'étais gelée, malgré la couverture, et couverte de sueur. Mes vêtements me collaient à la peau. Je me levai et rangeai les affaires dans mon sac de mes mains tremblantes.

— Tu gémissais dans ton sommeil, remarqua Del. Est-ce que tu veux en parler ?

Je me sentis ridicule. Décidément, je ne faisais rien pour lui prouver ma maturité. Je ne voulais pas qu'il me prenne pour une poule mouillée.

— Je rêvais du môme, expliquai-je.

— Ah, je comprends mieux. Est-ce que ça va ?

— À peu près, oui.

— Alors allons-y.

Moi qui me croyais aussi forte et endurante que les Chasseurs vétérans, nos huit heures de marche me firent redescendre sur terre. Je crus que cette journée allait me tuer ! Les pauses furent courtes et rares, et le moindre mouvement devint une épreuve. Au bout d'un moment, mon corps se mit à fonctionner tout seul, en rythme avec les battements de mon cœur. J'avançai mécaniquement. *Un pied devant l'autre, Trèfle.* Plus le temps passait, plus je me sentais lourde. Je trébuchai plus d'une fois. Del ne s'arrêta jamais. Soit il me faisait confiance, soit il était prêt à m'abandonner si je ne tenais pas le coup. Mais je tins bon. Je le suivrais jusqu'au bout, peu importe mon état.

Au bout des huit heures, on s'arrêta enfin. Del avait aperçu un abri en métal, comme celui où nous avions trouvé le môme. Celui-ci n'était pas retourné sur le côté.

Chacun notre tour, on utilisa les toilettes de la plate-forme, puis on combina nos forces pour faire glisser les portes du conteneur. Elles se refermèrent automatiquement derrière nous. Parfait, cela nous protégerait. Les Monstres n'avaient pas l'esprit d'équipe : si l'un d'entre eux ne parvenait pas à ouvrir la porte, ils essayeraient d'entrer par un autre endroit. Nous aurions le temps de les entendre. Il valait mieux être vigilants : ils avaient été nombreux à nous suivre dans les tunnels, attirés par ma blessure sanglante.

Cet abri-là avait des bancs fixés au sol, en plus des sièges. J'inspectai tous les recoins. Des toiles d'araignées, de la poussière. Rien de menaçant. En posant mon sac, je gémis de douleur. Cela me valut l'attention de Del.

— Il faut que je jette un œil à ton épaule.

J'acceptai sans rechigner. Il déroula mes bandages de fortune, et je ne pus m'empêcher de regarder. Il fallait que je tourne la tête au maximum pour les apercevoir. Quatre marques parallèles. Rouges, sanglantes et gonflées. Les signes avant-coureurs d'une infection. Si on ne soignait pas la blessure, je pourrais y perdre mon bras. Pire, ma vie. À l'enclave, j'aurais été guérie en peu de temps, mais ici…

Del n'avait pas l'air conscient de la gravité de la situation :

— Voilà, ta première marque de bataille ! dit-il en souriant. Qu'est-ce que tu en penses ?

— J'en pense que c'est douloureux.

— Je sais. Moi, j'ai été blessé lors de ma toute première patrouille. J'ai été trop lent et un Monstre en a profité.

Il souleva sa chemise pour me montrer une cicatrice au niveau de ses côtes.

— Est-ce que c'était avec ton dernier coéquipier ?

— Non. J'en ai eu deux. La première était exceptionnelle, elle m'a beaucoup appris. Elle est morte de vieillesse.

— Quand ?

— L'année dernière.

— Et c'est après sa mort que tu t'es retrouvé avec celui dont tu m'as parlé ?

— Exactement.

— Tu es Chasseur depuis deux ans ? demandai-je, étonnée.

— Oui, à peu près.

Je profitai qu'il soit d'humeur bavarde :

— Combien de temps as-tu vécu tout seul ?

— En dehors de l'enclave ? Quatre ans, je pense.

J'avais du mal à le croire. Surtout maintenant : je savais à quoi ressemblait la vie dans les tunnels. J'espérai qu'il partagerait ses tactiques de survie avec moi, mais il ne me laissa pas le temps d'approfondir la question.

Il fouilla dans son sac et en sortit une petite boîte argentée. Lorsqu'il l'ouvrit, une odeur âpre et médicinale s'en échappa. Del plongea ses doigts dans la crème et l'étala sur ma blessure. Cela me brûla immédiatement.

— Qu'est-ce que c'est ? grognai-je.

— C'est un baume qu'une amie Ouvrière m'a préparé. Ça sert à nettoyer les plaies. Je ne sais pas ce qu'il y a dedans… Des champignons, sûrement !

J'étais surprise. Non pas qu'il me soigne avec un baume à base de champignons, mais qu'une Ouvrière l'apprécie assez pour lui en fabriquer.

— Comment s'appelle-t-elle ?

— Bannière.

Ah, je la connaissais. Œillet m'avait parlé d'elle. À l'époque, j'étais encore une môme, bloquée au dortoir, tandis que Œillet et Sable avaient déjà été baptisés. Moi, j'étais frustrée et jalouse. Lorsque Œillet me raconta, tout excitée, que *Bannière* lui avait appris à fabriquer un sac en cuir, cela ne fit qu'empirer les choses. Elle avait une nouvelle amie et, bientôt, elle m'oublierait. Je me mis à détester Bannière sans même la connaître.

Une fois la sensation de brûlure passée, j'allai bien mieux. Je sentais que la crème faisait son effet : mes plaies semblaient désinfectées et plus tendues. Je préférais largement les cicatrices propres aux blessures suintantes.

— Est-ce que tu penses que Bannière pourra m'en donner, à moi aussi ?

— Bien sûr. Je vous présenterai à notre retour.

Sa voix s'adoucissait dès qu'il parlait d'elle. D'abord Œillet, maintenant Del… Il me tardait de rencontrer cette fille, de voir ce qui était si exceptionnel chez elle !

Et, bien sûr, de lui demander de son baume. Cette blessure était la première d'une longue lignée, je le savais. Du moins, si nous survivions à cette mission.

J'arrachai un autre morceau de vêtement et frôlai les doigts de Del en lui passant le bout de tissu. Il l'enroula, tout en douceur, autour de mon bras. Quelques mèches de mes cheveux s'étaient détachées. Il les enleva de mon épaule pour ne pas les coincer dans les nœuds du bandage. Une partie de moi me disait de m'éloigner de lui, et l'autre me disait tout l'inverse…

J'étais tellement épuisée que je n'avais pas la force de manger. J'allais m'allonger, mais Del m'en empêcha :

— Hors de question ! Mange. Bois. Il faut que tu prennes des forces. Ne compte pas sur moi pour te porter, demain.

— Je ne te l'aurais pas demandé.

Je mâchai et avalai de manière mécanique. Del, lui, était un peu plus enthousiaste. Son expérience l'avait rendu plus fort, il était habitué à tout cela. J'allais y arriver, moi aussi. De toute façon, je n'avais pas le choix.

— On devrait pouvoir dormir en même temps, murmurai-je. On les entendra s'ils essayent d'entrer.

— D'accord. Mais si on ne fait pas une vraie nuit, on le payera plus tard.

En effet, nous risquions de perdre de l'énergie, de la vitesse et nos réflexes. Tant que nous n'y perdions pas notre vie…

— Il nous reste encore un jour de marche, c'est ça ? demandai-je. Avant d'arriver à Nassau ?

— Normalement, oui.

— Qu'est-ce qu'on va faire, une fois là-bas ?

— On verra, selon sur quoi on tombe.

Del fouilla à nouveau dans son sac, cette fois pour en extraire un rectangle brillant. Il ouvrit l'extrémité et frotta son pouce dessus. Cela fit des étincelles, puis une flamme s'en échappa. Surprise, je reculai d'un coup.

— Qu'est-ce que tu fais ? demandai-je, alarmée.

— Je me souviens…

— De quoi ?

— D'avant.

Je perdais patience. Il était temps qu'il me raconte son histoire ! Il tournait tout le temps autour du pot.

— C'est un briquet, reprit-il. Il était à mon père. Comme la montre.

— Est-ce que tu te souviens de lui ?

— Bien sûr que oui.

Cela me choqua profondément : dans l'enclave, nous savions à peine qui étaient nos Géniteurs. La plupart d'entre eux mouraient avant que nous soyons assez âgés pour les reconnaître. Et nous nous en fichions, car d'autres Géniteurs s'occupaient de nous jusqu'à ce que nous soyons assez grands pour nous débrouiller tout seuls.

— Del…

— Je ne m'appelle pas Del, lança-t-il sèchement.

Il avait l'air en colère, mais pas contre moi.

— Peut-être que quelqu'un t'a donné un autre nom avant ton arrivée à l'enclave, mais Del est ton vrai nom, désormais. Tu l'as mérité.

— Si tu veux, soupira-t-il. Tu allais me demander quelque chose ?

— Oui. D'où viens-tu, exactement ?

Je supposais qu'il venait d'une des enclaves voisines. Les gens pensaient qu'il s'était perdu et qu'il avait tout fait pour survivre jusqu'à ce que quelqu'un le retrouve. C'est pourquoi je ne m'attendais pas à sa réponse :

— Je viens d'Au-Dessus.

Oh ! Ce qu'il pouvait m'exaspérer !

— Tu veux jouer à ça ? m'écriai-je. Très bien ! Tu peux me mentir autant que tu le souhaites. Moi, je m'en fiche.

Personne ne vivait là-haut. L'eau tombait du ciel et abîmait tout sur son passage, et rien n'y poussait. Le Gardien des mots nous l'avait appris. Frustrée, j'attrapai ma couverture. Je m'allongeai sur un banc contre la cloison, et m'enroulai dedans. Ici, les Monstres ne me verraient pas. Je fis comme si Del n'existait pas, et m'endormis rapidement.

Cette fois, je ne fis pas de cauchemars. Mon sommeil fut profond, et je me réveillai naturellement. J'avais les cheveux devant les yeux, et je les repoussai pour y voir.

— Ne bouge pas, murmura Del.

— Pourquoi ?

Il n'eut pas besoin de répondre : un mouvement à l'extérieur le fit à sa place. Des Monstres rôdaient autour de notre abri !

L'un d'eux se jeta contre la vitre pour voir ce qu'il y avait à l'intérieur. Je sursautai, puis je me fis aussi petite que possible. Un autre coup. Un Monstre était monté sur le toit. Combien étaient-ils ? Je voulais élaborer une tactique au cas où ils parviendraient à entrer.

Si on reste immobiles, ils partiront peut-être…

Le temps passa lentement, comme au ralenti. Les créatures grognaient et glapissaient. Je voulais me cacher les yeux avec les mains, comme un bébé, en espérant que cela ferait partir les méchantes créatures. Au lieu de cela, j'écoutai avec attention et tentai de comprendre ce qu'ils faisaient. En me fiant aux bruits et à leurs déplacements, j'estimais qu'ils étaient une quinzaine. Au moins.

Nous étions piégés.

NASSAU

— Je n'en ai jamais vu autant d'un coup, chuchotai-je.

Je n'aurais pas dû ouvrir la bouche… Un des Monstres m'avait entendue. Il devint fou et se mit à cogner contre la vitre, jusqu'à ce qu'elle vole en éclats.

— Debout ! hurla Del. Dégaine !

Je me levai et sortis mes couteaux, l'espace étant trop étroit pour ma massue. Le Monstre se faufila par le trou, le torse en premier. Je lui coupai la gorge, et son sang immonde gicla des deux entailles. L'image était grotesque. Le cadavre bloquait le passage aux autres, et certains d'entre eux se jetèrent sur lui pour le dévorer. D'autres tentaient désespérément de le dégager pour nous atteindre.

Celui qui avait grimpé sur le toit se mit à sauter, pensant sûrement que son poids l'aiderait à traverser le métal.

— Est-ce qu'on a du souci à se faire ? demandai-je à Del.

— Tout dépend de leur intelligence.

— Est-ce que tu t'es déjà retrouvé dans ce genre de situation ?

Ma question le fit sourire. Oui, sourire !

— Je pense que *personne* ne s'est jamais retrouvé dans ce genre de situation.

Mais pourquoi Soie m'avait-elle mise en équipe avec un cinglé ? Il y avait tellement de Chasseurs expérimentés et *sérieux* ! Et j'étais tombée sur Del. C'était vraiment injuste.

Une odeur infecte interrompit mes pensées. Les Monstres avaient arraché le corps de celui que j'avais tué et une partie du groupe s'empiffraient. À genoux, ils déchiraient les morceaux de viande et les engloutissaient sur-le-champ. Même dans l'obscurité, le sang faisait luire leurs dents pointues et acérées.

— Tant qu'ils ne brisent pas d'autres vitres, ça devrait aller, assurai-je.

C'est à ce moment-là qu'ils attaquèrent l'autre côté du conteneur. Del sauta par-dessus deux rangs de sièges et se mit en position, couteaux en main. Je restai à ma place pour protéger la première ouverture.

Un second Monstre se jeta à travers la vitre. Je ratai son cou, et me rattrapai en le frappant au thorax. Il resta bloqué, lui aussi, et les autres commencèrent à le manger tandis qu'il agonisait. Leurs cris me donnaient la chair de poule.

On ne bougea pas de nos places, chacun gardant son côté, jusqu'à ce qu'ils jettent leur dévolu sur une nouvelle vitre. Deux d'entre eux la frappèrent avec insistance jusqu'à ce qu'elle commence à se fendre. Je regardai les craquelures se répandre sur le verre. D'abord avec désarroi, puis avec terreur. Nous étions envahis.

Un des Monstres parvint à grimper à l'intérieur, puis le second le suivit. J'abattis le premier et me préparai à affronter l'autre.

Il se précipita sur moi, la gueule grande ouverte. Je lui plantai un couteau dans l'orbite, et il s'effondra au sol. En un mouvement fluide, j'attaquai le suivant, tout en gardant un œil sur Del. Il faisait preuve d'une efficacité incroyable, chacun de ses gestes était unique. Il était bien meilleur que tous les Chasseurs que j'admirais. Il était tellement gracieux que j'eus du mal à l'ignorer, mais il ne fallait pas que je me déconcentre.

Les créatures changèrent de tactique. Deux Monstres foncèrent sur Del, dans son dos. J'abandonnai mon poste et me jetai au-dessus des sièges. Je m'agrippai à une barre en métal et, dans l'élan, donnai un coup de pied dans la poitrine du premier Monstre, puis dans son crâne. Je tuai le deuxième d'un coup de couteau. Désormais, ils surgissaient des deux entrées.

— Vous feriez mieux de fuir ! cria Del. S'il le faut, on vous tuera tous !

Les Monstres répondirent par des grognements, des bruits humides et dégoûtants qui ressemblaient presque à des mots. On se mit dos à dos pour continuer la bataille. Mes muscles fatiguaient, mais on en tua dix de plus, et les survivants partirent en courant. Ils avaient compris que nous étions plus forts qu'eux. Cela m'inquiéta plus qu'autre chose : ils étaient bel et bien capables de réfléchir. Peut-être même avaient-ils compris l'avertissement de Del ? Essoufflée, je nettoyai mes couteaux sur les haillons d'un cadavre.

— Ils sont partis pour éviter de perdre trop de monde, déduisit Del.

— Oui. Ils ne sont pas complètement idiots.

— Est-ce que tu penses qu'ils nous ont crus ?

— J'espère, répondis-je. Si ce n'est pas le cas, on est mal.

— Soie savait très bien que leur comportement avait changé, dit-il. Elle nous a envoyés à la mort.

Il avait sûrement raison. Je balayai les lieux du regard : un vrai carnage. Puis je m'empressai de rassembler mes affaires. Nous avions besoin de manger avant de repartir, mais pas ici. L'odeur était insupportable.

Del avait l'air de penser la même chose. Tête la première, il sauta par une des vitres brisées. Quel idiot ! Il fit un saut périlleux, atterrit avec grâce sur ses deux pieds et se retourna vers moi, le sourire aux lèvres.

— Frimeur, marmonnai-je.

J'aurais pu faire comme lui, mais en sautant de bien plus haut. Je me contentai donc de faire tomber les éclats de verre qui restaient, et de descendre les jambes en premier. Moins spectaculaire. Del m'attrapa à l'atterrissage, tout en douceur. Je n'avais pas besoin de son aide, mais j'appréciai quand même le geste.

— Tu m'as sauvé la vie, murmura-t-il.

— C'est mon boulot.

Même dans le noir, je sentis son regard perçant posé sur moi.

— Soie avait raison. Tu es vraiment douée.

— Merci, balbutiai-je.

Enfin, de la reconnaissance ! C'était la plus belle chose qu'il pouvait me dire. Désormais, il ne se moquerait plus de moi. Peut-être que notre duo allait fonctionner, finalement.

Autour de nous, les cadavres étaient empilés les uns sur les autres. Démembrés, pour la plupart. Certains morceaux avaient été grignotés jusqu'à l'os, et le sol était couvert de sang. Mon entraînement ne m'avait pas préparée à cela. Del me dirigea loin du massacre, sans quoi je serais restée bloquée au milieu des corps, paralysée d'horreur.

On reprit notre chemin. On fit très peu de pauses, mais nos quelques heures de sommeil rendirent ce trajet moins laborieux que celui de la veille. Par contre, je sursautais au moindre bruit. Peu à peu, je comprenais à quel point les Monstres étaient un danger pour l'enclave.

On tomba sur les panneaux pour Nassau bien plus tôt que nous le pensions. Ils étaient accompagnés de l'avertissement : « ATTENTION AUX PIÈGES. » J'en évitai plusieurs, et réalisai qu'ils n'avaient pas été vérifiés depuis longtemps. La plupart des pièges contenaient de la viande pourrie. Mauvais signe.

Plus nous nous approchions de l'enclave, plus cela empestait. Je commençais à m'habituer à l'obscurité, au froid et à la puanteur des Monstres mais, cette fois-ci, l'odeur était cent fois pire. Del m'arrêta d'une main et me fit signe d'avancer lentement, en me collant au mur. J'obéis.

La première chose que l'on vit : une barricade détruite. Pas de gardes à l'horizon. Et, dans l'enclave, des Monstres… Comparés à ceux que nous avions croisés, ceux-ci étaient gros, rassasiés. Le sol était jonché de corps déchiquetés. Je n'en croyais pas mes yeux.

Tout le monde était mort. Nassau n'existait plus. Et nos Aînés avaient tué le dernier survivant… Cela signifiait aussi que l'enclave la plus proche de la nôtre était maintenant à quatre jours de marche dans l'autre sens. Del posa sa main sur mon bras. Oui, il était temps d'y aller. Il n'y avait plus rien ici que la mort.

Je me mis à courir de toutes mes forces. J'étais fatiguée, mais ma terreur me donna des ailes. Nassau avait été prise par surprise. Ils avaient sous-estimé les Monstres. J'imaginais la peur des mômes et la panique des Géniteurs. Leurs Chasseurs ne les avaient pas protégés.

Il était hors de question que nous échouions, nous aussi. Il fallait que nous rentrions prévenir les Aînés.

Del nous fit prendre un chemin différent de celui de l'aller, et notre course se transforma en marche. Ces tunnels étaient plus resserrés et il n'y avait aucun Monstre dans le périmètre. Je ne savais pas d'où venait mon énergie, je tremblais de partout.

Del passa une porte et monta des marches. Je frissonnai à leur vue. C'était imprégné dans ma tête depuis des années : les marches mènent Au-Dessus.

— Allez, grogna Del. Viens.

Je ravalai mes craintes et grimpai derrière lui. Je le suivis jusqu'à l'étage, où on traversa un couloir étroit qui donnait sur une pièce obscure. Del toucha quelque chose, et je fus stupéfaite lorsqu'une lumière apparut. J'avais déjà vu des lampes dans l'enclave, mais nous n'avions rien pour les faire marcher. Celle-ci avait une petite flamme en son cœur.

— Comment as-tu fait ça ?

— C'est une lampe-tempête. Elle fonctionne avec de l'huile.

Cela serait bien utile à l'enclave, où les flambeaux fumaient beaucoup trop. Del ferma la porte derrière nous, puis je balayai la pièce du regard. On aurait dit qu'elle n'avait pas été touchée depuis des années. Et elle était remplie de reliques ! Les étagères et le bureau étaient recouverts de poussière, mais je distinguais bien la nature des objets. Il y avait quatre livres, grands et fins, avec plein d'images colorées. J'allais en attraper un, mais me retins au dernier moment. Del m'encouragea :

— Vas-y, Trèfle. Je ne le dirai à personne.

Si je ramenais ces livres au Gardien des mots, il ne fallait pas qu'il apprenne que je les avais lus. C'était son rôle, pas le mien. Je fis confiance à Del et en pris un dans les mains. Mes yeux restèrent bloqués sur la première image : une file de conteneurs, dans un tunnel. Des gens étaient assis dedans. Ils étaient en train de lire, de discuter… Ils avaient l'air heureux.

— Alors c'était comme ça, avant, m'émerveillai-je.

— Oui. Les gens descendaient ici pour utiliser les moyens de transport, c'est tout. Après, ils remontaient.

— Est-ce que tu es né Au-Dessus ?

— J'aurais beau te répondre que oui, bougonna-t-il, tu ne me croirais pas.

Je l'avais bien cherché. Je ne m'excusai pas et me plongeai dans les livres. Les pages étaient brillantes et lisses. J'étais fascinée par les images de ciel bleu et de verdure. En dehors des champignons, je n'avais jamais rien vu pousser.

Je rangeai les livres dans mon sac, puis explorai la pièce et fouillai tous les meubles. Le bureau contenait plein de papiers intrigants, fins et doux. Ils étaient jaunis par le temps, mais intacts malgré tout. Ramener de telles reliques ferait du bien à ma réputation... Personne n'était tombé sur un tel trésor depuis fort longtemps ! Après avoir choisi tout ce qui avait l'air intéressant, mon sac était plein à craquer.

— Est-ce qu'il existe d'autres endroits comme ici ? Remplis de reliques ?

— Probablement, marmonna Del.

Notre trouvaille ne lui faisait ni chaud ni froid. J'hésitai à chercher d'autres pièces, mais Soie aurait pu nous accuser de nous être écartés de la mission. Résignée, je m'assis au sol pour manger un bout de viande et boire un peu d'eau.

Je repensai à Nassau, aux horreurs que nous avions vues. Je me remis à trembler, serrai mes genoux contre ma poitrine et les enrobai de mes bras. J'essayai de me calmer en respirant fort. Une Chasseuse ne devait pas craquer.

Del se rapprocha de moi :

— C'est ton épaule qui te fait mal ?

— Non. C'est la disparition de Nassau.

— Moi aussi, admit-il. Je n'ai pas envie de dormir.

Il s'installa à mes côtés, enveloppa mes épaules avec sa couverture et laissa son bras sur mon dos. J'étais épuisée, mais pas au point de me laisser faire :

— Tu n'as pas le droit de me toucher !

— Détends-toi, un peu. Tu as froid et tu as peur, je ne fais que te réconforter. Ne t'inquiète pas, je ne vais pas te faire un môme dans la nuit.

Il avait l'air sincère. Si jamais il tentait une approche, je le repousserais. Mais je me sentais bien contre lui, et ma tête était remplie d'images terribles... Del comprenait ce que je ressentais.

— Est-ce que tu avais déjà vu ça ? lui demandai-je.

— Jamais. L'équilibre n'est plus le même.

— Il faut que l'on trouve pourquoi. Sinon, Soie nous accusera de ne pas avoir rempli notre mission.

— Je sais pourquoi.

— Dis-moi.

— C'est simple. S'ils n'avaient pas attaqué Nassau, ces Monstres seraient morts de faim. Ils font tout pour survivre, comme nous.

— On dirait que tu les plains...

— Pas du tout. Moi aussi, je suis triste que tous ces gens soient morts. Mais je comprends pourquoi.

— Tu penses que Soie se contentera de cette réponse ?

— Elle a plutôt intérêt, conclut-il. Parce que c'est la vérité.

L'OBSCURITÉ

Le lendemain, je n'avais plus la force de courir. Del s'adapta à mon rythme. Dans les tunnels, tout me paraissait plus sombre que la veille. Les ténèbres ne m'avaient pas posé problème en allant à Nassau mais, à présent, elles m'étouffaient. Cela devait être la fatigue. J'avais la sensation d'être suivie par plein de créatures, plus intelligentes et plus effrayantes que les Monstres. Mon esprit me jouait des tours...

Del, lui, n'avait pas peur du noir. Il avançait sans jamais hésiter. Moi, je ne respirais vraiment que lorsque nous tombions sur un tunnel un peu éclairé. Ces secondes-là m'étaient précieuses.

Nous marchions sur du gravier et, à un moment donné, je trébuchai sur un gros caillou. Heureusement, Del eut le réflexe de me rattraper.

— On devrait faire une pause, suggéra-t-il.

— Pas encore, protestai-je. On vient tout juste de partir.

— Voilà deux heures qu'on marche, Trèfle.

Cela me surprit. L'obscurité me faisait perdre tous mes repères. Je m'assis au sol, contre un mur, et attrapai ma bouteille. Consternée, j'en avalai les dernières gorgées et je décidai de ne pas manger de viande. Cela m'aurait donné encore plus soif.

— On peut y aller, murmurai-je.

— Est-ce que tu veux passer devant ?

J'hésitai. Je ne voulais pas lui montrer à quel point je me sentais mal.

— Non, merci. Je pourrais nous perdre.

— Je serai juste derrière toi, Trèfle.

— Bon, d'accord.

Peut-être que je me sentirais mieux en nous guidant, cela m'occuperait l'esprit.

On marcha plusieurs heures, jusqu'à atteindre un tunnel noir. *Complètement* noir. Je crus entendre des bruits de pas mais, lorsque je m'arrêtai pour écouter, le son s'arrêta lui aussi. C'était peut-être un écho.

— Tu as entendu, toi aussi ? chuchota Del.

Puis quelque chose m'agrippa. Des mains puissantes se saisirent de mes bras et me tirèrent d'un coup sec. Del se jeta sur moi pour me retenir, en vain. Je l'entendis tâtonner, essayer de m'atteindre. Je donnai des coups de pied et me tordis dans tous les sens pour échapper à l'ennemi, mais il m'entraîna de force à travers une fente dans le mur. Elle était tellement étroite que je ne pouvais plus me débattre. J'essayai de m'accrocher au sol avec mes talons, mais ils glissaient sur des dalles de pierre. Ces tunnels avaient dû être creusés à la main, derrière ceux qui existaient déjà. Ils étaient faits de pierre naturelle et paraissaient plus primitifs.

Un filet de lumière illumina le visage de mon adversaire. Il ressemblait plus ou moins à un humain, mais il avait des yeux énormes et était bien plus petit que moi. Plus pâle, même. Son peuple s'était adapté à cet environnement obscur. Je me demandai à quoi ressemblaient ses dents.

— Ils t'suivent, me dit-il.

Je n'avais donc pas rêvé, quelque chose nous suivait.

— Des Monstres ?

— Ouais, les Mangeurs. Viens.

— Et mon coéquipier ?

— Pas b'soin d'lui.

— Je ne peux pas le laisser là-bas ! Il va se faire tuer !

— Pas grave. Viens.

J'entendis Del courir à ma recherche. Il ne m'appelait pas, c'était trop dangereux. Il devait être terrifié. Je n'avais disparu qu'en quelques secondes. J'eus envie de crier pour attirer son attention, mais cela aurait mis la créature en colère et, surtout, cela aurait attiré les Monstres.

Il m'emmena dans une pièce où le plafond était si bas que je ne pouvais pas me tenir droite. Une vingtaine de ses compagnons s'approchèrent de moi pour me toucher les cheveux et me renifler. Je devais sentir mauvais. J'avais passé des jours dans les tunnels sans me laver. Pour l'instant, ils n'avaient pas l'air de me vouloir de mal. Mais si leurs intentions étaient mauvaises, j'étais prête à attaquer. Ici, il y avait assez de place. Je devrais me battre en étant complètement courbée, mais ces créatures paraissaient plus malignes que vigoureuses. Elles survivaient en se cachant, pas en combattant.

— Qu'est-ce que vous voulez ? leur demandai-je.

— Sang neuf, répondit celui qui m'avait attrapée.

— Le mien ?

— Faut s'reproduire !

Ah, ils ne voulaient donc pas me dévorer… *Seulement* procréer. Ils pouvaient toujours rêver ! Je me fichais bien qu'ils me veuillent pour faire des mômes, décorer une pièce ou leur chanter des berceuses ! Je n'hésitai plus, reculai et dégainai mes couteaux.

— Je ne peux pas rester, déclarai-je. J'ai du travail.

— Si tu pars, les Mangeurs vont t'grignoter.

— Qu'est-ce qui te fait croire ça ?

— Ceux qui t'suivent. 'Sont intelligents.

— Il y a différents types de Monstres ?

— T'avais pas encore compris ?

— Si. Enfin, ceux qui traînent autour de notre enclave ne sont pas comme ceux que l'on a vus à Nassau.

— Nah-ssau, c'est l'endroit mort ?

— Oui. On nous y a envoyés pour inspecter les lieux.

— Ton peupl' doit pas t'aimer beaucoup ! plaisanta-t-il. Pourquoi t'veux pas rester ?

Je balayai la pièce du regard. Leurs gros yeux étaient fixés sur moi. Ces créatures étaient bizarres, mais pas violentes. Je pouvais m'enfuir, elles n'allaient pas me retenir. Mais j'avais peur de retourner seule dans le noir.

Puis je pensai à Del. Il ne rentrerait pas à l'enclave sans moi, j'en étais certaine. Il avait déjà perdu un coéquipier. S'il revenait seul, ils le tueraient sur-le-champ. Je commençais à comprendre comment nos Aînés fonctionnaient.

— J'accepte votre hospitalité à une seule condition : j'exige que l'on retrouve mon coéquipier. En échange, je vous propose de faire commerce avec nous. Dans notre enclave, il y a du poisson.

Ils se concertèrent quelques secondes.

— D'accord. Mais toi tu vas chercher l'aut'. Pas nous.

Parfait. Je me glissai dans l'interstice et replongeai dans le tunnel obscur. Il me fallut un temps pour retrouver mes marques. Je tentai d'entendre la respiration ou les pas de Del, mais le silence était complet.

Quelle direction avait-il prise ? Il n'avait sûrement pas rebroussé chemin. Je tournai à gauche et avançai à tâtons. À l'approche d'une intersection, je sentis… une présence.

— Del ? murmurai-je.

Il fallut qu'il se colle à moi pour que je le distingue enfin. Il posa ses mains sur mes bras. Il paraissait moins paniqué que je ne l'aurais été à sa place.

— Est-ce que ça va ? s'exclama-t-il. Où étais-tu passée ?

— Viens avec moi. Tu vas vite comprendre.

Malgré ma concentration, je réalisai que je ne savais plus où se trouvait l'entrée. Heureusement, notre hôte m'attrapa à nouveau lorsque je passai devant. Cette fois-ci, je m'agrippai à Del et le tirai avec moi.

Le petit homme ferma le passage à l'aide de grandes pierres. Les Monstres, intelligents ou pas, n'y verraient que du feu. Je me sentis piégée, mais je compris son geste.

— Où sommes-nous ? demanda Del.

— À la maison, répondit un des habitants.

Je jetai un œil à sa bouche, et m'aperçus que leurs dents n'étaient pas acérées comme je les imaginais. Tant mieux.

Je me tournai vers Del :

— On a besoin de se reposer avant la dernière étape du périple, et ils ont proposé de nous accueillir. En échange, on va faire commerce avec eux.

Je me mis à chuchoter pour l'informer du pire :

— Del, des Monstres nous pistent depuis des heures.

— Je m'en doutais, souffla-t-il. Ça signifie qu'au lieu d'attaquer, ils préfèrent nous suivre pour atteindre le gros lot.

— Oui, confirmai-je. Ils veulent savoir où on vit.

— Il va falloir se débarrasser d'eux avant d'atteindre l'enclave. Tu es sûre que l'on est en sécurité, ici ?

— Je pense que oui. On est plus forts et plus grands qu'eux, et ils ont vraiment l'air intéressé par le troc. Au départ, ils voulaient se servir de moi comme Génitrice… Autant te dire que j'ai refusé.

Cela fit sourire Del. Ses dents blanches brillaient à la lueur des flambeaux.

— Et tu n'en as pas tué un seul ? blagua-t-il. Impressionnant !

Je m'affalai sur le sol en pierre. Les autres nous avaient déjà oubliés et avaient repris leurs activités. Ils étaient assez nombreux et, à première vue, ils se ressemblaient tous. Je parvenais juste à distinguer celui qui m'avait attrapée, car il était un peu plus grand que ses camarades. Je trouvai très étrange que l'on ne soit pas au courant de leur existence.

Ils nous apportèrent une sorte de purée faite de champignons et… d'autres *choses*. Je préférais ne pas savoir quoi. Je me forçai à l'avaler et les remerciai pour le repas. Del s'était installé contre moi, une main posée sur moi en permanence. Comme si j'allais disparaître à nouveau. Sa prévenance était attendrissante.

On décida de donner un nom à nos hôtes. Pour nous, ils devinrent les Fouisseurs. Notre sauveur se rapprocha de nous :

— J'm'appelle Jengu.

— Moi, je m'appelle Trèfle. Lui, c'est Del. Alors, quelle marchandise nous proposes-tu en échange des poissons ?

— Suis-moi. J'vais t'montrer.

C'était une bonne idée : en le voyant de mes propres yeux, je pourrais décrire aux Aînés ce que les Fouisseurs pouvaient nous offrir. J'emboîtai le pas à Jengu, suivie de près par Del. On traversa une galerie qui tournait dans tous les sens. Les flambeaux fumaient beaucoup et rendaient l'air âpre. Je me retins de respirer par la bouche.

On atteignit une plate-forme identique à celle de notre halte. Nous étions arrivés par la seule entrée possible, le reste étant bloqué par des tonnes de pierres. Les murs s'étaient effondrés. Malgré cela, la lumière était meilleure ici, et il y avait aussi davantage d'air. Et la plate-forme était entièrement recouverte de vieux objets… Des tas et des tas de reliques, empilées les unes sur les autres. Je n'avais jamais vu une collection pareille ! J'ignorais leur nom et leur utilité, mais je savais ce que cela représenterait pour l'enclave : un véritable trésor. Le Gardien des mots n'en reviendrait pas.

— Ça vaut bien quelqu' poissons, non ? demanda Jengu.

— Ça en vaut beaucoup, oui, m'émerveillai-je.

Je ne me permis pas d'explorer. J'en mourais d'envie, mais nous n'avions pas beaucoup de temps. Del et moi devions nous reposer un peu, puis repartir. Les Monstres auraient sûrement perdu notre trace d'ici notre réveil.

— Est-ce qu'on peut dormir ici ? demanda Del. Vous pouvez fouiller nos sacs maintenant, puis à notre départ. On ne vous volera rien.

— Vous v'lez dormir dans la réserve ?

Jengu était étonné. Moi, non. Ici, le plafond était plus haut et l'odeur était meilleure. Les Fouisseurs étaient généreux, mais la propreté n'était pas leur fort.

Je passai mon sac à Jengu. Il examina son contenu, jusqu'à ce qu'il tombe sur un des livres.

— Où t'as trouvé ça ? demanda-t-il.

— Dans une pièce, en rentrant de Nassau. Il fallait monter des escaliers pour y accéder.

— Ah. Près d'Au-D'ssus.

— Sûrement, oui.

— C'est tout ?

— Oui, confirma Del. On ne pouvait pas en prendre davantage. Pas assez de place.

Jengu était satisfait. Il nous laissa nous installer et retourna dans ses tunnels étriqués. Contrairement à nous, il devait s'y sentir mieux qu'ici.

Del se rapprocha de moi :

— Ça va ? Ils ne t'ont pas fait de mal ?

— Non. Ils ne sont pas méchants. D'ailleurs, l'enclave ferait bien de se lier d'amitié avec eux…

— C'est sûr. Et cette réserve est incroyable ! Ils doivent glaner ces objets depuis des générations !

— Del, l'interrompis-je. Merci de m'avoir attendue. C'était vraiment risqué.

Il toucha ma joue avec tendresse :

— Je serai toujours là pour toi, Trèfle. Et pas seulement quand les choses sont faciles. *Tout le temps*.

Un frisson me parcourut des pieds à la tête. Tout à coup, je me fichai que personne n'aime Del et que personne ne m'accepte à cause de lui. C'était un coéquipier parfait. Beaucoup de Chasseurs auraient suivi les ordres à la lettre et m'auraient abandonnée. Pas lui.

— Si tout se passe bien, c'est la dernière fois que l'on s'arrête, me confia-t-il. Demain, on sera de retour à l'enclave.

On s'installa dans un creux entre deux piles d'objets, puis je sortis ma couverture et m'enroulai dedans. Lorsque l'on s'endormit, seulement quelques centimètres nous séparaient l'un de l'autre.

Je me réveillai la première. Del dormait sur le côté, tourné vers moi. Il était tellement différent, lorsqu'il avait les yeux fermés. Encore une fois, j'eus envie de toucher ses sourcils. Ils étaient noirs comme de la suie. Si noirs, comparés à sa peau…

Il ouvrit les yeux d'un coup, et sourit. Mon cœur explosa dans ma poitrine.

— Prête à repartir ?

Je grommelai et me relevai. Dormir sur de la pierre était très inconfortable. Je ne me sentais pas reposée du tout. J'espérais retrouver ma forme une fois rentrée à l'enclave, mais Soie nous ferait sûrement travailler le double pour se venger de notre retour.

On rangea nos affaires pour retrouver les Fouisseurs, qui étaient déjà debout. Comme prévu, Jengu fouilla nos sacs. À mon avis, il nous faisait confiance. Le geste rassurait les autres, c'est tout.

Après avoir dit au revoir, on décida que l'on se sentait assez en forme pour finir le trajet d'une seule traite. Cela serait dur, et il y aurait des Monstres à éviter, mais nous y arriverions. Après tout, nous étions des Chasseurs. L'enclave avait besoin de nous, et des nouvelles que nous apportions.

LE RETOUR

Le lendemain, Del et moi étions face aux barricades. Nous avions combattu un groupe de Monstres quelques heures auparavant, et le peu d'énergie qu'il nous restait était partie en fumée. Les gardes quittèrent leur poste pour nous faire entrer. Nous étions dans un sale état. Et j'avais tellement soif…

Quelqu'un alla chercher Soie.

— Donnez-leur à manger et à boire ! s'écria-t-elle. Ils ne sont pas en état de faire un rapport… Ils tiennent à peine debout !

Elle nous guida vers la cuisine et je m'effondrai sur un cageot. *Je n'arriverai jamais à me relever*, pensai-je. On nous mit un verre d'eau dans les mains, et je fis attention de boire par petites gorgées. On m'avait appris à être vigilante quand j'avais l'estomac vide : boire trop vite m'aurait rendue malade. Puis on nous donna un bol de ragoût tiède que je m'empressai de dévorer avec les doigts.

Tandis que Del et moi mangions, un attroupement s'était formé autour de nous. Soie, Cuivre, Twist et Chrome, mais aussi des Ouvriers, des Géniteurs, et même des mômes. Ils avaient dû penser que nous ne reviendrions jamais ! Tout le monde voulait entendre notre histoire. Je posai les restes de ragoût sur la table, et un môme minuscule s'en empara.

— Alors ? lança Soie.

— Nassau est occupée par les Monstres, répliqua Del. Personne n'a survécu.

Au moins, c'était direct.

— Personne ? demanda Chrome.

— Non, confirma-t-il. Les Monstres vivent dans l'enclave et se nourrissent des corps.

— Mais, comment est-ce possible ? enchaîna Soie. Est-ce qu'il y avait des signes de maladie ?

— Ils sont tous morts au combat. Ils n'étaient pas malades. Si on ne veut pas que ça nous arrive, on doit changer de tactique. Il faut installer plus de pièges, et se préparer en cas d'attaque.

— Mais les Monstres ne sont pas à craindre ! se moqua Soie. Tu parles d'eux comme s'ils étaient capables de réfléchir !

— Del a raison, déclarai-je. On s'est battus contre un groupe en allant vers Nassau. Et je pense… Je pense qu'ils nous comprenaient.

— Bon, dit-elle en serrant les dents. On prendra en compte votre rapport lors de notre prochaine réunion.

— Merci, chef.

J'étais exténuée. Je savais que contredire Soie n'était pas la meilleure chose à faire, surtout en public. Mais nous avions fait de notre mieux. Nous avions accompli notre mission et délivré les informations demandées. S'ils ne nous croyaient pas, tant pis pour eux.

Soie renvoya les curieux au travail. J'en entendis deux murmurer :

— Qu'est-ce que tu en penses, toi ?

— Les gens de Nassau étaient sales. Ils sont sûrement morts d'une épidémie et, après, les Monstres les ont mangés.

— Je suis sûr que les Chasseurs l'ont attrapée, la maladie. S'ils en meurent, ça leur apprendra à nous raconter des bobards !

Génial. Même les habitants ne nous croyaient pas. Ils pensaient que nous nous amusions à inventer des dangers qui n'existaient pas. Mais ils n'avaient rien vu, eux ! Ils ne savaient rien ! Consternée, je restai sur mon cageot, la tête dans les mains, le regard fixé au sol.

Soie s'approcha de moi.

— Vous avez accompli votre mission dans les temps, dit-elle. En récompense, vous ne serez pas de patrouille demain. Vous pouvez vous reposer et reprendre des forces. Et je vous interdis de parler de vos théories extravagantes à quiconque. Compris ?

— Je n'en parlerai à personne, promis-je.

— Très bien. C'est tout pour aujourd'hui.

Je me relevai avec difficulté et me traînai jusqu'aux douches. Je n'avais jamais senti aussi mauvais ! J'avais gardé les mêmes vêtements pendant tout le périple… L'avantage, c'était que mes habits de rechange étaient encore propres.

Je passai beaucoup plus de temps que d'habitude sous l'eau. J'en profitai pour jeter un œil à ma blessure : une croûte était en train de se former. Le baume de Bannière avait évité l'infection, mais les cicatrices allaient rester. Quelques filles m'observèrent en rigolant, mais elles ne m'adressèrent pas la parole.

Une fois séchée et rhabillée, je me sentis bien plus légère. Je m'apprêtai à laver mes vêtements crasseux lorsque Œillet arriva et me les prit des mains pour le faire à ma place. Je la remerciai en silence, puis je m'assis contre le mur.

— Ça devait être horrible là-bas, me dit-elle.

— J'ai promis de ne pas en parler, répondis-je sèchement.

Elle s'arrêta net, mes vêtements mouillés dans les mains. Du sang coulait du tissu et disparaissait dans les canalisations.

— Mais… Je suis ta meilleure amie ! s'exclama-t-elle.

— Je sais, mais j'ai fait une promesse. Soie ne m'aime déjà pas. Je ne veux pas prendre de risques.

— Je te jure que je ne le répéterai pas.

— Je ne peux pas. Je suis désolée.

Elle me jeta les habits trempés à la figure et sortit comme une furie. Elle ne comprenait pas qu'il suffisait qu'elle se confie à une seule personne – Bannière, par exemple –, et que cette personne le raconte à une autre, pour que cela arrive aux oreilles de Soie. Ici, tout allait très vite.

Je lavai mes vêtements jusqu'à ce que mes doigts ne supportent plus les frottements, puis retournai dans ma chambre pour les étendre. J'allais m'allonger sur ma palette quand je pris conscience que j'avais oublié quelque chose. Les livres que j'avais trouvés… Ils étaient toujours dans mon sac ! Je quittai ma chambre. Tant pis, le repos devrait attendre. Il fallait absolument que j'apporte mes trouvailles au Gardien des mots.

À ma grande surprise, je le trouvai dans la zone commune.

— Monsieur ? hasardai-je.

— Quelque chose à déclarer, Chasseuse ?

— Oui, monsieur. En revenant de Nassau, on s'est abrités dans une pièce remplie de reliques qui devraient vous intéresser. Je les ai avec moi.

J'étalai les livres colorés, les papiers jaunis et tous les objets que j'avais pu récupérer dans le tiroir du bureau. Le Gardien des mots les regarda avec des yeux écarquillés. Ces trouvailles l'émerveillaient autant que moi. Pour la première fois, je vis une réelle émotion illuminer son visage.

Je vidai mon sac complètement pour être sûre que rien n'était resté coincé dedans. Non, tout était bien là.

— C'est tout, conclus-je.

— C'est magnifique ! s'extasia-t-il. Les plus belles trouvailles de notre génération ! Cela va enrichir notre culture de manière considérable…

Il se mit à lire certaines inscriptions en marmonnant dans son coin :

— *Réparer l'interrupteur sur la ligne bleue*… Je me demande ce que cela veut dire…

Je restai plantée devant lui jusqu'à ce qu'il sorte de sa rêverie.

— Tu seras récompensée, Chasseuse. Avec cette contribution, tu t'es distinguée des autres habitants. Qu'aimerais-tu ?

Que Soie me prenne au sérieux. Bien entendu, je me retins de le dire. Si le Gardien des mots la réprimandait par ma faute, elle le prendrait très mal. Ce n'était pas en la dénonçant que je gagnerais son respect.

— J'accepterai n'importe quelle récompense que vous considérerez juste.

— Très bien, dit-il en souriant.

Je n'avais *jamais* vu le Gardien des mots sourire. Il était temps de lui parler des Fouisseurs. Officiellement, Chrome aurait dû être présent, mais j'étais trop fatiguée pour me soucier du protocole.

— J'ai autre chose à déclarer.

— Ah oui ?

— Il existe une communauté, à un jour de marche d'ici. Ce ne sont pas des Monstres, mais ils ne nous ressemblent pas non plus.

— Amis ou ennemis ?

— Amis. Ils nous ont accueillis et nourris. Sans eux, Del et moi ne serions peut-être jamais revenus. On n'avait plus d'eau, et il était impossible de nous ravitailler à Nassau.

— C'est une bonne nouvelle, dit-il sans grand enthousiasme.

— Ils avaient une réserve entière remplie de reliques de toutes sortes. Fouiller là-dedans pourrait prendre des années…

— Est-ce qu'il y avait des livres ?

— Je pense, oui. Mais aussi des anciens outils technologiques, et des objets que je n'avais jamais vus de ma vie. Les Fouisseurs ne s'y intéressent pas. Ils aimeraient du poisson en échange.

— Du poisson ? demanda-t-il en s'esclaffant. Ils doivent être un peu stupides, alors !

Tout est relatif, pensai-je. *Le poisson, ça se mange. Les livres, ça ne se mange pas.*

— C'est tout, monsieur.

— Parfait. Avant d'aller te coucher, indique à Soie où se trouvent ces Fouisseurs. Je vais y envoyer une équipe. Et dors bien, Chasseuse. Tu l'as mérité.

Je n'allais pas dire le contraire. Je pense que personne n'avait jamais fait l'aller-retour pour Nassau aussi rapidement. En général, ceux qui s'y rendaient y restaient quelques jours, partageaient des informations avec les habitants et se ravitaillaient pour le retour. Nous n'avions pas eu cette chance. Sans les Fouisseurs, nous serions morts.

Je quittai la zone commune et partis à la recherche de Soie. Je tenais à peine sur mes jambes. Je la trouvai avec un groupe de mômes et lui donnai les informations nécessaires tout en ignorant son regard méprisant. Elle accepta d'en parler avec le Gardien des mots. J'avais fait mon boulot.

Je retournai dans ma chambre avec le peu d'énergie qui me restait. Ma palette me parut incroyablement confortable, comparée aux endroits où nous avions dormi ces derniers jours. C'était étrange de me retrouver seule, tout à coup. Del avait dû faire comme moi : une douche, et au lit. Moi, je m'endormis immédiatement.

Au réveil, je me rendis compte que, pour la première fois depuis bien longtemps, je n'avais rien à faire. Pas de patrouille. Pas d'entraînement. Je pouvais rester allongée sur ma palette toute la journée, si j'en avais envie ! Mon regard se posa sur mes affaires…

Mes armes. Pleines de sang.

J'avais oublié de m'en occuper ! Et puis mes couteaux ne s'aiguiseraient pas tout seuls ! Ce serait la première chose à faire, aujourd'hui. Je me levai, attachai mes cheveux et me rendis à l'atelier des Ouvriers. Là-bas, j'aurais accès à des outils. J'avais aussi une idée derrière la tête : je voulais rencontrer Bannière. Pour lui demander du baume, mais aussi pour en savoir plus sur cette fille que Del respectait tant.

Comme d'habitude, l'atelier grouillait d'activité. Vêtements, chaussures, bottes, armes, savons, sacs… Toutes nos possessions venaient de cet endroit. Les Ouvriers travaillaient vite et bien. Ils mélangeaient, versaient, mesuraient, martelaient sans cesse. Vu de l'extérieur, cela paraissait complètement désorganisé, mais ce n'était qu'une impression. Ici, tout était calculé et méthodique.

De l'autre côté de l'atelier, j'aperçus Del. Il était en train de discuter avec une fille aux cheveux noirs, plutôt jolie. Cela devait être Bannière. Déterminée, je me frayai un chemin jusqu'à eux, bousculant quelques Ouvriers dans ma précipitation.

— Tu me cherchais ? me demanda Del. On ne travaille pas, aujourd'hui.

— Non, je cherchais Bannière.

La fille me lança un sourire franc et amical.

— C'est moi, confirma-t-elle.

Del nous présenta l'une à l'autre, comme il avait promis de le faire. Je félicitai Bannière d'avoir confectionné une crème si miraculeuse.

— Est-ce que tu penses que tu pourrais m'en fabriquer ? demandai-je. Ça m'a vraiment aidée, dans les tunnels.

— Bien sûr ! Je vais préparer une nouvelle fournée. Les autres n'aiment pas trop la crème à cause de son odeur… Je suis bien contente qu'elle te soit utile !

— Merci beaucoup. Ravie de t'avoir rencontrée, Bannière. À plus tard, Del.

Je n'avais plus aucune raison de rester et je ne voulais pas m'immiscer dans leur conversation. Je m'installai dans un coin pour prendre soin de mes armes. Les couteaux en premier, puis la massue. J'étais en train d'enlever les taches avec de l'huile quand Del s'approcha de moi :

— Tu n'as pas fait ça hier ?

— Non. Je suis une mauvaise Chasseuse, je sais.

— Mauvaise ? lança-t-il sèchement. Tu es pire que mauvaise, Trèfle.

Qu'est-ce qui lui prenait ? Moi qui pensais qu'il n'y avait plus aucun problème entre nous… Je me retournai vers lui pour l'insulter à mon tour, mais il souriait à pleines dents ! *Ah.* Il me taquinait.

— Très drôle, Del.

— Est-ce que tu as mangé ?

— Pas encore.

— On pourrait aller en cuisine, proposa-t-il. Trouver quelque chose à se mettre sous la dent ?

— D'accord, mais il faut que je termine ce que j'ai commencé, et Scie doit jeter un œil à mon épaule.

— Tu vas voir Scie ? s'exclama-t-il. À ta place, j'éviterais ! Tu sais qu'il s'appelle comme ça parce qu'il adore couper les gens en morceaux ?

Je connaissais déjà cette blague. En fait, Scie avait reçu son nom comme nous tous : le jour de son baptême, son sang avait taché une scie. Mais Chrome était superstitieux et raffolait des signes. C'est pourquoi, trois ans auparavant, Scie était devenu l'apprenti de notre guérisseur. Ce dernier mourut, et Scie prit sa place. Hélas, il n'était pas vraiment doué…

Je bougeai mon épaule. Je ne la sentis ni tendue ni chaude.

— Tu as peut-être raison, avouai-je.

— Mets-toi plutôt du baume de Bannière. Je vais te donner le mien, et elle me donnera celui qu'elle t'aura préparé. Je vais aller chercher ma boîte pendant que tu finis avec ta massue, puis on ira manger. Ça te va ?

— Parfait.

J'étais ravie, car je n'avais pas vraiment envie de manger toute seule. Sable était occupé avec les mômes, et j'avais croisé le regard d'Œillet en arrivant – elle paraissait toujours fâchée contre moi.

Del partit chercher sa crème. J'huilai un chiffon et polis mon arme jusqu'à ce qu'elle reluise. Je pris même le temps de racler le sang qui s'était incrusté autour des sculptures de Sable. Il ne comprenait peut-être pas mon boulot, mais je savais qu'il se souciait de moi : aucun Chasseur n'avait d'aussi belles armes.

Je sentis une présence derrière moi.

— Déjà de retour ? m'étonnai-je.

— Euh… Je n'étais pas partie.

Oups. C'était Bannière. Je me retournai vers elle.

— Excuse-moi, je t'ai prise pour quelqu'un d'autre.

— Quelqu'un comme Del ? suggéra-t-elle en riant.

Je ne pus m'empêcher de sourire en retour. Je comprenais peu à peu pourquoi Del et Œillet l'appréciaient tant. Elle était adorable.

— Il t'aime beaucoup, continua-t-elle. Il m'a beaucoup parlé de toi, aujourd'hui.

— Ah oui ? demandai-je, flattée.

— Oui. Del est difficile à cerner, mais il suffit d'apprendre à le connaître… Et il raconte des histoires incroyables !

D'après le ton qu'elle avait employé, j'en déduisis qu'elle ne croyait pas à ces *histoires*. Moi, plus je connaissais Del, plus j'étais consciente qu'il avait vécu énormément de choses. Tellement, que les habitants de l'enclave n'étaient pas capables d'y croire. Et c'était bien dommage.

Mais je ne rebondis pas sur le sujet.

— J'aime beaucoup travailler avec lui, conclus-je.

La réponse basique, que tout le monde voulait entendre. Je ne connaissais pas Bannière, et je n'allais pas partager avec elle mes opinions sur l'enclave.

Del revint me chercher pour aller manger. On dit au revoir à Bannière, puis on sortit de l'atelier. Lorsque je passai devant elle, Œillet fit comme si je n'existais pas.

— Je vais poser mes armes dans ma chambre, annonçai-je à Del. Je te rejoins en cuisine.

— Très bien. Je vais voir ce qu'il y a à manger.

— Je parie sur de la viande et des champignons…

— Ou du poisson, espéra-t-il. On ne sait jamais.

De temps à autre, ils nous cuisinaient du poisson pour *varier* notre alimentation. Les Aînés réfléchissaient beaucoup à la qualité et à la quantité de la nourriture qu'ils nous fournissaient. Sans cela, l'enclave aurait péri depuis bien longtemps.

Je ne pouvais m'empêcher de respecter leur manière de diriger et, à la fois, j'avais de sérieux doutes sur certaines de leurs décisions. La veille, nous avions été témoins du pire, et ils ne nous avaient pas crus. Chrome, Cuivre et Soie pensaient que ce qui était arrivé à l'autre enclave ne nous arriverait jamais. D'après eux, nous étions trop intelligents, trop organisés.

C'était sûrement ce qu'avaient pensé les Aînés de Nassau avant de mourir.

LE TRÉSOR

Une semaine plus tard, l'équipe qui avait été envoyée chez les Fouisseurs était de retour. Je la croisai tandis que je sortais de l'atelier. L'échange ne me parut pas du tout équitable : leurs sacs étaient pleins à craquer alors qu'ils n'étaient partis qu'avec très peu de poissons. À moins que… Non. Ils n'auraient pas osé ? Je respirai un grand coup et décidai de ne pas tirer de conclusion hâtive.

J'avais l'intention d'aller me reposer dans la zone commune, mais le retour de l'équipe me fit changer d'avis. Il fallait que j'en parle à Del.

Je me rendis jusqu'à sa chambre et fis bouger le rideau pour l'informer de ma visite. Quelques secondes plus tard, il sortit la tête, surpris de me voir ici.

— Il y a un problème ?

On resta à l'entrée, et je lui racontai ce que j'avais vu, sans en rajouter. Je ne voulais pas l'influencer dans son analyse.

— Ils ont tout pris de force, dit-il. C'est sûr.

C'était bien ce que je craignais… Il avait déduit la même chose que moi. Je repensai à Jengu, qui nous avait sauvé la vie. S'ils lui avaient fait du mal, c'était notre faute. J'aurais dû le prévoir. *Seuls les plus forts survivent.* Les Chasseurs leur avaient tout pris, parce qu'ils étaient *les plus forts.* C'était injuste, et cela faisait de nous des menteurs.

— Qu'est-ce qu'on va faire ? murmurai-je.

— Qu'est-ce qu'on *peut* faire ?

— On devrait aller voir le Gardien des mots…

— Trèfle, c'est lui qui a envoyé l'équipe.

Exact. Finalement, nous n'avions absolument aucun pouvoir sur quoi que ce soit. Je pensais qu'une fois Chasseuse, j'aurais mon mot à dire. J'avais eu tort. Même Soie suivait des ordres, ceux de Chrome et du Gardien des mots.

— Alors on reprend nos petites vies comme si de rien n'était, c'est ça ? marmonnai-je. Comme après l'histoire du môme ?

— Les Fouisseurs ont peut-être décidé de tout troquer, dit-il sans aucune conviction.

J'en doutais fortement. Tout à coup, une idée me vint à l'esprit.

— Je pourrais peut-être demander à Twist. Il me dirait la vérité, lui… On se retrouve dans la zone commune ?

— D'accord.

De toute manière, il était temps que j'y aille. Des gens nous lançaient des regards suspects. Je partis à la recherche de Twist et le trouvai au fin fond de l'enclave, en train de faire une course pour Chrome.

— Qu'est-ce qu'il y a ? me demanda-t-il, visiblement pressé.

— Rien de particulier. Je voulais juste savoir si tu avais besoin d'un coup de main.

— Mais tu as travaillé aujourd'hui, non ?

— Oui, mais je ne suis pas fatiguée. Je m'ennuie, et je sais que tu as toujours plein de trucs à faire...

— Il faut bien que quelqu'un se charge des choses, ici, dit-il sèchement.

Bon, il n'était pas d'humeur.

— Excuse-moi, Trèfle, reprit-il. Tu n'y es pour rien. Il y a un baptême demain, et les Ouvriers ne m'ont pas encore apporté leurs offrandes.

— Est-ce que tu veux que j'aille leur parler ?

— Pourquoi ferais-tu ça ?

— Écoute, tu cours toujours partout, et personne ne s'en rend compte. Chrome te donne des ordres mais ne te remercie jamais. Lorsque les choses marchent, c'est lui qu'on félicite, et lorsqu'il y a un problème, c'est sur toi que ça tombe. Tu as toujours été gentil avec moi. Sincèrement, ça me ferait plaisir de t'aider...

Twist sourit et me tapota l'épaule.

— Tu es une fille bien, Trèfle. J'accepte avec plaisir.

— À quel endroit les Ouvriers doivent-ils déposer leurs cadeaux ?

— Au même endroit que là où tu t'es fait baptiser.

Je n'en étais pas certaine car, pour le moment, mon baptême était le seul auquel j'avais assisté. Tout à coup, je fus excitée. Ce môme allait devenir Ouvrier, ce qui signifiait que je pourrais être spectatrice pour la première fois de ma vie !

Sans plus attendre, je me rendis à l'atelier. Comme à chaque fois, le bruit y était assourdissant. Les coups de marteau et le fracas du métal résonnaient dans toute la pièce. Je me demandai comment ils supportaient cela à longueur de journées.

De loin, j'aperçus Œillet. Elle était en plein travail, entourée de pièces de toutes tailles. À ma grande surprise, elle leva les yeux et me fit signe de venir. Tandis que je m'approchais d'elle, elle posa ses outils en me souriant timidement.

— Trèfle, soupira-t-elle. Je tiens à m'excuser, j'ai eu tort de t'en vouloir ! Je comprends que tu n'aies pas eu le choix… Si le maître ferronnier m'interdisait de parler d'une méthode de fabrication, je respecterais ses ordres. C'est tout à fait normal.

— Je ne te demanderai jamais de me dévoiler tes secrets, Œillet.

Elle me prit dans ses bras. Elle sentait la fumée et la suie… Tout à coup, je me rendis compte à quel point elle m'avait manqué. Nous n'étions plus des mômes et nous avions de nouvelles responsabilités, mais notre amitié survivrait. Cela m'enleva un poids énorme.

— Qu'est-ce que tu fais ici ? me demanda-t-elle.

— Je suis venue rendre service à Twist. Est-ce que tu sais qui est en charge des offrandes pour le baptême de demain ?

— Oui, c'est Baguette. Je pense qu'il est en train de s'en occuper. Je te préviens, il n'est pas commode.

Œillet me montra l'Ouvrier du doigt. Il était très grand et paraissait plus âgé que nous. Je me dirigeai vers lui et, lorsqu'il m'aperçut, son expression devint hargneuse. Son regard se posa sur mes cicatrices, puis sur mon visage.

— Qu'est-ce que tu veux, *Chasseuse* ? demanda-t-il d'un ton méprisant.

— C'est Twist qui m'a envoyée. Je suis chargée de récupérer les cadeaux pour le baptême de demain. Est-ce qu'ils sont prêts ?

— Oui, les quatre caisses sont là-bas, indiqua-t-il. Par contre, tu devras les porter toute seule.

Je jetai un œil dans la direction qu'il m'avait montrée. Les caisses étaient imposantes et paraissaient lourdes. J'allais devoir faire quatre allers-retours ! Baguette s'attendait à ce que je rechigne, mais je ne lui fis pas ce plaisir et me dirigeai vers la première boîte. Je m'en emparai des deux bras. Alors que je titubais vers la sortie, ma vision obstruée par la caisse, je percutai quelqu'un. Je penchai ma tête de côté et reconnus Bannière.

— Tu as besoin d'aide ? demanda-t-elle gentiment.

Je vérifiai si Baguette nous observait. Non, il était parti.

— Avec plaisir, soupirai-je, soulagée. Mais je ne veux pas te causer d'ennuis.

— Je ne suis pas de service, aujourd'hui. Je venais juste demander à Œillet si elle avait besoin d'aide sur la construction de son étagère. J'ai largement le temps de te donner un coup de main.

— Merci.

Bannière attrapa une caisse et me suivit jusqu'à la pièce où avaient lieu les cérémonies, au cœur de l'enclave. En passant près des cuisines, je sentis une excellente odeur, meilleure que d'habitude. Ou peut-être avais-je faim, tout simplement.

Grâce à Bannière, on n'eut que deux allers-retours à faire... Mais mes bras en prirent quand même un coup ! Bannière, elle, semblait satisfaite. Ses yeux bleus pétillaient. En fait, elle était tout le temps de bonne humeur. Je me demandai comment elle réagirait si elle apprenait ce que les Aînés avaient fait au môme aveugle et aux Fouisseurs. Mais je n'étais sûre de rien, et je ne voulais en aucun cas gâcher sa joie de vivre.

— Merci beaucoup, Bannière.

— Avec plaisir. Au fait, le baume est prêt. Del m'a dit de lui donner, mais tu pourras lui faire passer, si tu veux. La boîte est dans ma chambre. Tu viens avec moi ?

— D'accord.

Je ne compris pas pourquoi elle ne gardait pas ses préparations à l'atelier, mais je la suivis sans poser de question.

Au premier abord, sa chambre était identique à la mienne. Mais, lorsque Bannière souleva son cageot, j'aperçus un creux juste en dessous.

Je n'en crus pas mes yeux : elle cachait des choses dans sa chambre ! Je reculai, par réflexe. Si les Aînés découvraient sa cachette, c'était l'exil assuré... Pendant que Bannière fouillait dans ses affaires, je regardai ailleurs. Je ne me pensais pas capable de mentir aux Aînés si, un jour, ils m'interrogeaient à ce sujet. Rien que d'y penser, j'étais pétrifiée. Bannière le sentit.

— Del m'a dit que je pouvais te faire confiance, me lança-t-elle. Que tu étais des nôtres. Est-ce qu'il avait tort ?

— Des vôtres ? chuchotai-je. Qu'est-ce que tu veux dire par là ?

— Les Aînés ont tort sur de nombreux points, tu sais. Ils ne font rien pour nous aider, et ils nous cachent des choses, eux aussi.

Elle avait raison, mais je ne voulais pas en entendre davantage. J'étais une Chasseuse. Pas une révolutionnaire.

— Est-ce que tu pourrais te contenter de me donner ta crème, s'il te plaît ?

Déçue de ma réaction, elle me passa la petite boîte sans dire un mot. Je sortis immédiatement de sa chambre, comme si elle était contaminée. Je voulais des réponses, certes, mais je n'avais aucune envie de rejoindre un groupe de rebelles !

Soulagée de m'éloigner de Bannière, je me rendis en cuisine pour manger mon repas du soir. Maintenant que j'avais rendu service à Twist, j'étais impatiente de lui demander des informations sur les Fouisseurs. Mais il allait trouver cela étrange : mieux valait attendre le lendemain.

Cuivre courait dans tous les sens, sautillant de casserole en casserole. Les Chasseurs avaient déjà fini de manger, et la cuisine était remplie de mômes. J'étais en retard. Il ne restait plus de places, alors je mangeai debout. J'avais eu raison de penser que l'odeur était plus appétissante que d'habitude : c'était délicieux ! Cuivre avait dû rajouter un ingrédient aux champignons et au poisson. Un ingrédient qui appartenait aux Fouisseurs, à tous les coups.

Je remarquai que les mômes me regardaient tous d'un œil moqueur… Une fille m'adressa la parole, le sourire aux lèvres.

— Tu nous avais dit que tu ne mangerais plus jamais avec nous, une fois baptisée.

— C'est vrai, répondis-je en riant. Ça m'apprendra !

Après avoir fini mon assiette, je retournai dans ma chambre. Je ne me sentais pas d'humeur sociable. Je m'allongeai sur ma palette et commençais à apprécier ce moment de solitude, quand mon rideau se mit à remuer… Puis quelqu'un se racla la gorge.

Je me levai contre mon gré, et sortis rejoindre mon « invité ». Del ! J'avais complètement oublié le rendez-vous que nous nous étions fixé. Il avait l'air énervé.

— Qu'est-ce que tu as dit à Bannière ? s'écria-t-il. Je l'ai retrouvée en larmes, complètement paniquée…

— Rien, protestai-je. Je ne lui ai rien dit !

— Je ne te crois pas ! Elle ne serait pas dans cet état-là, sinon. Est-ce que tu es allée voir Chrome ? Ou le Gardien des mots ?

— Non ! Bien sûr que non ! Je ne vais pas la dénoncer. Je trouve que ce qu'elle fait n'est pas raisonnable, c'est tout. Elle prend de gros risques, Del.

— Et pourquoi devrais-je te croire ? Hein ? Tu leur as couru dans les bras le jour de ton baptême ! En rentrant de Nassau, tu n'as pas fermé l'œil de la nuit tellement tu avais peur d'être exilée ! C'est comme ça que tu veux vivre ? Tu penses que c'est *ça*, la vraie vie ?

Cela me blessa plus que je ne l'aurais imaginé. Depuis le début, nous nous protégions l'un l'autre, quelles que soient les circonstances. Jamais je n'aurais osé faire du mal à une personne proche de lui.

— Les règles assurent notre survie, lançai-je sans grande conviction.

Son visage s'adoucit un peu.

— Elle est très contrariée. Est-ce que tu pourrais retourner la voir, juste pour la rassurer ? On ne va pas te demander de nous rejoindre. Je pensais juste qu'après tout ce qu'il s'était passé…

— Del, je ne veux rien savoir de ce que vous manigancez. Mais je veux bien aller la voir.

On se lança à la recherche de Bannière. Elle n'était pas dans sa chambre, ni dans la cuisine, ni dans la zone commune… Ni dans l'atelier.

— Les Ouvriers ne quittent jamais l'enclave, s'inquiéta Del.

— Je sais. Elle est peut-être en train de se laver ?

— Allons voir.

C'était le seul endroit que nous n'avions pas vérifié. Del m'accompagna jusqu'aux douches, et s'arrêta juste avant l'entrée. Il n'avait pas le droit d'aller plus loin. Je pénétrai dans la pièce, et trouvai l'atmosphère plus froide et sombre que d'ordinaire. Trop calme. Le ploc-ploc régulier de l'eau se mêlait au grésillement des flambeaux. Bannière était bien là, agenouillée dans un coin. Elle était dos à moi, complètement habillée et penchée en avant. Des gouttes d'eau lui tombaient sur la tête, mais elle n'y faisait pas attention.

— Bannière, murmurai-je. C'est moi, Trèfle. Je m'excuse… Ne t'inquiète pas, tu peux me faire confiance.

Je posai ma main sur son épaule, et son corps tomba en avant. Dans une mare de sang. Bannière n'était pas contrariée. Elle était morte.

LA RÉCOMPENSE

La mort de Bannière passa presque inaperçue. Les Aînés déposèrent son corps dans les tunnels pour nourrir les Monstres, et c'était fini. Tout le monde s'en fichait. On l'avait retrouvée les veines ouvertes, donc tout portait à croire qu'elle s'était suicidée. Bien entendu, les rumeurs allaient bon train. La plus populaire ? Celle qui racontait que Bannière était enceinte. Ce genre d'incidents menait à l'exil et, d'après les gens, elle aurait préféré mourir que de finir dans les tunnels.

Tout mène à l'exil, pensai-je. J'en prenais conscience, peu à peu. Dans mon esprit, l'enclave était en train de devenir une prison.

Nos vies reprirent comme si rien ne s'était passé. Seul Del affichait son deuil et sa tristesse. En dehors des patrouilles, il ne m'adressait plus la parole, comme si la mort de Bannière était en partie ma faute.

Après le baptême de l'Ouvrier, Twist vint me remercier pour les cadeaux. J'avais complètement oublié que je l'avais aidé pour lui soutirer des informations ! Il s'était passé tellement de choses depuis…

On se dirigea lentement vers les cuisines, tout en discutant de choses et d'autres. Twist n'avait pas d'amis, et je sentis que cela lui faisait du bien de parler à quelqu'un. Lorsqu'il commença à se plaindre de la masse de travail que lui donnait Chrome, je saisis l'occasion :

— J'ai vu que l'équipe avait ramené beaucoup de choses de chez les Fouisseurs. Est-ce que tu es chargé de les trier pour le Gardien des mots ?

— Bien sûr. Ils n'ont confiance qu'en moi, pour ce genre de tâches.

— Qu'est-ce qu'on a donné aux Fouisseurs, en échange ?

— Quelques sacs de poisson. Apparemment, les Fouisseurs sont malins. Ils ont demandé à fouiller les sacs des Chasseurs avant de les laisser entrer !

J'étais soulagée. Les Chasseurs n'étaient donc pas entrés de force. Ils avaient souvent des choix difficiles à faire, mais ils n'étaient pas des brutes pour autant.

Je papotai un peu plus avec Twist. Je ne voulais pas qu'il pense que je m'étais servie de lui. Et puis, je l'aimais bien. Lorsque l'on atteignit la cuisine, on retourna chacun au travail.

Je rejoignis Del à la sortie des barricades. Il m'attendait de l'autre côté, je l'entendais taper du pied d'impatience. À peine avais-je escaladé le mur qu'il s'engouffra dans le tunnel. J'aurais aimé que l'on discute. Lui, non. La patrouille passa lentement, dans un silence pesant. La tension était à couper au couteau. Ce n'est qu'en rentrant à l'enclave, à la fin de la journée, qu'il ouvrit enfin la bouche :

— Est-ce que tu les crois ?

— Qui ?

— Les Aînés. Les rumeurs…

— À propos de quoi ?

Je savais très bien de quoi il voulait parler, mais je voulais l'entendre le dire.

— De Bannière. Ils disent qu'elle s'est suicidée parce que…

Il n'était pas capable de terminer sa phrase, mais je devinai ce qui lui trottait dans la tête. Bannière était son amie. Si les rumeurs avaient été vraies, qu'elle était réellement tombée enceinte, Del aurait très bien pu être le Géniteur. Je n'aimais pas du tout cette idée, et encore moins la jalousie que cela provoqua en moi.

Mais je repensai au moment où je l'avais retrouvée. Aux entailles sur ses poignets… Il avait dû le remarquer, lui aussi. Moi, je n'avais pas voulu y penser jusqu'à aujourd'hui.

— Non, Del. Je n'y crois pas.

Cela le stoppa net.

— Et pourquoi ? me défia-t-il.

— Bannière ne s'est pas ouvert les veines. Quelqu'un l'a fait à sa place. Les entailles n'étaient pas nettes…

Si je voulais mettre fin à mes jours, ce serait en un geste rapide et fluide. Or, sur les bras de Bannière, j'avais constaté que le couteau s'était arrêté par endroits avant de reprendre sa course. Je ne savais pas pourquoi, mais quelqu'un l'avait tuée.

Si les Aînés avaient trouvé sa cachette, ils l'auraient exilée. Ils ne l'auraient pas assassinée en faisant passer sa mort pour un suicide… Ou bien était-ce plus compliqué que cela ? Peut-être étaient-ils au courant de la rébellion qui se montait dans leur dos ? À ce moment-là, Bannière aurait été tuée pour l'exemple. Le faux suicide permettait de cacher aux habitants exemplaires que certaines personnes se liguaient contre les Aînés. Mais, par la même occasion, il menaçait ouvertement ceux qui se savaient visés… Je comprenais leur façon de penser.

— Ils ont mis toutes ses affaires aux archives, me confia Del. Et ils ont jeté son corps dans les tunnels.

— Je sais. Je suis désolée, Del.

— Qu'est-ce qu'on va faire ? grogna-t-il.

— Je ne sais pas.

De retour à l'enclave, je me fis du souci pour lui. Je craignais qu'il prenne des risques et fasse une bêtise, mais je ne savais pas comment l'aider. Je ne voulais pas finir comme Bannière.

Quelques semaines plus tard, les Aînés me récompensèrent pour ma contribution aux archives, tout comme le Gardien des mots l'avait promis : ils organisèrent une fête. Après la mort de Bannière, je n'avais pas vraiment la tête à ça, mais je ne pouvais pas refuser.

Ce soir-là, toute l'enclave était réunie autour des tables. Moi, j'étais assise à côté du Gardien des mots. Pour lancer les festivités, il se leva et fit un discours :

— Cette soirée est organisée en l'honneur de Trèfle. Cette Chasseuse a ramené de nombreuses reliques à l'enclave malgré les risques considérables rencontrés dans les tunnels ! Elle n'a pas essayé de garder quoi que ce soit pour son plaisir personnel. Elle a agi pour le bien de l'enclave, comme nous tous devons le faire.

Il insista pendant de longues minutes sur le fait de servir la communauté sans penser à soi-même. Il raconta aussi que j'étais responsable du troc avec les Fouisseurs, qui fut l'échange le plus fructueux que l'on ait connu depuis les débuts de l'enclave. J'espérai que les gens ne m'en voudraient pas… À cause de moi, ils étaient forcés d'écouter le Gardien des mots répéter les choses habituelles. Mais ils n'avaient pas l'air de s'ennuyer, ils paraissaient même contents. Après tout, les fêtes étaient rares.

Je devais être la seule personne à ne pas me réjouir. Pour moi, tout n'était que coïncidence. Je ne méritais pas la gloire. À la fin de son discours, il leva les bras en l'air :

— Que la fête commence !

La foule l'acclama. Tambours et cornemuses se mirent à résonner dans l'enclave. Les gens dansaient et tournoyaient pendant que des mômes se faufilaient entre leurs jambes. La viande rôtie, les champignons et le poisson dégageaient une odeur plus qu'appétissante. Pour une fois, on pouvait manger autant que l'on voulait ! Je me servis deux fois de chaque plat. Dès que je terminai une assiette, des mômes se jetaient dessus, la léchaient jusqu'à la dernière miette, puis la lavaient pour les suivants.

J'étais assise à ma place et observais les gens lorsqu'un Chasseur me rejoignit, tout sourire. Je le reconnus immédiatement. Il était de patrouille depuis plus longtemps que Del et, lorsque j'étais môme, je l'avais souvent regardé s'entraîner… Comment s'appelait-il, déjà ? Soie m'avait présenté tous les Chasseurs avant ma première mission, mais j'étais tellement nerveuse à l'époque que j'avais oublié la moitié des noms !

Cric, me rappelai-je au dernier moment.

— Viens ! s'exclama-t-il. Tu vas tout rater.

— Rater quoi ?

— Le tournoi !

Bon sang, comment avais-je pu l'oublier ? Lors des fêtes, les Chasseurs se rassemblaient et organisaient des combats pour divertir le public. Les spectateurs pariaient sur le vainqueur.

Je me levai et tentai de garder un visage neutre mais, à l'intérieur, j'étais excitée comme une puce. J'avais assisté à de nombreux tournois et, aujourd'hui, j'allais enfin y participer !

Avant de partir, je me tournai vers le Gardien des mots, obnubilé par les danseurs.

— Est-ce que je peux y aller, monsieur ?

— Bien entendu. Bonne chance, Chasseuse.

J'adorais que l'on m'appelle par mon titre. Quelle fierté…

Je me dépêchai pour ne pas perdre Cric de vue, et il me guida jusqu'à la salle d'entraînement. Tout le monde était déjà là. Soie indiquait à chaque Chasseur contre qui il se battrait en premier.

— Ça fonctionne par élimination, chuchota Cric dans mon oreille. Les gagnants de chaque duel avancent dans le tournoi, jusqu'à ce qu'il n'en reste plus que deux. On se bat sans armes, pour ne pas se blesser.

Je le savais déjà, mais je ne l'interrompis pas dans ses explications. Soie se rapprocha de moi.

— Trèfle, ton premier adversaire sera Toupie.

Toupie ? pensai-je. *Quel nom affreux !* La fille qui avait le malheur de le porter me fit une grimace amicale. Elle était plus grande que moi. On s'observa mutuellement, pour analyser nos points forts et nos points faibles.

Lorsque Soie eut fini de définir les duos, elle alla chercher une boîte.

— Le Chasseur le plus expérimenté va tirer au sort un morceau de bois. Le numéro qui y sera inscrit déterminera son ordre de passage.

C'est donc Toupie qui alla choisir notre morceau. J'avais peut-être accompli une mission dangereuse et ramené plein de reliques, mais elle avait passé plus d'années que moi dans les tunnels. Elle me montra le chiffre : « 5 ». Parfait. Nous ne passerions pas en premier, et l'attente ne serait pas non plus trop longue.

— Ne t'inquiète pas, me rassura Toupie. Ça va aller vite.

Tout comme Bannière, elle me parlait avec gentillesse. Je n'étais pas habituée à cela.

— C'est parti ! cria Soie. Offrez-leur un beau spectacle !

Je suivis le groupe de chasseurs, et on s'installa dans un coin de la salle d'entraînement. Le reste de l'enclave nous rejoignit et forma un cercle autour du centre.

Étant donné que les paires étaient tirées au sort, des Chasseurs expérimentés se retrouvaient souvent face à des débutants. Lors du premier combat, une fille toute maigre était face à un vieux Chasseur. Elle donna tout ce qu'elle avait, mais il domina le duel de bout en bout. Le combat suivant était aussi déséquilibré : le Chasseur le plus expérimenté était rapide et efficace. Son adversaire, bien que frêle et de petite taille, aurait pu tenir plus longtemps. Mais il manquait de technique.

Les deux premiers combats passèrent donc rapidement. Les deux suivants, par contre, furent bien plus passionnants à regarder. Les quatre Chasseurs étaient des vétérans, féroces et gracieux à la fois. Je sautillai en les regardant, et les acclamai en même temps que la foule.

Puis ce fut mon tour.

Je pris place au centre du cercle. Mon cœur battait la chamade tandis que Toupie me fixait, prête à bondir. Lorsque Soie nous fit signe, on se salua… Et c'était parti ! Toupie paraissait méfiante, elle attendait que j'attaque en premier. Je pris cela pour un compliment, mais je restai à ma place, et c'est elle qui se jeta sur moi. Je l'évitai et fis semblant de perdre l'équilibre pour l'attirer vers moi. Elle ne me crut pas, et répondit à ma feinte par un sourire.

J'enchaînai les coups de poing, mais elle parvint à tous les contrer. Elle visa mon genou avec son pied, et j'attrapai son bras pour la retourner sur elle-même. *Ah, tu ne la voyais pas venir, celle-là !* Elle atterrit sur le dos et m'attira avec elle dans sa chute, mais je roulai au sol et me relevai aussitôt. J'avais été touchée à l'épaule. J'essayai d'ignorer les cris de la foule, me concentrai sur les mouvements de Toupie.

On échangea une série d'attaques et de blocages. J'étais assez vive, ce qui jouait en ma faveur. Mais, lorsqu'elle me mit un coup de poing dans l'estomac, je vacillai et tombai à genoux. Tandis qu'elle s'approchait de moi pour en finir, j'en profitai pour tirer sur sa cheville. Elle me rejoignit à terre et je m'étalai sur elle de tout mon poids, en appuyant sur sa poitrine. Puis je bloquai sa gorge avec mon coude pour la dominer. Elle frappa le sol trois fois. J'avais gagné.

Soie attrapa ma main et la leva en l'air. Je n'y croyais pas… J'avais *vraiment* gagné ! Fière et soulagée, je souris aux spectateurs. J'allais avoir plein de bleus, mais je m'en fichais. Toupie me serra la main et me donna une tape amicale dans le dos, puis j'allai m'installer avec les autres vainqueurs.

J'étais tellement contente de ma prestation que j'eus du mal à me concentrer sur les autres combats. Dommage, j'aurais pu apprendre des choses.

Pour mon second duel, je me retrouvai face à Cric. Il ne joua pas avec délicatesse : il m'attrapa et me jeta par terre avant même que je ne planifie mon attaque ! Il plaqua mon visage contre le sol et je tapai les trois coups. Ce fut expédié en quelques secondes.

Après sa victoire, je lui serrai la main et rejoignis le coin des perdants en marchant comme une éclopée. Mais je restai de bonne humeur. Après tout, j'avais gagné le premier combat ! J'étais même la seule Chasseuse débutante à avoir réussi.

Les duels s'enchaînèrent, et les paris allaient bon train. Lorsque ce fut au tour de Del, je ne pus m'empêcher de m'émerveiller. Il était le plus gracieux de tous. Rapide, féroce et majestueux à la fois. Il sortit vainqueur de chaque combat, et son regard impitoyable effrayait même les spectateurs.

Puis ce fut l'heure de la finale : Cric contre Del. Le gagnant garderait son titre jusqu'à la prochaine fête. Del était grand et mince, mais Cric était plus musclé que lui. L'un était agile, l'autre brutal. J'étais incapable de deviner qui gagnerait.

Cric chargea mais Del parvint à l'éviter. Cric était robuste mais, tant qu'il n'attraperait pas Del, sa force ne lui servirait à rien.

Il se jeta sur lui à trois reprises, en vain. La foule s'impatientait. Les gens voulaient du spectacle, mais Del refusait de prendre des coups. *Allez*, pensai-je. *Tu vas y arriver*.

Il tenta enfin une attaque en agrippant la mâchoire de Cric. Ce dernier profita de la proximité pour l'attraper et le soulever de toutes ses forces. Del se rattrapa en lui donnant un coup de tête dans la tempe.

Cric tituba, et Del visa sa rotule. Il devenait de plus en plus sauvage, comme s'il avait oublié que c'était un combat amical ! Lorsque Cric se retrouva au sol, Del leva le poing, prêt à lui marteler le visage.

Cric frappa les trois coups, mais Del ne bougea pas. Il resta au-dessus de lui, menaçant, le poing en l'air.

La foule se tut et je retins mon souffle. Les spectateurs s'attendaient à ce que Del continue à s'acharner sur lui… Moi aussi, d'ailleurs. Mais il baissa son bras, lentement. Soie le releva et brandit sa main en l'air. Il tenait à peine sur ses jambes. Il avait enchaîné les duels, et semblait tendu comme dans les tunnels. On aurait dit qu'il ne se rendait pas compte que tout ceci n'était qu'un jeu.

— Notre vainqueur ! hurla Soie.

Les gens l'acclamèrent et certains s'approchèrent de lui pour le féliciter, lui donnant une tape dans le dos en guise de bravo. Mais Del avait la tête ailleurs, comme en transe. Vu son état, il était capable d'attaquer la foule… Je me frayai un chemin jusqu'à lui, l'attrapai par la main et l'attirai loin du monde.

Les cornemuses et les tambours reprirent leurs mélodies festives, et tout le monde se remit à danser. Notre départ passerait inaperçu. Je menai Del dans un coin plus tranquille, et il s'assit contre un mur. Il était essoufflé comme s'il avait couru des kilomètres, et la sueur dégoulinait sur son visage. Il était couvert d'égratignures, mais cela n'avait pas l'air de le gêner. Il ferma les yeux.

— Je vais te chercher de l'eau, le rassurai-je.

— Non… Reste un peu.

— Je comprends mieux pourquoi les tournois sont difficiles pour toi, murmurai-je. Tu te bats pour survivre, pas pour le spectacle. C'est ça ?

— Oui. Soie m'a forcé à participer. Je ne voulais pas ! Une fois que je commence, j'oublie que ce n'est pas un vrai combat.

Les années qu'il avait passées hors de l'enclave avaient vraiment dû être terribles… Il se releva doucement, le visage encore plus pâle que d'habitude. Tout à coup, j'eus envie de poser ma main sur son cœur pour le sentir battre… mais je me stoppai net. Cette pulsion m'effraya.

— Tu es sûr que tu ne veux rien à boire ou à manger ? balbutiai-je.

En temps normal, je n'aurais rien proposé. C'était aux mômes de faire ce boulot-là. Mais, ce soir-là, il le méritait : c'était notre champion.

— Tu en as déjà fait assez, me dit-il sèchement.

Cela me refroidit immédiatement. Pourquoi s'adressait-il à moi comme à nos débuts ? Je ne savais même plus pourquoi je m'efforçais de l'aider… On ferait mieux d'arrêter de travailler ensemble !

— Del, si on ne règle pas nos problèmes, je vais demander à Soie de me trouver un nouveau coéquipier.

Tandis que je faisais demi-tour pour rejoindre la fête, il m'attrapa par le bras et me tira face à lui.

— Je veux juste savoir *pourquoi* tu as fait ça, susurra-t-il. Pourquoi as-tu dénoncé Bannière ?

Jusque-là, je pensais qu'il me reprochait de ne pas avoir réagi après sa mort, pas plus. Mais c'était bien pire que ce que j'imaginais…

— Tu veux la vérité ? m'écriai-je. Je n'ai rien fait ! Rien du tout ! Si quelqu'un a découvert sa cachette, ce n'est pas à cause de moi… Je n'en ai parlé à personne !

— Est-ce que tu prêterais serment ?

— Sors ton couteau, exigeai-je.

Il me tira jusqu'à la pièce où avaient lieu les cérémonies et me passa son couteau. Nous ne pouvions pas faire ça dans les couloirs, à la vue de tout le monde.

Sans hésiter, je dessinai une entaille dans la paume de ma main et proclamai mon innocence :

— Je jure, sur mon propre sang, que je ne suis aucunement responsable de la mort de Bannière. Si je mens, qu'il bouillonne dans mes veines !

Del ne bougeait plus. Je lui rendis le couteau et fermai ma main sur la coupure. Le sang coula entre mes doigts.

— Je m'excuse, marmonna-t-il. C'était ma seule amie. J'avais besoin d'en vouloir à quelqu'un.

Sa seule amie. Et moi, alors ?

— Je comprends, murmurai-je. Si c'était arrivé à Œillet ou à Sable, j'aurais peut-être réagi comme toi.

— Sable, c'est le Géniteur avec qui je te vois, parfois ?

— Sûrement, oui.

— De tous mes coéquipiers, reprit-il, tu es la première à t'intéresser autant à moi.

Sa remarque me fit réfléchir. Est-ce que j'étais allée trop loin ? Peut-être l'observais-je plus que je n'aurais dû ?

— Il faut que j'y aille, Del.

— Attends !

En un geste sec, il enleva le nœud qui attachait mes cheveux. Ils tombèrent en cascade sur mes épaules.

— Qu'est-ce qu'il te prend ? m'écriai-je.

— Je voulais voir à quoi tu ressembles, comme ça…

Il rapprocha son visage du mien, tourna la tête de côté et effleura mes lèvres avec les siennes. Ses cheveux chatouillèrent mon front. J'avais envie de plonger dans ses bras, mais je n'en avais pas le droit. J'étais paralysée. Une Chasseuse ne devait pas ressentir ce genre de choses. J'avais honte et j'étais confuse. Mon désir allait à l'encontre de mes principes ! Je frôlai sa mâchoire avec ma joue, et une vague de chaleur m'envahit des pieds à la tête.

— Je suis désolé, Trèfle, chuchota-t-il. Désolé d'avoir douté de toi. Tu m'as terriblement manqué…

— J'accepte tes excuses, bredouillai-je. Mais je t'interdis de remettre ma parole en question.

— Je te le jure, dit-il en souriant. Allez, retournons à la fête. On est en train de tout rater.

Il était déjà passé à autre chose ! Moi, j'étais bouleversée… Peut-être que son baiser ne voulait rien dire ? Peut-être était-ce sa façon à lui de demander pardon ?

Il me prit par la main et on rebroussa chemin. Tout le monde dansait, alors on rejoignit la farandole. Je pris plaisir à participer et sautillai jusqu'à en être essoufflée.

À la fin du morceau, je m'assis à l'écart. Une môme me tapa sur l'épaule. J'étais dans le même dortoir qu'elle avant d'être baptisée, je me souvenais même de son numéro. Elle me regardait avec admiration.

— Qu'est-ce qu'il y a, Vingt-Six ? demandai-je.

Ses yeux s'illuminèrent.

— Est-ce que tu penses que je saurai me battre comme toi, un jour ?

— Bien entendu, assurai-je. Mais il faut travailler dur !

— Je ne veux pas devenir Génitrice, me confia-t-elle.

— Je te comprends… Ne t'inquiète pas. Si tu veux vraiment devenir Chasseuse, tu y arriveras.

J'aurais adoré que l'on me dise ça, à l'époque. Mais les nouvelles recrues passaient leur temps à vouloir impressionner les plus expérimentés, et ceux-là ne s'occupaient pas des mômes.

Une fois rassurée, Fille26 retourna danser. Moi, pour la première fois, je suivis les Chasseurs dans leur zone. Les flambeaux illuminaient la pièce et les Ouvriers nous avaient installé de vraies chaises et des coussins. C'était la plus belle section de l'enclave, sans aucun doute ! Elle paraissait même plus confortable que celle des Aînés.

Je m'assis à côté de Cric, tout en évitant de croiser le regard de Del.

— Sans rancune, Chasseuse ?

— Bien sûr que non, répondis-je en souriant.

Ils m'inclurent dans un de leurs jeux, et je savourai ce plaisir. J'étais enfin des leurs ! Trèfle, la Chasseuse. C'était le plus beau jour de ma vie.

Quelques heures plus tard, Soie me prit à part, un sourire aux lèvres. Je remarquai qu'un groupe de Chasseurs entourait Del pour le féliciter de sa victoire.

— Je leur ai parlé, me dit-elle. Je leur ai dit que vous étiez pardonnés, et que vous étiez de nouveau acceptés dans le groupe. J'ai précisé que vous aviez payé pour vos erreurs, et que vous ne nous poseriez plus de problèmes. J'ai eu raison, n'est-ce pas ?

C'était du chantage, je le savais. Elle voulait que je sache que tout était grâce à elle. Si Del et moi souhaitions garder notre place, je n'avais pas intérêt à raconter ce que j'avais vu à Nassau, dans les tunnels ou chez les Fouisseurs. Voilà ce qu'elle essayait de me dire.

Plus j'apprenais à connaître Soie, moins je l'appréciais. Peut-être agissait-elle de la sorte pour se faire respecter… mais cela ne changeait rien. Elle avait beau avoir été un exemple pour moi lorsque j'étais môme, je ne la verrais plus jamais du même œil.

— Oui, chef, me résignai-je. On suivra vos ordres à la lettre.

LE SACRIFICE

Les semaines suivantes, mon moral fut au beau fixe. Les patrouilles se passaient bien, on ramassait beaucoup de viande, et j'adorais mon boulot de Chasseuse. On rencontra quelques Monstres de temps en temps, mais les tunnels étaient plutôt calmes. Je m'inquiétais juste de la suite : lorsqu'ils auraient terminé leur festin à Nassau, ils s'attaqueraient peut-être à l'enclave la plus proche… La nôtre.

Tout cela pour dire que je n'étais pas prête à affronter un nouveau drame. Hélas, je n'eus pas le choix.

Ce jour-là, Del et moi étions les derniers à revenir de patrouille. Nous avions dû aller plus loin que d'habitude pour trouver de la viande car les pièges les plus proches étaient vides. Nous avions aussi croisé quelques Monstres, mais cela ne nous avait que très peu retardés. Ceux-ci étaient quasi morts, affaiblis par la faim.

Lorsque je passai par-dessus la barricade, je compris tout de suite que quelque chose ne tournait pas rond. Les gardes étaient de dos et ne nous inspectèrent même pas. Ils étaient concentrés sur autre chose.

On déposa nos sacs de viande avec les autres et on se rapprocha pour découvrir ce qui se passait. Encerclés par un groupe de curieux, le Gardien des mots, Chrome et Cuivre faisaient face à un homme aux cheveux blonds. Mon arrivée attira l'attention du Gardien des mots, et ce dernier me *sourit*, comme si nous partagions un secret… Étrange. Il s'adressa au garçon.

— Nous te déclarons coupable de vol et de contrebande, déclara-t-il.

— Qu'as-tu à dire pour ta défense ? lui demanda Cuivre.

— Je suis innocent ! Jamais je n'aurais osé !

Non… C'était impossible… Avant même d'apercevoir son visage, je le reconnus à sa voix. Sable. Je me mis sur la pointe des pieds pour vérifier. C'était bien lui. Il avait un môme dans les bras, et il était terrorisé. Le Gardien des mots brandit un livre, un de ceux que j'avais ramenés.

— Soie a trouvé ce livre caché sous ta palette, et quelqu'un t'a vu traîner près des archives. Peux-tu nous donner une explication ?

— Ce n'est pas le mien… Je ne sais pas comment il a atterri dans ma chambre, je vous le jure !

Il était en larmes, et le môme qu'il tenait se mit à pleurer à son tour.

Moi, en les observant, je compris tout. Sable était innocent, tout comme Sucre avant lui, et comme des dizaines et des dizaines de personnes accusées à tort pendant toutes ces années. Les Aînés choisissaient des habitants au hasard, cachaient des reliques dans leurs chambres puis les accusaient de vol. Pour l'exemple. Moi qui pensais encore que les Aînés étaient sages et bienveillants… J'étais vraiment trop naïve.

Sable ne survivrait jamais dans les tunnels. Et il avait un môme, son propre môme. C'était peut-être celui qu'il tenait dans ses bras. Je ne pouvais pas les laisser faire ! Déjà que je ne m'étais pas remise de la disparition du môme aveugle, je supporterais encore moins de voir mon ami se faire jeter dans les tunnels.

— Ce livre est à moi ! m'écriai-je.

Des gens me poussèrent en avant, et je me retrouvai à côté de Sable. Qu'est-ce qu'il m'avait pris ? Je ne voulais pas quitter l'enclave… C'était chez moi…

Le Gardien des mots me regarda, perplexe. Il savait très bien que je n'avais rien fait.

— Tu déclares avoir volé ce livre ? Toi, la citoyenne modèle ?

— Alors comment s'est-il retrouvé dans la chambre de Sable ? demanda Soie.

Je ne savais pas quoi répondre. Je ne trouvais aucune raison valable. C'est alors que Del me rejoignit au centre du cercle. *Non, pas toi*, pensai-je. *Ne te mêle pas de ça ! Reste à l'abri* ! Je lui fis signe de se taire et de revenir sur ses pas, mais il ne croisa même pas mon regard. Il défia les Aînés avec ses yeux noirs.

— C'est moi qui l'y ai mis, dit-il. J'étais jaloux de leur amitié. Je voulais me venger.

Le silence était total. Je regardai les Aînés. Ils allaient devoir exiler deux héros, dont Del, qui était le meilleur Chasseur de l'enclave. Pour eux, c'était l'occasion rêvée :

ils pouvaient prouver à l'enclave entière que même les meilleurs pouvaient être punis. Ce fut Chrome qui prit la parole :

— J'accepte vos aveux. Del, Trèfle, vous êtes bannis de l'enclave et condamnés à l'exil. Je vous déclare dépossédés de vos titres. Aucun citoyen de Collège n'a le droit de vous aider ni de vous abriter. Nous vous considérons désormais comme des hors-la-loi et vous envoyons dans les tunnels.

Je m'y attendais, mais le verdict fut quand même un choc. J'aperçus Œillet dans la foule. Elle détourna le regard. Peu à peu, les gens de l'assemblée se mirent dos à nous. J'avais assisté à une scène identique, lorsque j'étais môme. À l'époque, je ne pouvais pas imaginer ce que ressentait l'accusé. Moi, j'étais bien à l'abri, je m'en fichais.

Chaque année, on exilait des gens. Chaque année. Je réalisai qu'ils avaient choisi Sable pour me punir, moi. Pour me rappeler que je ferais mieux de me taire. Ils savaient que nous étions amis, et ils savaient que j'étais au courant de leurs manigances… Mais ils ne s'attendaient pas à ce que je réagisse ainsi. Je les avais surpris. À vrai dire, je m'étais même surprise moi-même.

Sable avait l'air complètement perdu, comme s'il n'avait pas encore compris ce qu'il venait de se passer. Il sécha ses larmes et rassura son môme, tout en me jetant un regard noir. Nous avions vécu tellement de choses ensemble… Il devait bien savoir que j'avais fait cela pour le protéger ?

— Voleuse, me lança-t-il.

Il cracha dans ma direction. Non, il ne comprenait pas que je venais de lui sauver la vie.

— Vous avez cinq minutes, déclara Soie. Vous n'avez droit ni à de la nourriture, ni à de l'eau. Vous pouvez emmener vos affaires personnelles, c'est tout. Vous serez fouillés avant de quitter l'enclave.

Soie était consciente de notre sacrifice, cela se voyait dans ses yeux. Je ne l'aimais pas, mais j'étais persuadée que cette situation ne la réjouissait guère.

Je me précipitai dans ma chambre et rangeai toutes mes affaires dans mon sac : vêtements, couverture, le baume de Bannière et certaines de mes babioles. Mes armes étaient déjà sur moi. Désespérée, nauséeuse, je sortis de mon espace pour la dernière fois.

Sur le chemin du retour, je croisai Twist. Il se jeta sur moi et m'emmena de force dans sa chambre. C'était la première fois que j'y entrais. Il fouilla dans son cageot et en sortit un baudrier de cuir parsemé de petites poches. Il les remplit de viande sèche et d'eau.

— On n'a pas beaucoup de temps, bafouilla-t-il. Tiens, mets ça sous ta chemise.

— Mais… Ils te tueront si jamais ils le découvrent !

— Comme ils ont tué Bannière ?

— Comment le sais-tu ?

— C'est moi qui m'occupe des cadavres.

Twist ferma les yeux quelques secondes et serra les poings. Je pariai que lui aussi était ami avec elle.

— Quelqu'un nous a trahis, Trèfle.

— Nous ?

— Je fais partie des rebelles.

Il me fallut quelques secondes pour digérer l'information. Je me demandai si, comme Del, Twist me croyait responsable de la mort de Bannière… Non, sûrement pas. Sinon, il ne serait pas en train de m'aider.

— Je suis désolée pour Bannière, murmurai-je. J'aurais aimé l'aider, comme tu le fais aujourd'hui avec moi.

— Ce n'est pas si risqué que ça. Ils me tueront pour ce que je leur ferai après que vous serez partis.

Pour la première fois de ma vie, je vis le vrai Twist. Ce n'était plus le fantôme timide et pressé qui faisait tout ce qu'exigeait Chrome. Le vrai Twist était plein de haine, sûr de lui.

— Ne fiche pas ta vie en l'air, balbutiai-je. Quoi que tu fasses, fais en sorte que cela serve à quelque chose.

— Tu as toujours été gentille avec moi, et Sable est un bon garçon. Je sais que vous n'avez rien fait.

— Personne n'a rien fait, ajoutai-je.

Twist acquiesça, passa la tête à travers le rideau pour vérifier que le couloir était bien désert, et me poussa dehors. Le baudrier ne se voyait quasiment pas à travers ma chemise. Avec un peu de chance, les gardes ne fouilleraient que mon sac.

Je traversai les couloirs jusqu'aux barricades, sous les huées et les crachats des habitants. Del me rejoignit à la sortie. Toupie faisait partie du groupe de gardes qui nous fouillaient et, une fois nos sacs passés au crible, elle me jeta le mien en pleine figure.

— Tu me dégoûtes, susurra-t-elle.

Puis, comme tous les jours, on escalada la barricade. Sauf que cette fois, nous n'étions pas de patrouille… Nous ne reviendrions jamais. Je m'engouffrai dans les tunnels et me mis à courir de toutes mes forces. Je fonçai jusqu'à ce qu'un point de côté m'empêche d'avancer. Del m'attrapa et me secoua, comme pour me réveiller.

— Trèfle ! s'écria-t-il. Comment veux-tu que l'on survive en gardant ce rythme ?

Je pouffai de rire et sanglotai en même temps :

— Tu es stupide ou quoi ? On ne va pas survivre, quoi qu'il arrive ! Nassau a disparu. Une enclave entière ! Comment veux-tu qu'on tienne le coup ? Et pourquoi est-ce que tu m'as suivie ?

— Je suis ton coéquipier.

— Mais tu leur as menti ! Je sais que tu n'as pas mis le livre dans la chambre de Sable…

— Et je sais que tu ne l'as pas volé.

— Lui non plus ! C'est complètement injuste. Tout ça, c'est la faute des Aînés. Ils accusent des innocents…

— Je sais, Trèfle.

— Depuis combien de temps le sais-tu ?

— Depuis toujours.

J'étais déçue et écœurée. Comment avais-je pu ignorer tout cela ?

Il me prit dans ses bras et me serra fort contre lui. Mon premier réflexe fut de le repousser, mais je n'avais plus de règles à respecter, désormais. Je n'étais plus une Chasseuse. J'étais une simple fille avec des cicatrices sur les bras. Alors je me laissai faire et posai la tête contre son torse.

— Del… Est-ce que tu penses qu'on peut s'en sortir ?

— Dans les tunnels ? Non. Par contre, Au-Dessus, on a une chance. Ce n'est pas du tout comme ils le décrivent, tu sais. La surface est dangereuse, mais pas mortelle.

Rien que d'y penser, cela me fit trembler. J'avais passé ma vie à me préparer à affronter les tunnels, rien d'autre. Pour moi, le monde de la surface faisait partie des légendes que l'on me racontait. Je n'avais aucune idée de ce qui s'y trouvait réellement.

— Si tu le dis, murmurai-je.

— Allez, il faut qu'on avance. Mieux vaut quitter leur territoire avant la prochaine patrouille. Sinon, on sera forcés de se battre contre les Chasseurs que l'on croisera. Est-ce que tu te souviens de la plate-forme où l'on a dormi la première nuit ?

Celle avec les toilettes répugnantes ? Oui, je m'en souvenais très bien.

— Il y a un escalier derrière la grille en métal. Tu sais, celle qui était au fond ? Les marches mènent Au-Dessus.

— Est-ce que tu crois que l'on va réussir à l'ouvrir ?

— Peut-être. Sinon, les Fouisseurs doivent connaître d'autres sorties. Il suffira de leur demander. Enfin, s'ils sont encore en vie…

Del prit les devants en pressant le pas. Il lui tardait de sortir des tunnels, je le sentais. Il aurait pu quitter l'enclave il y a bien longtemps, mais je supposai qu'il n'avait pas envie de partir seul. Et je le comprenais tout à fait.

Peu à peu, je dis au revoir à mon monde. Le seul monde que je connaissais.

SECONDE PARTIE

AU-DESSUS

DE LA CAVE, ELLE PASSA DANS UN LONG COULOIR ILLUMINÉ FRANCHEMENT, CETTE FOIS, PAR LA LUNE, ET ELLE ATTEIGNIT UNE PORTE, QU'ELLE PARVINT À OUVRIR. À SA GRANDE JOIE, ELLE SE TROUVA DANS L'AUTRE ENDROIT, NON POINT AU SOMMET DU MUR, MAIS DANS LE JARDIN OÙ ELLE AVAIT ASPIRÉ À DESCENDRE.

George MacDonald,
Le Garçon du jour et la fille de la nuit

L'INCONNU

La plate-forme n'avait pas changé, à une exception près : le sol n'était plus recouvert de cadavres de Monstres. Ni d'os, d'ailleurs. Seulement des traces de sang. On s'arrêta quelques minutes pour manger et boire, puis Del s'attaqua à la grille.

Elle était cadenassée, mais tellement vieille et rouillée qu'il suffit de quelques coups de pied pour la faire plier. On se faufila à travers une brèche.

Del emprunta l'escalier, et je le suivis. On arriva en haut beaucoup plus rapidement que je ne pensais. Si les habitants de l'enclave savaient à quel point nous étions proches de la surface, ils feraient moins les fiers...

Ici, l'air était différent. Je le sentais contre ma peau et des odeurs étrangères me parvenaient. Mais nous étions bloqués : en haut des marches, le passage était barré par un immense tas de pierres. Seul le vent pouvait le traverser.

— Il va falloir rendre visite aux Fouisseurs, annonçai-je, dépitée.

— Oui. Et, au pire, il y a l'escalier que l'on a monté le jour où tu as trouvé les livres... Je pense qu'il mène aussi Au-Dessus.

On redescendit les marches et, de retour sur la plate-forme, je demandai à Del :

— Est-ce que tu sais comment y aller ?

— Oui. Ce n'est pas si loin que ça.

Tout est relatif, pensai-je. L'antre des Fouisseurs se trouvait à mi-chemin entre ici et Nassau. Nos provisions étaient maigres et nous risquions de croiser des Monstres… Mais nous n'avions pas le choix. On courut pendant des heures. Nous entendions souvent du bruit dans les tunnels, mais on ne rencontra aucun Monstre. Les Chasseurs faisaient du bon boulot, dans le coin.

On arriva enfin devant la fissure où j'avais perdu Del. Je passai la main sur les pierres jusqu'à tomber sur celles qui bougeaient. J'en poussai une, et me retrouvai face à face avec une paire d'yeux familière…

— Trèfle, chuchota Jengu.

Il dégagea le passage et on se glissa à l'intérieur. On traversa l'étroit couloir pendant que Jengu refermait l'entrée. Les autres Fouisseurs nous fixèrent du regard sans dire un mot, comme à leur habitude. Ils avaient l'air d'aller bien… Tant mieux.

— J'pensais pas vous r'voir si vite, nous dit-il en souriant.

— Est-ce que le troc s'est bien passé ?

— Oui. On leur a d'mandé d'nous montrer l'poisson avant d'les laisser entrer.

Cela confirma les propos de Twist. Les Fouisseurs étaient vraiment futés. Je n'avais pas à me faire de souci pour leurs prochains échanges avec l'enclave.

— Est-ce qu'ils ont pris beaucoup de choses ?

— Oui, mais on n'a pas b'soin d'tout ça. On a juste b'soin d'manger.

Nous avions la même vision des choses, alors. Cela fit sourire Del.

— On voulait vous prévenir de ne pas leur faire confiance, confia-t-il à Jengu. Soyez vigilants.

— Bah, on fait confiance à personne. Mais on peut pas r'fuser du poisson !

Il nous offrit un bol rempli de liquide chaud, mais l'odeur et la texture ne me dirent rien. Del s'en contenta. Moi, je préférai me rabattre sur la viande sèche et sur l'eau que Twist nous avait données. La poche qui contenait la viande était accessible, et je n'eus qu'à soulever légèrement ma chemise pour l'attraper. Il y en avait assez pour une personne, pas plus. Je l'avalai en quelques bouchées. Del devait se demander d'où cela venait. Je lui expliquerais plus tard.

— Del et moi cherchons à aller Au-Dessus, dis-je à Jengu. Si vous pouviez nous guider vers une sortie, on vous serait vraiment reconnaissants…

— D'accord, j'peux vous montrer. Mais les autres vont vouloir qu'vous payiez.

— Qu'est-ce que vous voudriez en échange ?

— Z'avez quoi ?

Je vidai le contenu de mon sac. Mes babioles scintillèrent à la lueur des flambeaux. Jengu fut attiré par un petit objet bleu, et je lui montrai comment l'ouvrir. Une douce odeur s'en échappa. À l'intérieur, il y avait un miroir minuscule, complètement intact. Je ne savais toujours pas à quoi cela servait, mais j'avais l'habitude de l'ouvrir de temps à autre et d'y observer le reflet de mes yeux. Je l'avais hérité de ma Génitrice. Un trésor de famille, en quelque sorte.

Jengu serra l'objet dans sa main.

— Ça. J'vous montre en échange d'ça.

J'acceptai, un pincement au cœur.

— Est-ce que c'est loin ? demandai-je.

— Deux nuits d'ici.

— Avant de partir, est-ce que l'on peut se reposer dans la réserve, comme la dernière fois ?

— Bien sûr. Y a plein d'place, maint'nant !

Il ne prit pas la peine de nous y emmener. De toute manière, j'avais mémorisé le trajet. Une fois sur la plate-forme, on constata à quel point les Chasseurs s'étaient servis généreusement : la moitié des reliques n'était plus là. Le Gardien des mots devait avoir de quoi s'occuper pour des années.

On s'installa côte à côte et on s'endormit sans se dire un mot. Je trouvai le sommeil sans trop de difficultés. J'avais peur de l'inconnu, mais le fait de me rapprocher d'Au-Dessus étape par étape me donnait du courage.

Au réveil, on alla chercher Jengu. Il était temps de partir. On le suivit jusqu'à une zone commune, puis dans un autre tunnel. J'essayai d'enregistrer l'itinéraire dans ma tête, au cas où, mais on tourna tellement de fois que je laissai tomber.

Le périple fut laborieux. On n'eut d'autre choix que de manger la nourriture que Jengu nous avait passée, en espérant que cela ne nous rendrait pas malade. Et l'air était étouffant, nauséabond…

On arriva devant un mur gluant sur lequel étaient fixées des barres en métal. Jengu les montra du doigt.

— Vous grimpez. Vous poussez. Z'êtes dehors.

— Tu ne viens pas avec nous ?

— Pour l'instant, on a b'soin d'rien d'Au-D'ssus. Mais on y va d'temps en temps. Récupérer des trucs.

Intéressant… Cela signifiait que la surface était vivable. Du moins, respirable. Peut-être avions-nous vraiment une chance !

— Merci pour tout, déclara Del.

— Oui, merci, ajoutai-je.

— De rien.

Jengu retourna sur ses pas, son flambeau dans les mains, et nous laissa dans l'obscurité totale.

— J'y vais en premier, imposa Del.

Je grimpai derrière lui. Le métal glissait sous mes doigts et j'eus du mal à garder l'équilibre. Je manquai de tomber à plusieurs reprises, et j'avais l'impression que nous n'arriverions jamais au bout.

— Alors ? m'inquiétai-je.

— On y est presque.

J'entendis Del tapoter le mur de la main, puis un bruit de métal raclant la pierre. Une lumière diffuse et bleutée se répandit sur nous. Del grimpa un peu plus haut, sortit par un trou au plafond et me tendit la main pour m'aider à le rejoindre. Je m'extirpai à mon tour, puis me relevai doucement.

Pour la première fois de ma vie, j'étais à la surface. J'en eus le souffle coupé. Je tournai sur moi-même, puis je levai la tête. Au-dessus de moi s'étendait une couverture noire, mouchetée de points lumineux. Tout était gigantesque. Trop d'espace. Trop d'air. J'étais horrifiée ! J'eus envie de me recroqueviller et de cacher ma tête dans les mains.

— Calme-toi, dit Del pour me rassurer. Regarde par terre. Fais-moi confiance.

Je suivis ses conseils et fixai mes chaussures. Cela me soulagea un peu. Le sol était jonché de bris de verre et de pierres, et les bruits environnants ne ressemblaient pas à ceux des tunnels, ni de l'enclave. Même le bruit du vent me paraissait étrange. Je perçus aussi des grincements et des crissements. Nous n'étions pas seuls… et je n'avais aucune idée de ce qui nous attendait dans le noir. Je relevai la tête lentement. Autour de nous, de grandes constructions bloquaient la vue.

— Qu'est-ce que c'est ?

— Des immeubles. La plupart sont abandonnés.

Certains tenaient encore debout, atteignant une hauteur incroyable. Je n'imaginais même pas comment ils avaient été construits ! D'autres s'étaient effondrés, et les décombres étaient étalés à leurs pieds. J'étais plus habituée à ce genre de décor : les ruines et les gravats, ça me connaissait.

Contrairement à ce qu'on nous avait raconté, l'air était respirable. Je ne me sentais pas malade, et le vent n'était pas fétide comme les courants d'air des tunnels. Les Aînés nous avaient menti, encore une fois.

Del remit le cercle de métal à sa place pour refermer l'entrée derrière nous. Nous étions au milieu d'une immense étendue plate et grise. Ce n'était pas une formation naturelle. On aurait dit que quelqu'un avait coulé une matière rocheuse en une ligne droite, puis l'avait laissé durcir. À certains endroits, le sol était détruit, comme si une force prodigieuse avait tenté de le soulever.

— Del, je pense qu'il faut que tu me racontes tout ce que tu sais de cet endroit.

— Bien sûr. Mais, d'abord, il faut trouver un abri. Il n'y a pas de Monstres, ici. En tout cas, il n'y en avait pas à l'époque… Mais il y a d'autres dangers.

— On peut se cacher n'importe où, non ? Dans les… immeubles ?

— Ils sont tous occupés. Est-ce que tu vois les symboles rouge et blanc peints sur les murs ? Ce sont les gangs qui les ont inscrits. C'est leur territoire. Il vaut mieux éviter de les croiser. Suivons cette rue, on va bien finir par tomber sur un immeuble libre.

— C'est quoi, un gang ?

— Un groupe de gens, un peu comme à l'enclave. Mais plus… barbare.

— C'est à cause d'eux que tu es parti ?

— En partie, oui.

Ce n'était pas le moment de poser des questions. On balaya la ligne d'immeubles du regard. Hélas, ils étaient tous marqués. On avança, petit à petit, jusqu'à ce que Del remarque un immeuble rouge, sans aucun symbole.

— Ici ? demandai-je.

— Tentons le coup.

Il monta les trois marches qui menaient à la porte. Elle s'ouvrit sans qu'il ait à forcer, mais il porta immédiatement la main à son nez et me rejoignit en courant.

— Je comprends mieux pourquoi c'est vide ! Allez, on continue.

J'étais stupéfaite de la distance que nous parcourions. Pour ne pas paniquer, je me concentrais sur les choses qui nous entouraient et que je ne connaissais pas. Tout à coup, un animal passa très vite au-dessus de moi. Je me jetai au sol et me mis en boule.

— Del ! m'écriai-je. Qu'est-ce que c'était ?

— C'est un oiseau, m'expliqua-t-il en riant. Ne t'inquiète pas, il ne va pas te manger. Tu es trop grande pour lui.

Je levai la tête. L'oiseau montait vers le ciel, guidé par le vent, porté par des ailes gracieuses... Quelle créature élégante ! Je me demandai ce qu'on ressentait, à se déplacer dans l'air avant autant de facilité.

— Certaines légendes sont donc vraies, murmurai-je.

— Certaines, oui.

On reprit nos recherches. On vit d'autres oiseaux, perchés sur des piquets et des immeubles. Par terre, les plantes s'étaient infiltrées à travers des fissures. Des carcasses en métal rouillé étaient disséminées des deux côtés de la *rue*. Del me raconta qu'à une époque, cela s'appelait des *voitures*, et qu'elles occupaient en permanence l'espace sur lequel nous marchions. J'eus du mal à y croire ! Tout était tellement vide…

Alors que le ciel commençait à s'éclaircir, on trouva enfin un immeuble qui ne sentait pas la mort et qui n'appartenait à aucun gang. Del essaya d'ouvrir la porte, mais elle était verrouillée. À l'arrière, je remarquai une fenêtre. Elle était à moitié fermée, mais j'étais assez mince pour m'y glisser. Je proposai à Del d'entrer par là et de lui ouvrir la porte de l'intérieur. Cela ne le rassura pas.

— Je suis une Chasseuse, Del. Ça va aller.

Les mots sortirent de ma bouche avant même que j'y pense. Non, je n'étais plus une Chasseuse. Je n'avais plus le droit de m'appeler ainsi.

Je me faufilai par la fenêtre et cognai mon épaule contre le mur en atterrissant de l'autre côté. La pièce était noire, mais j'aperçus la forme de la porte. Ici, l'obscurité n'était pas aussi opaque que dans les tunnels. Vivre Au-Dessus avait peut-être ses avantages ? Je me frayai un chemin jusqu'à la porte, à travers des débris de verre et des objets moisis ou transformés en poussière depuis bien longtemps. J'en reconnus quand même quelques-uns : des ustensiles de cuisine, des bouteilles, des assiettes, des bols multicolores… Le Gardien des mots deviendrait complètement hystérique dans un endroit pareil.

Une fois devant la porte, j'ouvris les verrous pour faire entrer Del. Il les referma aussitôt derrière lui, et balaya notre abri du regard.

— C'est une réserve. Ça devait être une boutique, avant.

— Une *boutique* ?

— Un endroit où les gens pouvaient acheter et vendre des choses.

À l'enclave, on avait notre *boutique* à nous, dans la zone commune. On pouvait y voir ce que les autres y avaient déposé, et troquer les objets qui nous intéressaient contre les nôtres. Ici, vu que les gens vivaient dans des immeubles différents, il leur fallait en effet un endroit pour se rassembler.

On explora les lieux. Au bout d'un couloir sombre se trouvait une grande pièce, remplie d'étagères en métal. La plupart d'entre elles étaient vides, mais j'aperçus quelques boîtes de conserve par-ci par-là. Une porte donnait sur des toilettes et, ici, l'odeur n'y était pas insupportable. Del tourna une poignée argentée au-dessus d'un petit bassin, mais cela n'eut aucun effet.

— C'est un robinet, dit-il. Avant, il y avait de l'eau qui coulait. C'est comme ça qu'on buvait avec mon père, jusqu'à ce qu'il tombe malade.

— À cause de l'eau ?

— Je ne sais pas. Peut-être… J'étais petit, et il ne m'expliquait pas tout.

Parler d'eau me donna soif. Il en restait un peu dans mon baudrier, mais il fallait que je soulève ma chemise pour l'enlever.

— Del ? Est-ce que tu peux te retourner, s'il te plaît ?

Il obéit sans poser de questions et attendit, le temps que je détache le baudrier.

— Tu as eu ça où, au fait ? demanda Del.

— C'est Twist qui me l'a donné, dis-je en le lui mettant dans les mains. Il reste encore de l'eau.

— Il a pris des risques.

— Je sais.

— J'aurais aimé le remercier.

— Je l'ai fait à ta place.

On but quelques gorgées, puis on remarqua qu'il y avait une porte, au milieu du couloir, qui donnait sur un escalier. Je ne m'en étais même pas rendu compte. J'étais trop habituée aux tunnels, où il n'y avait toujours qu'une seule entrée et qu'une seule sortie.

— Il y a un étage, murmura Del.

On grimpa les marches. Je n'étais pas rassurée à l'idée d'aller plus haut, mais encore moins à celle de rester toute seule en bas. J'eus le réflexe de compter nos pas, même si on y voyait très bien.

La pièce d'en haut était somptueuse ! Elle devait mesurer cinq mètres de long. Je reconnus la table et les chaises. Par contre, le nom du gros meuble du centre m'était inconnu. J'avais honte d'ignorer tant de choses, mais je ravalai ma fierté et le demandai à Del.

— C'est un canapé, m'informa-t-il en souriant.

Je m'assis dessus. Il était très confortable, malgré son odeur de poussière. Un vrai luxe, comparé à ma palette ! Je posai ma tête en arrière et fermai les yeux. J'entendis Del faire le tour, examiner les environs.

— Il y a une autre pièce, me confia-t-il. On peut avoir chacun notre chambre.

— Je prends le canapé ! m'exclamai-je, comme une môme.

Il s'assit à mes côtés en souriant, et posa son bras derrière ma tête.

— Alors, tu avais des questions à me poser ?

— Oui. Je sais que tu es né ici mais… combien de temps est-ce que tu y as vécu ?

— Huit ou neuf ans. Lorsque mon père est mort, c'est devenu trop dangereux pour moi. Les gangs m'ont chassé jusqu'aux tunnels. C'est comme ça que je m'y suis perdu.

Tandis qu'il se replongeait dans ses souvenirs, son expression s'assombrit et ses yeux regardèrent dans le vide.

Je repensai à lui, à son arrivée. Le garçon sauvage. Il avait survécu des années dans les tunnels, et je ne comprenais toujours pas comment.

— Pourquoi est-ce que tu es resté avec nous ?

— Les Aînés ne m'ont pas laissé le choix. Enfin, si. Soit je devenais Chasseur, soit ils me tuaient sur-le-champ.

Pas étonnant qu'il nous ait autant détestés. Les Aînés l'avaient pris en otage.

— Mais je suis grand maintenant, reprit-il. Et plus fort qu'à l'époque. Je sais me défendre. Je suis prêt à affronter les gangs, si on les croise.

— Qu'est-ce qui les rend si mauvais ?

— Tu sais, les règles en lesquelles tu croyais ? Celles qui existaient soi-disant pour te protéger ? Les gangs n'en ont aucune. Ils sont cruels et… malsains. Mon père avait des armes, alors ils nous laissaient tranquilles. Quand je me suis retrouvé tout seul, ils ont essayé de me recruter. Mais ils traitent mal les mômes. Parfois, ils…

Il me regarda dans les yeux, refusant d'aller plus loin. Je compris ce qu'il sous-entendait.

C'était déjà arrivé à l'enclave. Parfois, certains Géniteurs abusaient des mômes. Les coupables étaient non seulement exilés, mais aussi blessés pour que les Monstres les trouvent plus rapidement.

— Tu comprends mieux pourquoi je n'ai pas voulu rejoindre leurs rangs…

— Dis-moi tout ce que tu sais d'eux. J'ai besoin de connaître l'ennemi.

— Ils veulent se reproduire, dit-il. C'est leur obsession. Vu que tu es une femme, c'est la première chose dont tu devras te méfier. Et ils tuent tout ce qu'ils trouvent sur leur passage.

— Alors, ici, l'âge n'est pas signe de sagesse ?

Cela le fit rire.

— Non, pas du tout. Pour eux, on est des vieux. À la surface, les gens ne vivent pas longtemps. Les gangs tuent pour un oui ou pour un non.

— C'est pour ça qu'ils se reproduisent beaucoup, alors… Pour compenser les pertes.

Del me frôla la joue et se mit à me caresser les cheveux. La chaleur de ses doigts me fit frissonner. Je penchai ma tête sur le côté, et la paume de sa main se posa naturellement sur ma nuque. Lorsqu'il la retira, j'avais presque oublié de quoi nous parlions.

— Ils pensent que les filles ne servent qu'à ça, reprit-il. Et aucune loi ne vous protège. Contre eux, vous n'avez aucun pouvoir.

L'idée me glaça le sang. En effet, la vie était dangereuse à la surface, mais d'une façon différente. Au-Dessus, être une femme avait un tout autre sens que dans l'enclave. Mes cicatrices ne les impressionneraient pas.

— Je pense qu'on peut en rester là pour aujourd'hui, marmonnai-je.

— Oui, tu as entendu le principal.

— Attends… J'ai une dernière question.

— Je t'écoute.

— D'où vient ton nom ?

Cela m'intriguait depuis le début. Pendant un instant, je crus qu'il n'allait pas me répondre.

Mais il plongea la main dans son sac et en sortit un bout de papier froissé. Il me le tendit et, malgré la faible lumière de la pièce, je parvins à déchiffrer les formes des lettres. Le papier était tellement vieux que beaucoup d'entre elles s'étaient effacées : « CO L URS I DEL BIL S ».

Son sang avait taché le début du second mot. *Del*. Je lui rendis son talisman et, machinalement, il se mit à caresser le coin du papier. J'avais remarqué que cette partie-là était plus sombre que le reste. Il devait souvent le toucher de la sorte, pour se rassurer.

— Est-ce que tu sais ce que ça veut dire ? demandai-je.

— Oui. Je pense qu'il y avait marqué « couleurs indélébiles ».

Cela lui allait parfaitement : quoi qu'il arrive, ses couleurs ne disparaîtraient pas et ne changeraient pas… Et puis, Del, cela sonnait comme *fidèle*. Ce nom convenait tout à fait à un homme qui avait refusé d'abandonner sa coéquipière dans le noir, et qui s'était sacrifié pour la suivre Au-Dessus.

— Ça te va très bien, murmurai-je.

Une autre question me taraudait, mais j'hésitai à la poser… Peut-être avait-il oublié ? Peut-être refuserait-il de me répondre ? Je pris quand même le risque :

— Comment t'appelais-tu, avant ?

— Comme tu me l'as dit la dernière fois, je m'appelle Del, maintenant. Ça ne sert à rien de revenir en arrière.

Je comprenais tout à fait. Parler de son passé le rendait triste, je le voyais bien. Del avait besoin de se sentir épaulé et rassuré, c'est tout.

Il passa son bras derrière moi et posa sa tête contre la mienne. Cette fois-ci, je ne l'en empêchai pas. Cette intimité était une vraie découverte pour moi. Lorsque l'on s'installait comme ça avec Œillet et Sable, c'était différent. Dans les bras de Del, je me sentais vivante et apaisée. Je me blottis contre lui et repensai à notre baiser…

Sa chaleur hanta mon sommeil longtemps après son départ.

LE SOLEIL

L'immeuble était en feu ! Je me relevai en trombe à la recherche d'une issue… puis je réfléchis. Il n'y avait pas de fumée. Un feu sans fumée, ça n'existait pas.

Alors pourquoi la pièce était-elle si lumineuse ?

On aurait dit que cela venait de dehors. Je me rapprochai de la fenêtre, les yeux plissés. Tout brillait. Si quelqu'un m'avait raconté ça, je ne l'aurais jamais cru.

Del me rejoignit. Il portait quelque chose sur ses yeux, et il m'offrit un objet identique. Je le plaçai sur mon visage en prenant exemple sur lui.

— Ce sont des lunettes de soleil, expliqua-t-il. On a eu de la chance, il y avait quelques paires en bas. C'est fou, mes yeux ne sont plus du tout habitués au soleil…

La lumière avait donc un nom. Cela ne me fit pas l'apprécier davantage, mais elle devint supportable une fois que mes yeux furent recouverts.

— Est-ce que c'est dangereux ?

— Non. Enfin, peut-être. Tu sais, ça fait longtemps que j'ai quitté la surface, les choses peuvent avoir changé.

Je profitai de la protection des lunettes pour observer la vue. À l'enclave, on m'avait montré des vieilles images de la ville. Les Aînés nous racontaient que c'était un monde perdu et empoisonné. Un univers sans espoir, terrifiant et mortel. Comme d'habitude, ils avaient déformé les choses. Des mensonges, toujours des mensonges !

Il y avait des immeubles partout. Je remarquai que les plus petits tenaient encore debout, tandis que les plus grands étaient en ruines. Les bâtiments étaient très proches les uns des autres et certains penchaient sur le côté, retenus par leurs voisins. Ils étaient tous en pierre. Quelques blocs paraissaient naturels, d'autres avaient des formes si précises que j'en conclus que des hommes les avaient sculptées. Leurs couleurs s'étaient effacées avec le temps, probablement à cause du soleil.

Un immeuble différent des autres surplombait la ville. Il était plus beau, presque majestueux. Il brillait à la lumière, et ses fenêtres étaient entourées de gros cercles. Les vitres étaient brisées, et j'aperçus des symboles en peinture blanche sur les murs. C'était un territoire occupé. Sans que je sache pourquoi, le fait que cet immeuble en particulier soit si abîmé me rendit triste. Je détournai mon attention de la fenêtre et fis face à Del :

— Bon, qu'est-ce qu'on fait ?

Nos provisions étaient maigres. Pour moi, la priorité, c'était de trouver à manger et à boire.

— Mon père me parlait souvent de quitter la ville. Il disait qu'il existait un endroit où tout était vert et propre, où on pourrait planter de la nourriture et la voir pousser, chasser des animaux et boire de l'eau sans tomber malade.

— Est-ce qu'il t'a dit où ça se trouvait ? demandai-je, sceptique.

— Au nord. C'est tout.

— Alors allons-y.

J'espérais que son sens de l'orientation était aussi bon Au-Dessus que dans les tunnels.

— On ferait mieux d'attendre que la nuit tombe, suggéra-t-il. On a plus de chance de croiser des gangs en journée, et on risque aussi de se faire brûler…

— Brûler ? m'exclamai-je.

Je me voyais déjà sur une broche, rôtie sur le feu, comme la viande de Cuivre… Cela fit sourire Del.

— Par le soleil, Trèfle. Les gangs ne vont pas nous faire cuire, ni nous manger.

Ouf. Il fallait que j'arrête d'imaginer le pire !

— On trouvera sûrement à manger sur la route, repris-je, rassurée. Mais comment allons-nous trouver de l'eau ?

— Il y a des bouteilles d'eau, en bas. Mais il faudrait la faire bouillir.

— Alors, faisons un feu.

On passa la journée à le préparer. On n'eut pas de mal à trouver des choses à brûler et, en fouillant dans la réserve, je trouvai un pot pour contenir l'eau. Mais il fallait trouver un moyen pour le suspendre au-dessus des flammes : on fabriqua un système avec des objets trouvés dans le bazar de la boutique. C'est ce qui nous prit le plus de temps.

Au bout de quelques heures, j'allumai le feu pendant que Del faisait le guet. Sa vigilance me rassura. Si des gangs nous repéraient, Del les remarquerait. Moi, je ne m'étais pas encore faite à tous ces nouveaux bruits, je ne savais pas ce qui était dangereux ou pas. Le moindre bruissement me faisait sursauter et ma vue n'était pas mon alliée. Même avec les lunettes, j'avais du mal à tolérer la lumière du soleil. Par contre, j'appréciai sa chaleur contre ma peau… Quand le feu fut lancé, Del me renvoya à l'intérieur.

— À petite dose, Trèfle. Il faut que tu t'y habitues peu à peu. Sinon, tu vas vraiment finir par cuire !

Je regardai le soleil en plissant les yeux. Je me demandai comment on avait pu oublier quelque chose d'aussi énorme. À l'enclave, on ne nous en avait jamais parlé. Le Gardien des mots vivait dans le mensonge en permanence… Cela me rendit triste pour lui, qui était si curieux. Quel gâchis !

Pendant que Del surveillait le feu, je fouillai la réserve à la recherche d'objets utiles. J'en trouvai un en métal qui, à première vue, ne payait pas de mine. Mais je me mis à jouer avec, et je réalisai qu'il cachait plein de choses : un petit couteau, et d'autres outils que je n'avais jamais vus auparavant. Deux d'entre eux pourraient servir d'armes. L'objet était léger et pratique, alors je le mis dans mon sac.

J'observai Del à travers la porte ouverte. Il utilisait le briquet de son père pour aider le feu à prendre. Au bout d'un moment, les flammes grandirent et des volutes de fumée montèrent jusqu'au ciel. Dans les tunnels et dans l'enclave, on n'aurait jamais allumé un aussi grand feu. Ici, c'était moins dangereux.

Del sentit que je le regardais.

— Est-ce que tu as trouvé des choses intéressantes ? demanda-t-il.

— Peut-être, oui.

Je repris mes recherches, frustrée de ne pas pouvoir l'aider davantage à l'extérieur. Depuis que nous étions arrivés Au-Dessus, je me sentais inutile.

Sur une étagère, je découvris une boîte en métal couverte de poussière. Je la posai au sol et tentai de comprendre comment l'ouvrir. Il y avait un trou avec une forme bizarre, et j'en conclus qu'il fallait peut-être y insérer un autre objet pour l'ouvrir. Le contenu devait être important.

Je fouillai, dénichai l'objet en question et le tournai dans le trou. *Clic*. Je soulevai le couvercle et tombai nez à nez avec un livre. Un vrai livre ! Tout entier, pas en morceaux ! Il était dans un si bon état que j'hésitai à le toucher.

La couverture était beige. Des lettres vertes, en relief, étaient incrustées au centre d'une image : une fille, habillée bizarrement, un môme avec des ailes, et un oiseau. *Le Garçon du jour et la fille de la nuit. Un conte de George MacDonald*. J'ouvris le livre avec excitation, et j'utilisai mon doigt pour lire lettre après lettre : « *Londres : Arthur C. Fifield, 1904. Éd. par Greville MacDonald. Imprimé par S. Clarke, Manchester* ».

Je tournai la page… et n'en crus pas mes yeux : *quelqu'un* avait écrit dans le livre ! L'encre s'était estompée, mais je pouvais encore déchiffrer la phrase : « *Pour Gracie et Mary, avec tout mon amour.* » Cela devait être des noms. D'autres mains avaient touché ce livre avant moi… Des gens de l'ancien monde… Tout à coup, tout cela me sembla si proche !

J'oubliai mes inquiétudes, le danger, la soif. Je tournai la page, posai mon index sous le premier mot, et me mis à lire, difficilement.

Il était une fois une sorcière qui désirait tout connaître. Mais, plus une sorcière sait de choses, plus elle se cogne fort la tête quand elle rencontre un mur. Elle se nommait Watho et elle avait un loup dans l'esprit. Elle n'était pas cruelle par nature : c'était le loup qui la rendait cruelle.

Elle était grande et gracieuse, avec une peau blanche, des cheveux roux et des yeux noirs où brûlait une flamme rouge. Elle était forte et se tenait droite d'ordinaire ; mais de temps en temps elle se pliait en deux, frissonnait et restait assise un moment, la tête tournée par-dessus l'épaule, comme si le loup était sorti de son esprit pour aller sur son dos.

— Qu'est-ce que c'est ? m'interrompit Del.

J'eus le réflexe de cacher ma trouvaille mais, soulagée, je pris conscience que je n'avais plus besoin d'agir ainsi. Je lui tendis le livre, et il le mania avec délicatesse. Il lut la première page beaucoup plus vite que moi et, lorsqu'il eut terminé, il parut aussi émerveillé que moi.

— Gardons-le, dit-il. Il ne pèse pas lourd.

Il glissa le livre dans son sac et retourna auprès du feu. Lorsque la nuit tomba, nous avions fait bouillir assez d'eau pour tenir quelques jours. Il était temps de se diriger vers le nord, même si j'appréhendais un peu notre départ. Dedans, je n'avais pas peur. Dehors, le ciel énorme et monstrueux pesait au-dessus de tout. Son immensité m'effrayait.

Ce soir-là, il y avait quelque chose de nouveau dans le ciel. Une courbe argentée. J'enlevai mes lunettes. On aurait dit un couteau plié, splendide mais fatal, capable de couper le ciel en deux… Plus tard, j'apprendrais son nom : *lune.*

Je préparai mon attirail comme si nous partions en patrouille. Je vérifiai bien mes armes et nos provisions, et j'attrapai mon sac, déterminée à faire mon travail de Chasseuse. La nuit, je me sentais plus forte.

Tu n'es plus une Chasseuse. Tu n'es qu'une fille avec six cicatrices.

Au moins, Del avait les mêmes. J'avais été rejetée par ma communauté, mais je n'étais pas seule. Si j'avais été exilée sans lui, j'aurais déjà abandonné. Del restait calme, et j'avais confiance en lui. Un jour, nous verrions les terres vertes dont son père avait parlé et, si l'on échouait, cela serait parce qu'elles n'existaient pas.

À peine avais-je mis un pied dehors qu'un grondement éclata. Cela fit presque trembler le sol. Je me collai à l'immeuble pour me protéger quand, d'un coup, des trombes d'eau se déversèrent du ciel. Comme les tuyaux de l'enclave, mais cent fois plus fort. En quelques secondes, j'étais tétanisée et trempée de la tête aux pieds !

— Ne t'inquiète pas, chuchota Del à mon oreille. Ce n'est que de la pluie.

Son murmure et sa proximité me firent frissonner. Les grondements s'enchaînaient, à présent. On leva tous les deux nos visages vers le ciel et, du coin de l'œil, je contemplai Del à travers le rideau de pluie. Cela faisait briller sa peau. Il était sublime. Les gouttes d'eau formaient des billes transparentes sur ses sourcils et…

Il fallait que j'arrête. Je me concentrai sur la pluie.

— Ça ne brûle pas ! m'émerveillai-je.

La sensation était fabuleuse, surtout que je ne m'étais pas lavée depuis quelque temps. Des éclairs de lumière illuminaient le ciel et la pluie martelait le sol. On aurait dit que des milliers de pieds battaient le sol en même temps. J'espérai que le livre était bien à l'abri, j'étais impatiente de lire la suite.

— Non, la pluie ne brûle pas. Ils se sont aussi trompés là-dessus.

Pour la première fois de ma vie, j'eus pitié des habitants de l'enclave. Ils étaient emprisonnés par des gens qui leur mentaient et, à cause d'eux, ils ne verraient jamais tout ça. Ils mourraient tous dans le noir.

— Je veux retourner à l'enclave, déclarai-je. Il faut dire la vérité aux Aînés.

— Ils ne t'écouteront pas, Trèfle. Ils nous tueront avant. Et puis… je leur ai déjà dit.

Quoi ? Cela me mit en rage. Après l'arrivée de Del, ils n'avaient rien partagé avec nous ! Pas un mot ! Je pensais que ce silence signifiait qu'il avait refusé de se confier, mais je compris enfin la vérité. Ils savaient tout, depuis toujours, mais ils avaient choisi de ne rien nous dire.

— Ils t'ont interdit de parler, déplorai-je.

— Oui. Comme je te l'ai dit hier, soit je me battais pour eux et gardais mes secrets, soit ils me tuaient.

— C'est pour ça que tu n'as jamais essayé de t'intégrer. Que tu ne parlais à personne…

Sauf à Bannière. Sa seule amie. Celle qui pensait que les choses devaient changer. Si seulement je n'étais pas partie en courant, ce jour-là ! Elle serait peut-être toujours en vie.

— Je ne voulais pas qu'ils fassent du mal à ceux que j'appréciais, confirma-t-il.

— Alors tu ne t'es jamais senti en sécurité, là-bas ?

— Disons que je m'en contentais. J'avais de quoi manger et un endroit où dormir. Le boulot n'était pas trop dur et les gens me laissaient tranquille. Au-Dessus, j'aurais vécu bien pire.

— Je suis désolée. Je ne savais pas.

On se mit à marcher vers le nord, et je profitai de l'air frais et de la pluie. Plus nous avancions, plus je reprenais espoir. J'étais triste de laisser Œillet, Sable et les mômes derrière moi, mais il fallait que je me fasse une raison : je ne pouvais rien y faire. S'il existait un endroit meilleur, on le trouverait.

Del était aux aguets, l'œil sur tous les coins de rue et sur les symboles couvrant les murs. Les immeubles étaient à peine visibles, cachés derrière le voile d'eau.

— Vous êtes sur notre territoire ! lança une voix glaciale.

On s'arrêta net. Je ne les avais pas entendus arriver, la pluie avait étouffé le bruit de leurs pas. Ils avaient surgi par derrière et nous encerclaient déjà… Huit hommes, tous armés. La plupart étaient plus jeunes que nous, mais ils avaient l'air féroce et enragé. Je compris pourquoi Del avait préféré affronter les Monstres plutôt qu'eux.

Del se mit devant moi pour me protéger, mais cela ne servait à rien. Ils étaient tout autour de nous. On se mit dos à dos pour se protéger l'un l'autre. Il avait été assez clair avec moi : je serais leur première cible.

Je me concentrai sur le combat imminent. Les membres du gang étaient bien plus costauds que les Monstres, bien nourris et en forme. Cette bataille serait la plus difficile de toutes celles que nous avions menées.

— On ne veut pas vous poser de problème, déclara Del. On ne fait que passer !

Le plus grand hocha la tête.

— Dommage… Parce que vous ne passerez pas.

Il devait être leur chef. Il fallait l'attaquer en premier. Je pris mon courage à deux mains et, en un geste, je sortis mes couteaux puis leur offris mon plus grand sourire :

— Voyons combien on peut en tuer, déclarai-je.

LA RÉBELLION

Notre réaction les surprit. Ils devaient se demander si nous étions aussi forts que nous le prétendions. Ils allaient vite s'en rendre compte !

Leur chef se jeta sur moi en premier. Je l'accueillis en transperçant son poignet avec un de mes couteaux, et sortis la lame aussi vite que je le pus. Il recula en hurlant, l'air étonné. Deux de ses compagnons vinrent à son secours, mais j'étais en forme. J'avais bien dormi, bien mangé, et je n'avais pas couru dans les tunnels toute la journée.

Je bloquai leurs attaques avec grâce et agilité. Je prenais un plaisir fou à enchaîner les mouvements ! En fait, il n'y avait que pendant les combats que je me sentais belle… Et le poids de ma massue me réconfortait. Je ne pouvais pas l'utiliser en étant si proche de Del, mais sa présence me suffisait.

Leur chef fut le premier à tomber. J'en mis un second à terre, et cela suffit pour faire fuir le groupe entier. Je jetai un œil aux quelques cadavres que nous laisserions derrière nous. Leur sang dégoulinait, mêlé aux gouttes de pluie. Je me retournai vers Del et il me fit un grand sourire.

— Je pense qu'ils vont nous laisser tranquilles, plaisantai-je.

— Sauf s'ils sont allés chercher du renfort…

— Alors bougeons d'ici.

Del prit les devants. Grâce à la boussole incrustée dans sa montre, il savait où était le nord et dans quelle direction aller. Je l'avais remarquée dans les tunnels mais, à l'époque, je ne savais pas à quoi cela servait. Depuis, Del m'avait expliqué son utilité. Quelle découverte pour moi, qui avais l'habitude de m'orienter en comptant mes pas !

— Est-ce que ton père t'a dit combien de temps cela prendrait ? demandai-je.

— Non. Il ne parlait pas beaucoup.

— Au moins, tu as la chance de te souvenir de lui. Nos Géniteurs à nous n'étaient pas importants. On ne les connaissait pas vraiment.

Je marchais en regardant mes pieds. Les distances et l'espace me dérangeaient toujours. Ici, tout était vaste et je me sentais minuscule.

Au bout de deux heures, la pluie s'arrêta et il se mit à faire froid et humide. Je voyais mieux les immeubles environnants : malgré leur hauteur, ils paraissaient morts, abandonnés. Mais je me sentais quand même observée, et cela me mit mal à l'aise.

Le silence de la nuit était souvent interrompu par des cris, des grognements et des miaulements. Des oiseaux chassaient les petits animaux poilus qui trottaient dans l'ombre. Je reconnus l'un d'eux : un rat. Il était bien dodu et rongeait une graine. Enfin, quelque chose de familier ! Je savais comment le piéger, et cela me rassura un peu. Tout n'avait pas changé.

On croisa aussi des troupeaux d'animaux à cornes qui erraient en plein milieu des rues. Des *chevreuils*, d'après Del. Il y avait de quoi bien se nourrir, mais ils étaient coriaces, rapides et trop gros pour que l'on parvienne à les piéger.

— Cet endroit est désertique ! m'étonnai-je.

Le Gardien des mots nous avait appris que ces villes étaient noires de monde. Bon, il nous avait aussi dit que le ciel était enflammé et que la pluie nous brûlerait jusqu'aux os… Peut-être qu'il valait mieux ne plus me fier à tout ce que j'avais entendu.

— D'après mon père, enchaîna Del, les habitants sont partis depuis bien longtemps. Vers le nord et l'ouest. Pour fuir.

— Fuir quoi ?

— Je ne sais pas.

— On pourrait peut-être trouver la réponse dans des livres ? On en a déjà trouvé un, il doit bien y en avoir d'autres ailleurs…

— Oui, il m'avait parlé d'un endroit rempli de livres, se rappela-t-il. Une bibliothèque.

— Est-ce que tu sais où ça se trouve ?

— Non, il faudrait demander à quelqu'un. Seuls, on mettrait trop de temps. Et puis, on ferait mieux de ne pas s'attarder trop longtemps dans la ville. Les gangs vont finir par nous tomber dessus.

— Mais à qui pourrait-on demander ? Et est-ce que ça en vaut la peine ?

— Tout dépend de ce que tu veux savoir…

— Tout, avouai-je. Je veux tout savoir.

J'en avais marre des mensonges et des semi-vérités. Je voulais tout comprendre.

— À l'époque, mon père avait un ami… Il a dû mourir depuis le temps, mais il avait une fille de mon âge. Elle s'appelait Pearl. Peut-être qu'elle est au courant de ce qui s'est passé. En plus, son père collectionnait des cartes.

— Des cartes de quoi ?

— De l'ancien temps. Des villes, avant qu'elles ne deviennent des ruines.

À l'enclave, on avait des cartes de certains itinéraires, comme celui de Nassau, par exemple. Mais elles étaient limitées et on ignorait où menaient de nombreux passages. Si j'avais eu des cartes des tunnels, je n'aurais jamais eu besoin de mémoriser mes pas : il m'aurait suffi d'apprendre le trajet par cœur !

Mais ce n'était plus mon boulot. Je n'étais plus une Chasseuse, et je n'irais plus jamais dans les tunnels… Je n'arrivais décidément pas à m'y faire.

— Est-ce que tu sais où trouver Pearl ?

— Oui, assura-t-il. Sauf si elle a déménagé.

— Pourquoi n'es-tu pas allé la voir après la mort de ton père ?

— Parce qu'elle vivait trop loin.

— Et, aujourd'hui, tu penses qu'on peut y arriver ?

— Oui. Tu es forte, et on n'est plus des mômes.

On passa le reste de la nuit à marcher en silence. Del essayait de se souvenir des endroits devant lesquels nous passions. Cela devait être dur pour lui, il avait vécu tant de choses dans cette ville. Moi, je n'arrivais pas à m'imaginer vivre Au-Dessus. J'avais l'impression d'être dans un rêve. Comme si, un jour, Twist allait me réveiller avec un coup de pied dans les côtes.

Soudain, je remarquai des ombres autour de nous. Des gens nous suivaient… Del avait raison : ils se regroupaient pour être plus nombreux que la dernière fois.

— Est-ce que tu les vois ? murmurai-je.

— Oui, c'est un gang. Je t'avais dit qu'ils reviendraient…

— Combien sont-ils ?

— Je ne sais pas. Au moins le double.

On accéléra le pas, mais ils nous firent face en quelques secondes. Ils devaient être une vingtaine ! Certains étaient très jeunes, pas plus grands que des mômes, et cela me fit hésiter. J'avais l'habitude de protéger les mômes, pas de les tuer. Ils profitèrent de mon temps de réaction pour attaquer. Ils ne se battaient pas comme des Chasseurs : ils frappaient, mordaient, griffaient et sautaient comme des animaux sauvages ! Ils étaient trop nombreux, je ne savais pas comment m'en sortir…

L'un d'entre eux me frappa à la tête. J'entendis Del crier mon nom… Puis tout devint noir.

///

Lorsque je me réveillai, il faisait très sombre. Cela ne ressemblait ni à l'obscurité de la nuit, ni à celle des tunnels. Je mis un temps à comprendre qu'ils m'avaient bandé les yeux. Où était Del ? Un bout de tissu m'empêchait d'ouvrir la bouche ! Sinon, je l'aurais appelé, au risque d'être rouée de coups. Et mes armes… Ils m'avaient pris mes armes ! J'essayai de me relever, mais mes mains et mes chevilles étaient ligotées.

Je tombai la tête la première, et cela les fit exploser de rire.

— Elle est pour qui ? demanda l'un d'eux.

— Pour moi ! répondit une voix aiguë. C'est moi qui l'ai assommée, elle m'appartient !

Un autre homme lui répondit d'une voix rauque et moqueuse :

— C'est bien, petit, lui dit-il tout en se rapprochant de moi. Mais tu ne saurais pas comment t'y prendre.

Il s'agenouilla à mes côtés et retira le bandeau de mes yeux. Je reculai d'horreur à la vue de son visage : il était couvert de cicatrices. Des lignes profondes avaient été gravées sur sa peau, et il les avait peintes en rouge. Je ne comprenais pas leur signification mais, ce dont j'étais certaine, c'est que cela le rendait effrayant.

Les flammes des flambeaux se reflétaient dans ses yeux pâles.

— Ça y est, tu es réveillée ? dit-il. D'où viens-tu ? Et où as-tu appris à te battre comme un Loup ? Comme nous ?

Il détacha mes cheveux d'un mouvement sec. Le choc ne fut pas agréable comme lorsque Del l'avait fait. Cette fois-ci, le geste était intrusif. Il me fit mal en empoignant mes cheveux et tourna mon visage d'un côté, puis de l'autre. Il m'examinait comme si j'étais un animal étrange. J'étais terrifiée, et je ne pouvais rien dire.

J'essayai de le menacer du regard. *Laisse-moi tranquille, ou tu vas le regretter*. Cela le fit rigoler. Moi, je savais une chose : je n'étais pas sortie des tunnels pour vivre ça. Plutôt mourir que de devenir l'esclave de ces monstres ! Il souleva le tissu de ma bouche, juste assez pour me laisser répondre.

— Sous terre, grognai-je. Je viens des tunnels.

— Alors tu vas nous être utile, murmura-t-il. Je te sauve la vie. Tu as intérêt à t'en rappeler.

Il se releva et s'adressa aux autres.

— Allez la laver ! Je m'occuperai d'elle après. Seul.

Des mains m'agrippèrent et me traînèrent sur le sol. J'allais finir avec des bleus partout. Ils me lâchèrent d'un coup, et ma tête cogna à nouveau par terre.

Quelqu'un me mit debout et détacha mes chevilles, en faisant bien attention de défaire le nœud par derrière. Heureusement pour lui, sinon, je lui aurais brisé le cou avec mon pied. Je tournai la tête, malgré mon mal de crâne, pour voir à qui j'avais à faire... C'était une fille ! Elle était petite, maigre et couverte d'hématomes. Certains dataient de plusieurs jours, d'autres étaient encore frais. Elle devait être très courageuse, pour supporter de tels coups sans rechigner... *On s'habitue à tout*, pensai-je. Elle était peut-être née parmi les gangs. Moi-même, j'avais du mal à différencier le bien du mal...

Je supposai que les cicatrices étaient réservées aux hommes : elle n'en avait aucune. Elle ne délia pas mes poignets, mais elle déchira mes vêtements avec un couteau et ils tombèrent en lambeaux à mes pieds. Puis elle me lava sans dire un mot, comme un objet sans valeur que l'on essayerait de faire briller.

Elle me sécha et me passa une chemise effilochée, la même que celle qu'elle portait. La chemise était courte, *trop* courte, et laissait entrevoir mes jambes. Elle ne me donna rien à porter en dessous. Je supposai que c'était précisément le but de ce rituel : ils me dépossédaient de toutes mes affaires puis me transformaient en une femme soumise et terrorisée. Mais ils ne me prendraient jamais mes cicatrices. Je les avais méritées.

Seuls les plus forts survivent. Si je voulais m'en sortir, il fallait que je me serve de tout ce que j'avais appris dans l'enclave. Lorsqu'un môme me mettait au sol lors des entraînements, je travaillais encore plus dur et j'apprenais de nouvelles techniques pour ne pas me faire avoir une seconde fois.

Je regrettai de ne pas avoir foncé sur les Loups assez vite, de les avoir laissés s'emparer de moi si facilement… Nous aurions mieux fait de nous enfuir. Mais il était trop tard, et je refusai de paniquer. La peur ne me mènerait nulle part. La colère, si. C'était un nouveau monde, mais j'y survivrais.

La fille ôta enfin le tissu qui m'empêchait de parler. Je crachai par terre pour faire passer son goût rassis et poussiéreux, puis j'observai le visage de mon ennemie. Elle n'osa même pas croiser mon regard. Derrière ses bleus et ses blessures, elle paraissait jolie.

— Je m'appelle Trèfle. Et toi ?

Elle parut surprise et me regarda comme si j'étais cinglée. Elle ne s'attendait pas à ce que je fasse la conversation.

— Tegan, répondit-elle.

— Où cst passé mon ami ?

— Tu ferais mieux de t'inquiéter pour toi.

— Où est-il ? Est-ce qu'il est vivant ?

— Pour l'instant, oui. Mais ils vont le chasser, plus tard.

— Qu'est-ce que ça veut dire ?

— Les Loups vont le blesser et le laisser s'enfuir. Puis ils vont le chasser, en suivant sa piste. Lorsqu'ils le trouveront, ils le tueront.

J'essayai de garder mon sang-froid.

— Et moi ? Qu'est-ce qu'ils vont me faire ?

— Tu appartiens à Bandit, désormais. Jusqu'à ce que tu ne l'intéresses plus. D'habitude, les filles finissent avec le Loup qui les a ramenées mais, aujourd'hui, Bandit a pris les devants.

Je te sauve la vie. Tu as intérêt à t'en rappeler. J'étais donc censée lui être reconnaissante ? Il pouvait toujours rêver !

— Et ensuite ?

— Ils vont sûrement se battre entre eux pour te récupérer, mais seulement quand Bandit en aura fini avec toi.

— Personne ne veut se battre contre Bandit ?

Moi, j'en mourais d'envie, et j'étais largement capable de le vaincre. Un contre un, c'était possible.

— Ils ont tous essayé, expliqua Tegan. Mais ils ont laissé tomber. Personne ne peut gagner contre lui. Personne.

L'AFFRONTEMENT

Tegan ne savait pas quoi faire de moi. Bandit ne lui avait donné aucune instruction, alors nous attendions pendant que les Loups se préparaient à la chasse de la soirée. Si je n'agissais pas, Del mourrait seul au fond d'une ruelle sombre. Et ce serait ma faute.

Nous étions assises à côté d'une cheminée. La pièce était quasiment vide, le plafond très haut, et nous entendions la pluie tomber sur le toit. Je balayai la pièce du regard, à l'affût d'un objet qui pourrait servir à libérer mes poignets. J'aperçus un morceau de verre, presque à ma portée. Cela suffirait pour sectionner la corde, même si je risquais de me couper les doigts en même temps.

Tegan était obnubilée par les flammes et ne faisait pas attention à moi. Discrètement, je me penchai en avant…

Je mis du temps à atteindre le morceau. Je m'en emparai, bougeai un peu pour cacher le bruit puis je me mis à scier la corde, lentement mais sûrement.

Je sentis le sang couler le long de mes doigts. J'espérai que les coupures ne seraient pas trop profondes. Puis la corde glissa enfin le long de mes poignets. J'étais libre !

— Ça y est, tu as réussi ? lança Tegan.

Je me figeai.

— Tu savais ce que j'étais en train de faire ? m'étonnai-je. Pourquoi est-ce que tu ne m'en as pas empêché ?

— Ce n'est pas mon boulot. On m'a dit de te laver, c'est tout. Ils sont stupides, ils auraient dû laisser des gardes. Pour eux, tu n'es qu'une femelle, et les femelles sont faibles.

Pourtant, Bandit savait que j'étais différente des autres. Peut-être était-ce un test ?

— Ils se sont trompés à ton sujet, reprit-elle. Tu es loin d'être faible.

— Alors, si je m'échappe, tu ne vas pas hurler ?

— Non. À une seule condition. Je veux que tu m'emmènes avec toi.

— Très bien, acceptai-je. Où sont mes armes ?

— Suis-moi.

L'immeuble était tout en longueur, et les fenêtres étaient tellement hautes et sales qu'elles ne laissaient filtrer que très peu de lumière. Beaucoup de carreaux étaient cassés.

Tegan me mena dans un coin où mes armes et celles de Del étaient empilées n'importe comment.

— Est-ce que vous vivez ici ? demandai-je.

— Non. On habite là où Bandit l'exige.

— Est-ce qu'il y a d'autres filles ?

— Oui, mais je suis la seule en qui ils n'ont pas confiance. C'est pour ça qu'ils me gardent près d'eux.

— Pourquoi ?

— Parce que je ne suis pas née Louve, expliqua-t-elle, en colère. J'ai vécu avec ma mère jusqu'à il y a deux ans. On se cachait et on vivait un peu partout.

Comme Del, pensai-je. Je voyais bien qu'en parler lui faisait du mal, mais je continuai.

— Ils t'ont attrapée après sa mort ?

— Oui. Ils se servent de moi pour se reproduire. Depuis que je suis là, j'ai déjà perdu deux petits. La dernière fois, j'ai failli y passer. Ce jour-là, j'ai décidé que je m'échapperais à la première occasion. Je leur ai fait croire que je n'avais plus aucun espoir, que je ne me battrais plus. Comme ça, ils me laissent tranquille.

Je ne savais plus quoi dire. À l'enclave, les Aînés auraient condamné un tel comportement envers une fille ! Comme le disait Del, les dangers du Dessus étaient différents des dangers du Dessous. Mais les Loups ressemblaient aux Monstres sur un point : on ne pouvait pas discuter avec eux. Rien n'était négociable.

J'attrapai des vêtements de rechange dans mon sac. Tout était là, ils n'avaient rien touché. Soulagée, je me rhabillai en vitesse et je m'armai. Cela me remit en confiance.

Tegan me regardait avec envie. Elle voulait être forte, se sentir en sécurité, se venger pour tout ce qu'ils lui avaient fait subir... J'enlevai la massue de mon dos et la lui mis dans les mains.

— C'est plus facile que les couteaux, expliquai-je. Avec la massue, pas besoin d'être subtil. Contente-toi de taper dans le tas.

— Merci, répondit-elle avec gratitude. Je vais te montrer d'où ils partent pour la chasse.

Elle se déplaçait moins silencieusement qu'une Chasseuse mais, en approchant des Loups, il y avait tellement de bruit que nos pas passèrent inaperçus. Des cris stridents résonnaient à travers l'immeuble. J'en eus la chair de poule.

— C'est normal, murmura-t-elle.

On sortit par un trou dans le mur pour se retrouver dans une petite cour remplie de reliques : du métal rouillé, des portes tordues, des machines qui ne marchaient plus depuis longtemps…Le ciel était vert et bleu foncé. On aurait dit qu'il était en colère.

On se cacha derrière une pile de métal pour observer la scène. Del était à genoux, encerclé par les Loups. Ils étaient encore plus nombreux qu'avant. Ils avaient tous la tête en arrière, et poussaient des hurlements horribles tout en tapant les pieds au sol. Bandit se rapprocha de Del, lui empoigna le bras et l'entailla d'un coup de couteau. J'étais prête à bondir, mais Tegan me retint par le bras.

— Pas encore ! protesta-t-elle. Il vaut mieux attendre qu'ils aient terminé.

— Tu as raison, avouai-je. On n'a aucune chance contre le groupe entier. Si on parvient à atteindre Del une fois qu'ils l'ont relâché, on pourra s'occuper d'eux un par un.

Impuissante et furieuse, je les laissai donc faire du mal à Del. Il se laissait faire en silence. Il avait dû faire pareil le jour de son baptême, quand Twist lui avait entaillé puis brûlé les bras. Je comptai le nombre de Loups pour évaluer le temps qu'ils mettraient à se disperser. Bandit les laissait s'amuser, un sourire aux lèvres.

— Ça suffit, dit-il. Allez, va-t'en ! Ne t'inquiète pas, on va te retrouver et en finir une bonne fois pour toutes !

Del partit en courant, et on s'empressa de quitter notre cachette pour le rejoindre. On contourna l'immeuble du côté opposé aux Loups et, à l'angle du mur, quelqu'un me fonça dessus. Del ! Il m'attrapa dans ses bras pour m'empêcher de tomber et sourit à pleines dents. Il avait du sang partout.

— Del, qu'est-ce que tu fais ? m'exclamai-je. Tu n'essayes pas de t'échapper ?

— J'ai fait le tour pour te retrouver. On avait plus de chance de s'en sortir à deux, non ? Et c'est qui, celle-là ?

— Tegan. Elle vient avec nous.

— On ne va pas aller bien loin, dit-elle. Les Loups vont nous rattraper. Bon, ils vont être surpris, c'est sûr... En général, leurs victimes se contentent de pleurer un bon coup et de se laisser mourir. Elles ne s'enfuient pas en rigolant. Mais, une fois l'effet de surprise passé, ils vont frapper fort.

J'échangeai un sourire avec Del, et dégainai mes couteaux.

— Parfait ! On ne comptait pas s'enfuir.

Un immeuble voisin, à l'abandon, s'avéra très pratique pour tendre un piège aux Loups. On explora les lieux tout en préparant notre attaque. À l'intérieur, cela sentait l'animal et les excréments. Les reliques qui jonchaient le sol pourraient servir d'armes, et les rangées de cageots feraient office de cachettes.

Nous avions la surprise de notre côté. D'abord, les Loups pensaient que Tegan et moi étions en train de les attendre sagement au coin du feu. Et ils ne savaient pas non plus que Del était capable de se battre avec n'importe quoi. Un objet rouillé ferait l'affaire, et il était très fort au combat à main nue. Le simple fait qu'ils nous prennent pour des lâches jouerait en notre faveur.

Vu que les blessures de Del n'étaient pas trop profondes, on ne les empêcha pas de saigner. Nous voulions qu'ils suivent notre piste. On se cacha derrière les cageots et on attendit que les Loups tombent dans le piège...

J'entendis des bruits de pas. L'un deux approchait.

— Le sang est frais, dit-il. Il est là-dedans.

— Il n'est pas allé bien loin, murmura un autre, déçu. Je pensais qu'il y aurait plus d'action que ça...

Del sortit de sa cachette et leur fit face.

— Vous voulez de l'action ? Pas de problème !

Ils se jetèrent sur lui en poussant leurs cris horribles, sûrement pour prévenir les autres. J'en attaquai un par derrière, un genou dans le dos. Un craquement d'os, et il était à terre. L'autre fut accueilli par un coup de pied de Del, puis Tegan l'assomma avec la massue.

— Deux en moins, annonça-t-elle en souriant.

On en entendit d'autres approcher. Ils n'essayaient même pas d'être discrets... C'était trop facile ! Del étala son sang à certains endroits, puis on se cacha à nouveau derrière les cageots. L'obscurité était notre alliée. Cela me rappela ma vie d'avant.

Ils attaquèrent par vagues de deux ou trois, pas plus. Nous laissions Del attaquer en premier, puis Tegan et moi le rejoignions en renfort. Chaque fois, ils étaient surpris de nous voir. De toute évidence, ils n'avaient jamais vu une fille manier des armes.

— On en est à combien ? balbutia Tegan, à court de souffle.

— J'en ai compté dix, répondit Del. Et toi, Trèfle ?

— Douze. Tu as oublié les deux qui ont essayé de s'échapper.

Tegan essuya la massue avec sa chemise. Tant mieux. Le sang abîmait le bois, et il fallait la nettoyer régulièrement.

— On en a eu plus de la moitié, déduisit-elle.

— Oui, ce n'est pas encore fini, déclarai-je. Et il reste encore Bandit... On a une leçon à lui donner !

Del nous guida à travers des carcasses de machines rouillées, puis d'autres Loups nous retrouvèrent. Ils ne nous résistèrent pas longtemps. Je lançai mon couteau qui alla se ficher dans l'un deux puis je courus le récupérer, en faisant semblant de ne pas avoir remarqué son compagnon qui arrivait derrière moi. Je me retournai au dernier moment, et lui plantai la lame dans le ventre.

— À mon tour ! implora Tegan. J'ai toujours rêvé de faire ça !

Elle avait de bonnes raisons de leur en vouloir, alors on la laissa s'occuper des deux suivants. Lorsque je pensais à ce qu'elle avait enduré, cela me rendait malade. Les Loups ne comprenaient pas qu'une personne devait être jugée en fonction de ses actes, pas de son sexe. À l'enclave, les personnes les plus fortes et les plus parfaites physiquement étaient assurées de survivre. Ensuite, leur rôle était de protéger les plus faibles, jusqu'à ce qu'eux aussi gagnent en puissance.

Au-Dessus, il n'y avait aucun équilibre. Aucune justice. Cela me dégoûtait.

D'après mes calculs, dans la troupe qui nous avait pris en chasse, il ne restait plus que deux Loups, Bandit inclus. Tandis que nous les entendions s'approcher, je fis signe à Tegan de ne pas bouger. Elle était moins agile et moins discrète que nous et, cette fois-ci, il fallait être prudent. Elle fronça les sourcils, déçue, mais se colla contre le cageot.

— Il a tué Mickey et Howe ! s'exclama le plus jeune. Il y a du sang partout ! Je sais même pas combien il y a de blessés… On devrait peut-être le laisser s'enfuir, celui-là.

Il avait l'air paniqué. Cela me fit douter, puis je repensai à la manière dont les plus jeunes m'avaient attaquée. C'était peut-être lui qui m'avait assommée ! L'idée suffit à m'endurcir. *Pas de pitié, Trèfle.*

— Bandit, je pense qu'il y a plus personne ici. Et il nous reste la fille. On pourrait aller s'occuper d'elle, non ?

— Non, rétorqua Bandit. Il est clair que notre proie sait se battre, mais on l'aura.

— C'est ce que tu crois ! lançai-je.

LA FUITE

Lorsqu'on sortit tous les trois de l'ombre, Bandit n'eut pas l'air surpris de me voir. J'avais eu raison : il m'avait testée. Mais pourquoi avait-il mis autant des siens en danger ? Était-ce juste pour savoir ce que je valais ? Le challenge était honnête, mais le prix qu'il avait payé m'en disait long sur sa façon de penser.

Son regard se posa sur Tegan.

— Toi, tu vas le regretter.

Il ne s'attendait pas à la voir, elle. Il avait dû imaginer que je me battrais contre elle pour m'échapper seule.

Il lança un couteau dans ma direction. Je l'évitai de peu, et Del se jeta sur lui. Bandit n'essaya même pas de se battre : avant que Del ne l'atteigne, il tira sur le bras du plus jeune et ils s'enfuirent tous les deux en courant. Je me lançai à leur poursuite, mais Tegan me coupa dans mon élan.

— Non, Trèfle ! Il n'est pas stupide...

Vu qu'elle le connaissait mieux que moi, je lui fis confiance.

— Il ne reviendra que quand il aura assez de Loups avec lui, reprit-elle. La chasse est terminée. Maintenant, c'est juste une question d'honneur.

— Il y a d'autres Loups ? demandai-je, étonnée.

— Oui. Eux, c'était des Louveteaux. C'était leur baptême de sang, aujourd'hui. Les Loups les plus expérimentés gardent notre repaire.

Leur rituel d'initiation s'apparentait un peu au nôtre sauf que, nous, nous ne devions pas tuer une personne innocente pour mériter notre nom. Plus le temps passait, plus les lois de la surface m'horripilaient.

— Tu as l'air de savoir de quoi tu parles, dit Del.

— J'ai l'habitude. Si on veut échapper aux Loups, c'est maintenant qu'il faut partir. C'est notre seule chance.

— Est-ce que tu es capable de retrouver la maison de Pearl, en partant d'ici ? demandai-je à Del.

— Oui, je pense.

Avant de partir, j'enveloppai ses bras lacérés dans du tissu. Cette fois-ci, nous ne voulions pas laisser de traces. Je m'en occuperais mieux lorsque nous serions à l'abri : il fallait nettoyer les plaies, et le baume de Bannière lui ferait du bien. Comme d'habitude, Del ne montrait pas qu'il souffrait.

On reprit notre route à travers la ville déserte. La nuit était enfin tombée. Dans l'enclave, il y avait un bruit de fond permanent qui me réconfortait. Ici, c'était le vide. Je n'arrivais pas à croire qu'à une époque cet endroit grouillait de gens.

On marcha pendant des heures, et j'avais de plus en plus mal aux pieds. Marcher Au-Dessus était bien plus rude que de marcher dans les tunnels : nos chaussures en peau n'étaient pas assez épaisses pour la surface.

À l'aube, Del trouva un immeuble sans peinture dans lequel nous pourrions nous abriter. Les fenêtres brisées facilitèrent notre entrée. À l'intérieur, cela sentait l'animal, mais il n'y avait aucun signe humain. Ceux qui y avaient habité étaient partis depuis longtemps. C'était une boutique, mais elle était bien plus grande que la dernière dans laquelle nous avions passé la nuit. Il y avait des rangs d'étagères à perte de vue ! Un panneau pendait au plafond. Je parvins à lire l'inscription : « LE SUPERMARCHÉ DE CAL ».

— On peut se reposer un peu, annonça Tegan. On est assez loin des Loups. Si on a de la chance, Bandit aura perdu notre trace le temps d'aller chercher du renfort.

— Est-ce qu'on doit rester vigilant ? m'inquiétai-je.

— C'est un bon traqueur, mais on a quand même beaucoup marché. Je pense qu'on a un peu de temps devant nous.

— Espérons-le, souffla Del.

On se sépara pour explorer les lieux. Je me promenai dans des allées où la plupart des étagères avaient été vidées, mais il restait quelques boîtes de conserve çà et là, que je glissai dans mon sac.

Tout à coup, Tegan se mit à hurler. Je dégainai mes couteaux et courus jusqu'à elle mais, en la voyant, je m'arrêtai dans mon élan. Tegan était entourée de rangées de vêtements, et avait le sourire jusqu'aux oreilles... C'était un cri d'excitation, pas d'effroi ! Je me rapprochai pour observer les habits. Leurs couleurs et leurs styles étaient différents de ceux que je connaissais. Les tissus étaient doux et glissants. Certains se désintégrèrent lorsque je les touchai, mais d'autres étaient en parfait état.

Tegan était visiblement émue.

— Depuis que les Loups m'ont attrapée, je ne possède plus rien à moi, expliqua-t-elle.

— Essaye-les, suggérai-je.

J'avais moi aussi besoin d'habits. Concrètement, une tenue suffisait, mais j'aimais en avoir une seconde pour me changer lorsque l'autre était trop sale. D'ailleurs, la mienne n'en était pas loin.

Je fouillai l'allée jusqu'à ce que je tombe sur une chemise et un pantalon verts. La chemise avait une bande métallique qui dévalait le dos. Je la montai puis la descendis, et compris que cela servait à l'enfiler plus facilement. Le pantalon était simple, un peu comme ceux que je portais, avec une ficelle pour serrer la taille. Le tissu, léger, paraissait confortable. Cela ferait largement l'affaire. Je frappai mes nouveaux habits contre le mur pour enlever la couche de poussière qui les recouvrait.

De son côté, Tegan cherchait à présent un sac pour porter ses affaires. Moi, je repris ma visite et trouvai quelques bouteilles qui avaient l'air de contenir de l'eau. J'en pris deux avec moi, et cherchai les toilettes. Je trouvai la pièce à l'arrière de la boutique, dans un couloir sombre.

L'intérieur était lugubre, mais pas crasseux comme sur la plate-forme. Cette fois-ci, je ne fus pas surprise par le miroir et j'ignorai la fille dans le reflet. J'avais beau savoir que c'était moi, je ne ressentais aucune connexion avec elle. De temps en temps, je vérifiai quand même si elle faisait la même chose que moi… À chaque fois, ses mouvements suivaient les miens.

J'ouvris une des bouteilles. L'odeur était plus forte que celle de l'eau, mais ce n'était pas bien grave. Je n'avais pas l'intention de la boire. Je me lavai avec, puis enfilai mes nouveaux vêtements. Ils étaient plus chauds et plus légers que je n'imaginais.

— Trèfle ! cria Del. Viens voir !

Je m'attendais à le retrouver au même endroit que Tegan, excité à la vue des habits, mais il avait juste trouvé une autre pièce. Elle était cachée derrière une porte sur laquelle était écrit « RÉSERVÉ AUX EMPLOYÉS ». Elle était remplie de boîtes et de caisses. Au fond, j'aperçus des tables, des chaises, d'autres étagères et deux canapés poussiéreux. On les secoua pour pouvoir s'asseoir dessus.

— On pourra fermer cette porte à clé, proposai-je. Et rester cachés pendant la journée…

— Oui, mais ce n'était pas ça que je voulais te montrer.

Dans ses mains, il tenait une boîte de conserve. Il enleva le couvercle et l'approcha de moi. Elle contenait une substance rouge qui ressemblait à… du sang ? Quelle horreur ! Del la rapprocha de mon nez pour que je la renifle. Je lui fis confiance et inspirai… L'odeur était si appétissante que cela me fit saliver.

— Qu'est-ce que c'est ?

— Goûte.

Del trempa son doigt dans la sauce et le tendit vers moi. Je n'aimais pas l'idée d'être nourrie comme un môme, mais la tentation était trop forte.

Les saveurs explosèrent dans ma bouche. C'était doux, sucré, pétillant… J'étais à la fois choquée et émerveillée par ces sensations ! À mon tour, je plongeai mes doigts dans la boîte. En plus de la sauce, j'en sortis une petite boule rouge. Je la dévorai, sans hésiter une seconde. Je me resservis une fois. Deux fois. Trois fois. Je devais avoir du rouge partout sur le visage, mais je m'en fichais. Cela amusait Del, en tout cas.

J'observai l'extérieur de la boîte. Elle était recouverte d'une image de ces boules rouges, et une bannière bleue avec des lettres blanches indiquait : « Cerises au sirop ». Encore de nouveaux mots. J'étais donc en train de manger des *cerises* ? J'aurais pu avaler la boîte entière, mais je voulais en laisser à Tegan.

— Comment savais-tu que ça serait si bon ? demandai-je.

— J'en ai déjà mangé, avec mon père…

— Est-ce qu'il te manque ?

Del acquiesça. Il posa la boîte par terre. Je mis ma main sur son épaule, mais le geste était maladroit. Je n'avais toujours pas l'habitude de toucher les autres. Si j'avais été Génitrice, j'aurais su le réconforter et trouver les bons mots. Au lieu de cela, je restai muette.

Pour une fois, Del n'était pas sur la défensive. Ses muscles étaient détendus. Désormais, je le voyais comme un ami, et plus comme un Chasseur. Il m'avait suivie et protégée malgré les obstacles et les dangers. Même quand les Loups l'avaient chassé, sa première préoccupation avait été de me sauver. Rien que d'y penser, mon cœur s'emballait dans ma poitrine.

Del brisa le silence :

— Tu avais raison.

— À propos de quoi ?

— Je suis resté dans l'enclave parce que je n'avais nulle part où aller. Je préférais vivre avec vous que de finir seul.

— Tu ne finiras pas seul. On est de vrais coéquipiers, désormais.

Cela le fit sourire.

— Mon père avait une partenaire, mais je ne me souviens pas d'elle.

— Ah oui ?

Son père était peut-être Chasseur, lui aussi. Après tout, la surface ne devait pas être occupée que par des gens comme Bandit…

— C'était ma mère, dit-il avec une pointe de tristesse.

Ah. Je sentis qu'il était temps de lui changer les idées…

— Il faut que je nettoie tes plaies, déclarai-je. J'ai trouvé de l'eau sur les étagères.

— Les coupures ne sont pas profondes, protesta-t-il.

— Oui, mais si elles s'infectent…

— Je sais.

Il me suivit à travers la boutique. Au passage, j'attrapai une bouteille d'eau et un habit qui me servirait de bandage.

On s'installa debout au fond d'une allée. Sur ses bras, le sang avait séché et les morceaux de tissu que j'avais posés étaient collés à sa peau. Je les enlevai petit à petit, avec le plus de délicatesse possible. Del fit quand même la grimace. Bandit lui avait entaillé les bras à la manière de Twist : les nouvelles marques étaient parallèles aux anciennes cicatrices. Cela rendait le symbole encore plus fort, comme s'il était deux fois meilleur que les autres Chasseurs. Mais, ici, cela ne signifiait plus rien.

Je lavai les plaies puis appliquai le baume que Bannière m'avait donné. D'un côté, je n'avais pas envie de l'utiliser. Bannière était morte et, pour moi, la crème qu'elle avait confectionnée était morte avec elle. Mais c'était tout ce que nous avions, et je voulais que Del guérisse au plus vite.

J'arrachai la chemise en bandes et mis le côté blanc et doux sur les blessures. L'extérieur du tissu était brillant et glissant, comme mes nouveaux vêtements. Cela devait protéger de la pluie. Voilà quelque chose d'ingénieux et pratique !

Lorsque j'eus terminé, je relevai la tête et mes yeux plongèrent dans ceux de Del. Il prit mon visage entre ses mains et le pencha doucement sur le côté. Je savais ce qu'il s'apprêtait à faire : il allait poser ses lèvres sur les miennes. Et j'en avais envie, moi aussi…

Cette fois-ci, je n'hésitai pas et passai mes bras autour de son cou. Je me mis sur la pointe des pieds et répondis à son baiser. On ne faisait plus qu'un. Il était à la fois la chaleur des flammes et la douceur de la lune…

Je comprenais mieux désormais pourquoi les Géniteurs étaient toujours plus joyeux que les autres !

— Je ne me sentais chez moi nulle part jusqu'à ce que je te rencontre, murmura-t-il à mon oreille.

Le compliment était touchant, mais je ne pouvais pas lui retourner. Je repensai à l'enclave… Même si ce n'était plus chez moi, cela l'avait été pendant longtemps. Œillet et Sable me manquaient, et je me faisais du souci pour Twist, pour les mômes et pour Fille26.

— Tu sais, si je n'étais pas partie de l'enclave, j'aurais été satisfaite de ma vie là-bas. J'y suis née, et j'allais y mourir. Je croyais à tous leurs mensonges. Le jour où l'on a grimpé pour atteindre la surface, j'ai cru que j'allais mourir de peur.

— Mais tu as réussi, dit-il. Tu ne t'avoues jamais vaincue ! Tu étais prête à tout pour leur montrer que tu méritais d'être une Chasseuse, alors que personne n'en doutait.

— Comment ça ? demandai-je, étonnée.

— Tu faisais partie des meilleurs, Trèfle. Si Cric n'avait pas été aussi costaud, tu te serais retrouvée en finale contre moi. Mais tu doutes de tes capacités parce que tu n'es pas aussi dure que les autres. Toi, tu as un cœur…

C'est à ce moment-là que Tegan nous retrouva.

— Ah, je me demandais où vous étiez cachés !

On la rejoignit, puis on se rendit tous les trois dans la pièce avec les canapés. Une fois installée, je tendis la boîte de cerises à Tegan.

— Ça a l'air bizarre, dit-elle en faisant la grimace.

La première bouchée fut hésitante, puis elle plongea sa main entière dans la sauce.

Je compris pourquoi Del avait aimé me regarder manger : la joie de Tegan était contagieuse et je ne pus m'empêcher de sourire. On la laissa finir la boîte, elle méritait bien ça.

Par précaution, Del alla bloquer la porte. Moi, je sortis de mon sac les boîtes de conserve que j'avais récupérées plus tôt. Le contenu de la première sentait très fort, mais la couleur et la texture ressemblaient à celles du poisson. L'odeur était donc normale. J'étais assez douée pour détecter quand la nourriture était mangeable ou pas. On sépara la dose en trois. On avait besoin de faire le plein d'énergie : nous ignorions si nous mangerions aussi bien dans les jours à venir. Une autre boîte indiquait : « Mélange de légumes ». Le contenu était multicolore, pâteux et sans goût, mais cela remplit bien nos estomacs.

— Merci de m'avoir emmenée avec vous, murmura Tegan.

— Tu nous remercieras quand on sera arrivé, répondit Del. On va vers le nord et on n'a aucune idée de ce que l'on va trouver, là-bas.

— Il me tarde de savoir, dit-elle.

Elle avait soif de liberté, cela se voyait. Et, comme moi, elle voulait apprendre des choses. Depuis que j'avais quitté l'enclave, j'étais pressée de comprendre le fonctionnement de nos mondes : par exemple, pourquoi certaines personnes vivaient-elles sous terre et d'autres à la surface ? Cela m'échappait encore…

Del sortit de son sac le livre que j'avais trouvé dans notre premier abri. Il se mit à lire l'histoire à voix haute, sans même nous demander si cela nous intéressait. Je l'écoutai attentivement et, peu à peu, mes paupières devinrent lourdes. Je m'allongeai, la tête sur ses jambes, puis rêvai de garçons rouges et dorés et de filles avec des ombres sous la peau.

PEARL

Il nous fallut deux jours pour trouver l'endroit où vivait Pearl. On fit la route de nuit pour éviter les gangs et les quartiers où les symboles de peinture étaient nombreux.

L'air était différent, par ici. Il avait une odeur plus forte, plus âcre. J'avais un goût de sel dans la bouche, un peu comme le poisson que nous avions mangé avant de repartir. D'un coup, Tegan partit en courant. Avec Del, on s'empressa de la suivre, par curiosité.

Et on s'arrêta au bord du monde. Devant nous, le sol s'arrêtait net. Plus bas, au loin, un peu de terre… Puis de l'eau. Beaucoup d'eau. C'était aussi vaste que le ciel ! Les deux étendues bleues se rencontraient et s'étalaient à perte de vue. Les étoiles scintillaient et se reflétaient dans l'eau. Était-ce bel et bien le bout du monde ? Cela y ressemblait, en tout cas. Cette découverte me bouleversa : c'était splendide !

— Est-ce que tu as déjà vu ça ? demandai-je à Del.

— Une fois, mais je pensais que je l'avais rêvé. J'étais tout petit.

Je l'imaginais môme, la main dans celle de son père, en train de contempler l'eau qui s'échouait sur les pierres.

Puis je pensai aux mômes de l'enclave, qui ne verraient jamais ces merveilles, et je me retins de pleurer pour eux.

C'est ainsi que je vis le soleil se lever pour la première fois de ma vie. Il sortit lentement au-dessus de l'eau, jusqu'à ce que son reflet étincelle autant que lui. On resta immobiles et silencieux, en extase devant le spectacle. Tegan se tourna vers Del :

— J'espère qu'on ne t'a pas fait perdre tes repères en venant jusqu'ici…

— Non, dit-il. Je reconnais l'immeuble, là-bas.

Je suivis son regard. Le bâtiment avait une forme bizarre, avec une sorte d'allée qui l'entourait. Contrairement aux autres, il était en bois et avait pourri avec le temps. On suivit Del plus au nord tout en longeant l'eau, puis on arriva devant une structure rouge. On contourna le bâtiment, puis on monta des escaliers. Les fenêtres étaient toutes barricadées avec des plaques de métal. Je posai mes lunettes sur le nez, le jour étant quasiment levé. J'avais toujours du mal à supporter la lumière du soleil.

Sûr de lui, Del frappa à la porte. Pas de réponse. Il se mit à cogner de toutes ses forces, puis tira sur une ficelle accrochée au mur.

— Laissez-moi tranquille ! cria une voix de femme.

— Pearl ?

La porte s'entrouvrit légèrement, juste assez pour que la personne nous aperçoive.

— Qui êtes-vous ? demanda-t-elle.

— Tu es bien la fille d'Oslo ? Mon père était ami avec lui.

Elle murmura un mot que je ne compris pas, referma la porte, puis on l'entendit desserrer les verrous les uns après les autres. La porte s'ouvrit enfin en grand.

— Entrez ! Vite !

On obéit.

On descendit des escaliers jusqu'à atteindre une porte en métal. Pearl l'ouvrit et nous fit entrer derrière elle. Je n'en crus pas mes yeux : l'endroit était propre, comme neuf. Elle possédait des reliques qui paraissaient avoir été fabriquées la veille. Je reconnus le canapé, la chaise et la table, mais le reste m'était inconnu. Elle avait même une pièce remplie de provisions…

— Tu as changé, dit Del.

Je n'appréciai pas la manière dont il lui souriait. Et puis, bien sûr qu'elle avait changé : cela faisait six ans qu'ils ne s'étaient pas vus !

Pearl était *belle*. Propre. Elle avait les cheveux pâles, brillants comme les étoiles, et les yeux verts comme l'eau que nous venions de contempler. Sa peau n'était pas blanche comme la mienne, elle avait le teint mat et rayonnant.

Elle jeta un œil sur les cicatrices de Del.

— Toi aussi, tu as changé. Où étais-tu passé ?

— Sous terre.

— Vraiment ? J'ai entendu dire qu'ils vivaient comme des animaux, là-bas !

— Ils ne sont pas si terribles que ça, dit-il. Pas tous, en tout cas.

Je fis un pas en avant et forçai un sourire. Hypocrite, certes, mais nous étions dans sa maison et je me devais de rester polie.

— Je m'appelle Trèfle. Un des animaux souterrains.

— Bonjour, dit-elle avec froideur. Désolée, je n'ai plus l'habitude de recevoir des visiteurs.

— Tu ne sors jamais de chez toi ? demanda Tegan.

— Très rarement. Ici, j'ai tout ce qu'il me faut.

— Ton père t'a laissé des provisions, remarqua Del.

Contrairement au sien. J'aurais tellement aimé en savoir davantage sur Del ! J'avais déjà pu poser des questions mais je voulais en savoir plus, toujours plus…

— Oui, répondit Pearl. J'ai eu de la chance. C'est son arrière-grand-père qui a construit ce bunker. Ils avaient peur de la fin du monde, ou quelque chose comme ça.

Bunker. Encore un mot que je ne connaissais pas. Je me retins de demander ce que cela voulait dire. Je l'aurais fait si j'avais été seule avec Del, mais je ne voulais pas étaler mon ignorance devant Pearl. Tegan, elle, la regardait d'un air méfiant. Elle ne faisait confiance à personne. Avec nous, c'était différent depuis que nous nous étions battus contre le même ennemi. Cela nous avait rapprochés.

— On a besoin de ton aide, annonça Del.

— Tu es le fils de Stepan. Tu peux me demander ce que tu veux.

— On a besoin de dormir un peu, et on aimerait jeter un œil à de vieilles cartes de la ville, si c'est possible.

— Pas de problème, elles sont toutes dans une boîte. Par contre, je n'ai pas beaucoup de place. Tu peux dormir dans mon lit, et elles par terre dans cette pièce. Est-ce que vous avez des couvertures ?

Sa courtoisie sonnait faux. Je n'aimais pas du tout ça. Tegan et moi n'étions pas les bienvenues, c'était évident. Del ne s'en rendit pas compte et la suivit dans sa chambrc, où ils se mirent à discuter à voix basse. Ils allaient sûrement parler du bon vieux temps. Pearl lui fit part de sa solitude, puis ce fut le silence. Del avait dû la prendre dans ses bras.

Tegan n'avait pas de couverture, alors on s'allongea l'une contre l'autre pour partager la mienne. Cela ne me gênait pas, cela me rappelait les dortoirs.

— Je n'aime pas cette fille, chuchota Tegan. Qu'est-ce qu'on fait chez elle ?

Je lui expliquai que nous voulions trouver la bibliothèque de la ville, et pourquoi. Elle m'écouta attentivement, mais ne parut pas enchantée.

— On se fiche de savoir ce qu'il s'est passé avant nous, non ? Je pensais qu'on partait pour le nord... Moi, c'est tout ce que je veux ! Partir d'ici !

— On va partir, Tegan. Mais, avant, on veut trouver des réponses à nos questions. Si l'on découvrait la vérité, cela nous préparerait à affronter l'inconnu.

— Oui, reconnut-elle. C'est vrai...

Je m'allongeai sur le dos et fixai le plafond gris.

— Je ne connais rien de ce monde, repris-je. Seulement ce que Del m'en dit. Et il n'est pas toujours convaincu de ce qu'il raconte, après les années qu'il a passées sous terre.

— Tu peux me poser des questions, si tu veux.

Je pris le temps de réfléchir.

— Est-ce que ta mère faisait partie d'un gang ? demandai-je.

— Non. Mon père et ma mère appartenaient à un groupe qui se cachait en permanence. On était plusieurs, mais les gens sont tombés malades. Mon père a été le premier à mourir. Ma mère, la dernière. Je suis la seule à avoir survécu.

Del avait dit que son père était tombé malade, lui aussi. Peut-être était-ce une piste ?

— Il y a très longtemps, repris-je, il y a eu une épidémie dans mon enclave. Les Aînés nous avaient dit que presque tout le monde en était mort. Est-ce que tu penses que c'est la même chose ?

— Peut-être.

— Est-ce que tu sais pourquoi tu n'as rien eu, toi ?

— Non, mais j'aimerais le comprendre. Quand les Loups m'ont trouvée, je t'assure que je me suis posée la question ! J'aurais préféré mourir.

Avant, je ne me demandais jamais pourquoi certains mômes vivaient et d'autres non. Parfois, les mômes petits et fragiles étaient en excellente santé. Et parfois, les plus costauds mouraient dans leur sommeil. Cela n'avait aucun sens. Tegan se mit sur le côté, face à moi.

— Peut-être que ça t'a rendue plus forte, suggérai-je.

— C'est sûr ! C'est pour ça que je reste méfiante... Je n'ai pas du tout confiance en cette fille. Je ne laisserai plus personne me faire du mal, plus jamais !

Cela me rassura. Jusque-là, je n'aimais pas Pearl simplement parce qu'elle connaissait Del mieux que moi. J'étais jalouse. Désormais, j'avais une autre excuse. *Merci, Tegan.*

Elle s'endormit en premier. Moi, j'avais un mauvais pressentiment, et cela me tint éveillée plusieurs heures. Je rêvai de Sable et Œillet et, au réveil, je me demandai comment ils allaient. Est-ce qu'ils pensaient à moi ? M'en voulaient-ils toujours ? Ils me manquaient terriblement.

Un peu plus tard, je compris à quel point nous avions raison de ne pas apprécier Pearl. Elle et Del étaient toujours dans la chambre et discutaient plus fort que la veille :

— Tu peux rester aussi longtemps que tu le souhaites, dit-elle à Del. Mais je n'ai pas assez de provisions pour nourrir tes amies. Je suis désolée.

— Ne t'inquiète pas, répondit-il. On ne va pas rester ici. Je finis de regarder ces cartes, et on te laisse tranquille.

Il avait donc déjà commencé les recherches... Parfait. Je commençai à me lever, mais la suite de la conversation me stoppa net.

— Et si tu restais ? murmura Pearl. Oh ! j'aimerais tellement que tu t'installes ici, avec moi... Je suis sûre que ton père t'aurait interdit de me laisser seule !

Il y avait quelque chose qui ne sonnait pas juste, chez elle. Je ne la sentais pas du tout. Et, cette fois-ci, ce n'était pas de la jalousie. On aurait dit que la solitude l'avait rendue un peu folle…

— Tu t'en es très bien sortie jusqu'à aujourd'hui, remarqua Del. Et je ne peux pas rester, Trèfle a besoin de moi.

Je serrai les dents. Je ne voulais pas de sa pitié ! Avec Tegan à mes côtés et mes talents de Chasseuse, je m'en sortirais très bien.

— Je n'ai fait que survivre ! enchaîna-t-elle. Ça ne veut pas dire que je vais bien ! Je me sens tellement seule, Semyon…

— Ne m'appelle pas comme ça ! rétorqua-t-il. Semyon est mort. Je ne suis plus le même, à présent. Et, pour ce qui est de Trèfle, je n'ai peut-être pas été assez clair : je *refuse* de vivre sans elle !

Mon cœur fit un bond dans ma poitrine. Lorsque Pearl répondit, sa voix était devenue froide et dure :

— Je vois. Alors, tu peux partir quand tu le souhaites.

J'entendis des froissements de papiers. Del était en train de ranger les cartes.

— Merci pour ton hospitalité, dit-il.

Je m'empressai de réveiller Tegan. Ses cheveux dévalaient sur son visage. On aurait dit une môme. Elle ne remplacerait jamais Sable et Œillet, mais je sentais que nous deviendrions amies.

— Je pense qu'il est temps de partir, murmurai-je.

— Tu as entendu ce qu'il a dit ? demanda-t-elle, l'œil rieur.

— Oui, répondis-je en souriant.

Del avait le choix entre Pearl et moi… et il m'avait choisie, moi ! Je me sentais à la fois heureuse et ridicule.

Lorsqu'il nous rejoignit, nous étions prêtes à partir. On remercia Pearl très brièvement. Il lui tardait vraiment que l'on parte, cela se voyait. Elle devait se sentir rejetée par Del. Mais ce n'est pas elle qui avait passé des nuits entières dans les tunnels avec lui. Ce n'est pas elle qui lui avait sauvé la vie lorsque des Monstres l'attaquaient. Pearl n'avait que des cartes de la ville à lui proposer, et il n'en aurait pas besoin toute sa vie. Par contre, il avait besoin de *moi*…

Dehors, la nuit était fraîche et, lorsque je soufflais, cela faisait une petite fumée. Je me rappelai que la chemise que je portais avait un morceau de tissu en trop dans le dos. Je le relevai et me rendis compte que cela servait à protéger la tête. Tegan fit de même. Elle avait choisi les mêmes habits que moi, mais d'une autre couleur.

Del nous mena jusqu'au bord de l'eau. D'un côté, elle s'étendait à perte de vue. De l'autre, elle se resserrait. On prit la seconde direction.

— On va tomber sur la bibliothèque en suivant le fleuve, expliqua Del.

Fleuve. Je gardai le mot en mémoire.

— Allons trouver les réponses à nos questions ! lança Tegan.

Notre périple avait repris son cours.

LES RÉPONSES

On marcha dans la nuit tout en longeant le fleuve. Les esprits des morts semblaient hanter les ruines de la ville. Tant de choses avaient été perdues… J'y songeai tout en observant les immeubles, et j'essayai de deviner à quoi servait chacun d'entre eux, avant.

Beaucoup s'étaient effondrés, ici aussi, et ils étaient tous recouverts de verdure. Les plantes dominaient la zone depuis bien longtemps, et j'appris ce qu'était un *arbre* et ce qu'était l'*herbe*.

J'aimais beaucoup la lueur de la lune. Ce soir-là, elle était plus grosse qu'elle ne l'était lors de notre première nuit à la surface.

— Est-ce qu'elle va grossir davantage ? demandai-je.

— Oui, répondit Del. Elle va devenir toute ronde. Un cercle parfait. La plupart du temps, elle est argentée. Certaines nuits, elle devient presque orange… Mais elle n'est jamais aussi brillante que le soleil.

Tant mieux. Je n'aimais pas le soleil. Tegan et Del, eux, n'avaient pas l'air de le détester. Moi, j'avais l'impression qu'il voulait me brûler jusqu'à l'os. Lorsqu'il enflammait le ciel, je n'avais qu'une envie : me cacher et attendre la nuit.

On atteignit enfin notre but : une structure gigantesque construite en pierre grise. Elle était recouverte de verdure, elle aussi. Un grand escalier – dont la plupart des marches étaient démolies – menait à une porte béante. Devant le bâtiment, deux créatures en pierre gardaient l'entrée. On s'arrêta un instant, subjugués par la majesté du lieu. Même en ruine, ce bâtiment dégageait quelque chose de prestigieux.

— C'est cet immeuble qui est rempli de livres ? demanda Tegan.

— Oui, répondit Del. Enfin, c'est ce que mon père m'a dit…

— Moi, ma mère ne me parlait pas beaucoup, reprit-elle. Les seuls moments où elle m'adressait la parole, c'était lorsqu'elle m'ordonnait de me taire à l'approche des gangs, ou bien de fuir.

— Comment était-elle ? l'interrogeai-je.

— Ma mère ? Elle me ressemblait, mais elle avait peur… Tout le temps. Je pense que je ne l'ai jamais vue dans son état normal.

C'était compréhensible. Si j'avais un môme, j'aurais sûrement peur de le perdre, comme elle. Del gravit l'escalier en courant, comme pour fuir les souvenirs que Tegan avait fait renaître en lui. Ou peut-être était-il simplement impatient de découvrir les secrets de la bibliothèque…

Les portes avaient été fracassées par quelqu'un. Pour une fois, le passage des années n'était pas seul responsable de la destruction du lieu. Pourtant, il n'y avait aucune trace de peinture. Ce n'était donc pas le territoire d'un gang.

Il faisait encore sombre lorsque l'on pénétra à l'intérieur. J'aperçus les livres dès notre entrée. Il y en avait partout ! Certains étaient encore rangés sur des étagères immenses, mais tous les autres étaient déchirés, lacérés et jetés partout par terre. Il y avait une odeur de renfermé et d'animal.

— On n'arrivera pas à lire tant que le soleil n'est pas levé, soupira Del.

— On pourrait peut-être inspecter les lieux ? proposai-je.

— Je suis d'accord, murmura Tegan. Je ne suis pas rassurée à l'idée qu'il y ait quelque chose d'autre que nous, ici.

— Il vaut mieux *quelque chose* que *quelqu'un*, affirmai-je, en pensant à Bandit.

— Très bien, conclut Del. Allons visiter cette bibliothèque.

Il plongea dans l'ombre, excité comme un môme. Vu la manière dont il protégeait notre vieux livre, cet endroit devait être magique pour lui !

De nombreuses plantes avaient traversé le sol et s'étalaient dans les allées. Les fenêtres laissaient passer la lumière et formaient des ombres en forme de croix sur le sol poussiéreux. On allait laisser des traces de pas derrière nous. Ici, il était facile de pister quelqu'un, et cela ne me rassura pas.

Je mis mes inquiétudes de côté et profitai de la visite. À une époque, cela devait être sublime. Les livres avaient une maison à eux, et elle était bien plus belle que celles dans lesquelles les gens vivaient de nos jours.

— C'est gigantesque ! s'exclama Tegan. On va mettre des heures à tout explorer !

Cela fit sourire Del.

— On a de quoi s'occuper jusqu'à ce que le jour se lève, se réjouit-il.

On explora chaque étage, en montant escalier après escalier. Je n'étais jamais montée si haut, et cela me fit un peu peur.

Les plafonds étaient très élevés et les allées d'étagères semblaient infinies. Certaines pièces étaient remplies de tables. Des portes étaient fermées à clé, d'autres non. Ceux qui avaient démoli la porte d'entrée n'étaient sûrement pas venus jusqu'ici. Je n'entendais que des battements d'ailes et des bruissements au sol... J'espérai tomber sur des petits animaux ou des oiseaux, rien d'autre.

Tandis que le soleil se levait, Del déclara que la bibliothèque ne présentait aucun danger. Tant mieux, je commençais à fatiguer ! On entra dans une pièce dans laquelle les fenêtres étaient brisées. Étrange. Cette partie de la bibliothèque paraissait pourtant en bon état.

— Qu'est-ce qu'il s'est passé ici ? demandai-je.

Tegan posa une main sur mon épaule :

— C'est ce qu'on va découvrir.

On décida qu'il valait mieux commencer par l'entrée. La bibliothèque était tellement grande que nous risquions de passer plusieurs fois au même endroit sans s'en rendre compte. Une fois redescendue, je me sentis plus à mon aise.

Les livres les plus proches de la porte d'entrée étaient usés par le temps, la pluie et le soleil. Les écritures étaient illisibles et, lorsqu'on les attrapait, ils s'effritaient.

Un peu plus loin, on passa une porte pour se retrouver dans une pièce pleine de tables, de livres et de papiers jaunis. Ici, il y avait assez de lumière pour commencer à lire.

J'attrapai un tas de papiers recouverts d'images et de texte. Ce n'était pas bien joyeux : elles montraient une femme en train de pleurer, et une voiture en feu. On aurait dit que cela avait été dessiné au moment même où deux voitures s'étaient rentrées dedans.

Lentement, je lus la première phrase : « *Le CDC*[1] *déclare l'échec de son vaccin.* » Je ne savais ni ce qu'était le « CDC », ni ce que signifiait un « vaccin ».

— Tu as trouvé quelque chose ? demanda Del en s'approchant de moi.

— Oui, mais je ne sais pas si c'est intéressant.

Il se tint derrière moi, la main sur mon épaule, et se pencha pour lire. Il me touchait toujours avec délicatesse, comme Sable… Mais, venant de Del, c'était plus fort.

— Je ne comprends pas tout, avoua-t-il. Mais on dirait que la maladie de mon père et de la mère de Tegan a tué beaucoup de monde. Ils ont essayé de fabriquer un

1. *Centers for Disease Control and Prevention : Centres pour le Contrôle et la Prévention des Maladies*

médicament mais ça n'a pas marché, et les choses n'ont fait qu'empirer.

Empirer ? Comme aujourd'hui ? Nos vies se seraient-elles améliorées depuis ? J'avais du mal à le concevoir…

— Est-ce que vous pensez qu'on est les derniers survivants ? murmura Tegan. Les gens sous terre, les gangs et quelques personnes comme moi ?

— Non, protesta Del. Mon père m'a assuré qu'il y avait du monde dans le nord. Que, là-bas, la vie était meilleure.

Moi aussi, je voulais y croire. Je craignais juste que cela ne soit qu'une légende comme celle que Del nous lisait tous les soirs, remplie de promesses qui ne se réaliseraient jamais. Mais je ne voulais pas remettre en question ce que son père lui avait dit, je savais à quel point cela lui ferait du mal.

Tegan nous rejoignit, un papier à la main.

— « Évacuation », ça veut dire quoi ?

Je n'en savais strictement rien. Del se mit à lire le document. Peut-être parviendrait-il à en déduire quelque chose ? J'admirais son esprit autant que la manière dont il se battait.

— Je ne sais pas, admit-il. Mais je pense que ça a un rapport avec le fait que les gens soient partis. La personne qui a écrit ce texte était en colère.

Il nous en lut un extrait :

— « Comme toujours, l'évacuation des plus riches et des plus puissants est prioritaire. On est en train de vivre un nouveau Katrina. »

— Les gens les plus importants étaient sauvés en premier, déduisis-je.

— Et les autres ont été abandonnés ici, continua Tegan. C'est pour ça qu'on est là !

Nous descendions donc de ceux qui n'avaient pas mérité d'être évacués…

J'aurais aimé trouver toutes nos réponses dans un seul livre, mais je pris conscience que c'était impossible. Nous aurions pu rester dans cette bibliothèque toute notre vie, cela n'aurait peut-être même pas suffi à en apprendre davantage. Cet endroit ne nous dirait pas où aller, ni ce qui nous attendait au-delà de la ville. Il fallait prendre notre courage à deux mains et le découvrir par nous-mêmes.

— J'aimerais fouiller un peu plus, dit Del.

— Je t'en prie, répondis-je.

Moi, je m'assis par terre. J'en avais marre de tourner des pages poussiéreuses qui ne nous aideraient pas. À côté de moi, j'aperçus un livre d'images. Il était plus dur que les autres et les pages étaient bien accrochées. Je l'ouvris et me mis à le lire.

A comme Avion. B comme Baleine. C comme Carotte. Intriguée, je tournai chaque page en apprenant de nouveaux mots et leur signification. Lorsque j'arrivai à la lettre « L », je retins mon souffle.

— Tegan ! m'écriai-je. Viens voir !

Elle me rejoignit en soupirant. Elle était impatiente de partir, elle aussi. Mais nous laissions Del profiter de la bibliothèque et, de toute manière, nous préférions marcher de nuit.

Je lui montrai la page.

— Regarde ! « L comme Loup » ! Est-ce que tu en as déjà vu en vrai ?

— Non, dit-elle. Les seuls loups que j'aie vus, ce sont ceux que tu as rencontrés…

— Mais, est-ce que tu savais que le loup était un animal ?

— Oui, bien sûr.

J'étais donc la seule à ne pas le savoir ? Qu'est-ce que c'était frustrant ! J'en avais marre de passer pour une idiote… Lorsque j'étais môme, les leçons ne nous apprenaient pas grand-chose d'Au-Dessus, et ce que l'on nous apprenait était souvent faux. Je me rassurai en me disant que Tegan, elle, ne connaissait pas les Monstres, ni les Fouisseurs, ni la signification de mes cicatrices. Après tout, chacun son monde. Le problème, c'était que mes connaissances ne me servaient à rien, ici.

— Ma mère avait exactement le même livre, reprit-elle, les larmes aux yeux. C'est comme ça que j'ai appris à lire…

— Alors prends-le, dis-je en lui tendant le livre.

— C'est vrai ? Oh, merci Trèfle !

Elle le mit immédiatement dans son sac et retourna d'où elle était venue. Après avoir feuilleté quelques papiers, je perdis patience et me lançai à la recherche de Del. Je le trouvai assis par terre, entouré d'une montagne de livres. Ils étaient énormes et les mots étaient minuscules. Rien que de les regarder, cela m'épuisait.

— Alors ? Est-ce que tu apprends des choses ?

— Oui, répondit-il. Mais pas sur ce qu'on cherche.

— Sur quoi, alors ?

— L'ancien monde...

— Est-ce que tu en as pour longtemps ? m'impatientai-je. Il va bientôt faire nuit, et je pense qu'on ferait mieux de ne pas trop traîner ici.

Il n'eut pas le temps de protester. Un long hurlement coupa court à notre conversation. Je le reconnus immédiatement, et mon sang se glaça dans mes veines. Les yeux noirs de Del plongèrent dans les miens.

— Où est Tegan ?

LA BIBLIOTHÈQUE

— Petits, petits, petits ! cria Bandit. Sortez de votre cachette ! Allez, *Semyon*. Je connais quelqu'un qui meurt d'envie de te voir !

Désespéré, Del ferma les yeux.

— Il a trouvé Pearl, soupira-t-il.

— Et il a dû ramener le reste des Loups, enchaînai-je.

En toute honnêteté, Pearl était le cadet de mes soucis. Désormais, l'image du loup que j'avais vue dans le livre se mêlait à celle que je m'étais faite des Loups de Bandit. Des dents acérées, une fourrure grise, des yeux brillants et assassins... Je savais qu'ils ne ressemblaient pas à l'animal, mais j'étais persuadée que la bataille serait rude. D'autant plus que la présence de Tegan et Pearl n'arrangerait pas les choses : Del allait vouloir protéger Pearl coûte que coûte, et cela le déconcentrerait sûrement. Moi, j'étais prête à accepter sa mort, mais pas celle de Tegan. Nous l'avions déjà sauvée une fois. Je ne laisserais pas Bandit s'en emparer à nouveau. Avec deux personnes à défendre, nous partions sur des bases fragiles...

Dans l'ombre, je glissai contre le mur afin de voir à qui nous avions à faire. Del s'accroupit derrière moi, et cela me redonna confiance.

Bandit avait quatre Loups à ses côtés, tous aussi effrayants que lui. Ils portaient les mêmes cicatrices que lui sur le visage, et chacun les avait peintes d'une couleur différente.

Comment nous avaient-ils retrouvés ? Bandit avait dû prévenir ses Loups avant de partir, puis nous suivre dès notre départ de leur territoire... C'était la seule explication.

Ils étaient postés devant la porte d'entrée. Tegan, un couteau sous la gorge, était retenue par Bandit. Quant à Pearl, elle était à la merci d'un des Loups. Ils étaient forts, bien armés, en forme, et ils savaient que nous étions là. Ils attendaient juste que l'on attaque.

— Del, murmurai-je. Qu'est-ce qu'on fait ?

Se cacher ? S'enfuir ? Hors de question. Mais étions-nous capables de les vaincre ? Nous savions tous les deux que se battre contre les Loups ne serait pas aussi facile que contre les Louveteaux... Ces quatre Loups se battraient comme des Chasseurs, aucun doute là-dessus.

Bandit perdit patience :

— Je vais compter jusqu'à dix ! s'écria-t-il. Si vous ne vous montrez pas avant, vos deux amies vont avoir mal... *Très* mal !

Je n'hésitai pas une seconde et sortis de ma cachette.

— Bravo ! déclarai-je. Tu nous as retrouvés. Mais où est le problème, Bandit ? On n'est plus sur ton territoire, que je sache…

— Mon problème, c'est que vous avez blessé dix-huit de mes Louveteaux, et tué deux d'entre eux !

— Ils l'avaient bien cherché, rétorqua Del. Et dis-toi qu'ils ont eu de la chance… Ça aurait pu être bien pire.

— Laisse les filles tranquilles, implorai-je. On peut en discuter, si tu veux…

— Discuter ? se moqua Bandit, le sourire aux lèvres. Aucun intérêt !

Tout à coup, une odeur horrible, portée par le vent, s'engouffra dans la bibliothèque. Avant même de les entendre, je savais qu'ils approchaient… Des Monstres.

Ils surgirent dans le hall, et je compris immédiatement qu'ils faisaient partie des plus intelligents. Leurs yeux étaient différents. Moins fous, moins affamés. Ils étaient encore plus affreux à la lumière du Dessus, avec leur peau jaune tachée de sang séché, leurs griffes sanglantes et leurs dents tranchantes… Des touffes de cheveux germaient sur leurs crânes déformés.

Bandit se retourna et relâcha Tegan. Il s'était trouvé un nouvel ennemi, et celui-là était bien pire que nous. Le Loup qui tenait Pearl la poussa sur le côté puis, sans hésiter une seule seconde, ils se jetèrent sur les Monstres. Ils se battaient bien mieux que leurs Louveteaux, il y avait une réelle discipline et une unité dans leurs techniques.

Par contre, ils n'avaient pas l'habitude de combattre les Monstres, cela se voyait. La peur se dessinait sur leurs visages.

Je rejoignis la bataille, couteaux à la main, et Del me suivit. Par réflexe, je comptai le nombre de Monstres. Vingt. Nous en avions affronté le même nombre dans les tunnels, mais ils étaient stupides et faibles, et nous étions protégés dans notre abri de métal. Cette fois-ci, c'était une tout autre affaire.

Je me mis dos à dos avec Del, comme à notre habitude, bloquant et attaquant à l'unisson. Ses bras et ses jambes étaient une extension des miens. Je lui faisais confiance, et je savais que personne ne m'attaquerait par derrière. Je repoussai les Monstres les uns après les autres à coups de couteaux, mais je n'avais pas le temps de vérifier comment allaient Tegan et Pearl. J'entendis la voix de Soie dans ma tête. *Descends-les tous. Vite et proprement. Ne perds pas d'énergie.*

Maintenant que je n'étais plus la cible de Bandit, j'eus l'opportunité d'apprécier son style. Il était très rapide et se servait de deux lames accrochées sur ses mains. Il ne tuait pas ses ennemis en leur infligeant une grosse blessure : il les coupait des milliers de fois et les laissait saigner jusqu'à la mort…

La première vague de Monstres était à terre. Les autres reculèrent et nous étudièrent avec leurs yeux rouges. Nous avions tué dix créatures et perdu trois Loups. Le sol était recouvert de sang. Je ne voyais Pearl nulle part, et Tegan était partie se cacher. Tant mieux pour elle : elle était peut-être capable d'assommer des Louveteaux, mais elle n'était pas encore prête à tuer des Monstres.

— C'est quoi, ces *choses* ? balbutia Bandit.

— Sous terre, on les appelle les Monstres, répondis-je. D'autres les appellent les Mangeurs. Je ne sais pas ce qu'ils sont, exactement. La seule chose dont je suis certaine, c'est qu'ils ont faim...

Les grands yeux pâles de Bandit s'écarquillèrent tandis que les Monstres se jetaient à nouveau sur nous.

Bandit et le dernier Loup se mirent dos à dos, comme Del et moi. Ils n'avaient pas notre rythme, mais ils étaient féroces et hargneux. Je lacérai un Monstre au niveau du cou et m'empressai de bloquer son visage avec ma main gauche. *Trop lent, Trèfle.* Il plongea ses dents dans mon bras ! Je hurlai de douleur tout en lui plantant mon couteau dans l'œil.

Del avait tout vu. Il devint complètement fou, se jeta sur celui qui avait essayé de me dévorer, et l'acheva de manière barbare. Il était tellement rapide que je voyais à peine ses mouvements !

Puis ce fut le silence. Nous les avions tous vaincus.

Del était couvert de sang et tremblait des pieds à la tête. Le dernier Loup était grièvement blessé : quatre traces de morsures saignaient abondamment, et une griffure profonde parcourait sa poitrine. Je ne savais pas comment allait Bandit. Tout comme Del, il avait tellement de sang sur lui qu'il était impossible de dire s'il lui appartenait ou pas. Tandis que je l'observais, il me lança un regard étrange... Il n'allait quand même pas nous attaquer ?

— Il y en a d'autres, comme ça ? demanda-t-il, haletant.

— Beaucoup, répondis-je. Les Monstres vivent sous terre, mais ils ont dû trouver une sortie.

J'espérai qu'ils n'avaient pas découvert les tunnels des Fouisseurs… Jengu était-il mort ? L'enclave existait-elle toujours ? Quoi qu'il en soit, je n'y pouvais rien et ce n'était pas le moment d'y penser.

— Il faut qu'on parte d'ici, déclara Del. Le sang va attirer d'autres Monstres.

Bandit regarda les cadavres de ses Loups et secoua la tête, comme pour s'excuser de devoir les abandonner.

— Tegan ! criai-je. On y va !

Elle rampa de sous une table, le corps tremblant :

— La façon dont tu… C'était…

— J'ai appris à les combattre depuis toute petite, expliquai-je.

Je ne voulais pas qu'elle ait honte d'avoir eu peur. Moi, j'étais bien terrorisée par le ciel et le soleil !

— Où est Pearl ? s'inquiéta Del.

Il se lança à sa recherche tout en criant son nom, puis je crus entendre un gémissement de Monstre.

Je m'empressai de le rejoindre. Il se tenait devant le cadavre de la créature qu'il venait d'achever. Un peu plus loin, Pearl était coincée entre deux étagères. Son corps, sans vie, était à moitié dévoré. Pendant que l'on se battait et que l'on discutait, Pearl s'était fait grignoter, petit à petit, en silence…

— Viens, murmurai-je. Tu ne peux plus rien faire pour elle, maintenant.

— Elle est morte parce qu'elle nous a aidés ! s'écria-t-il. Ce n'est pas juste…

Il avait raison. Sans le savoir, nous avions attiré Bandit chez elle et, une fois partis, il s'était emparé d'elle. Je ne savais pas quoi dire.

On retourna auprès des autres en zigzaguant à travers les cadavres. Je laissais des traces derrière moi avec mes semelles ensanglantées. Je ne m'inquiétais plus pour Tegan : Bandit était occupé à faire sortir son dernier Loup de la bibliothèque. Pour nous aussi, il était temps de partir… Peu importait la tristesse de Del.

— La ville va être envahie, murmurai-je. D'autres Monstres vont trouver la sortie.

Je passai la porte, suivie de mes deux amis. Bandit nous rattrapa tout en tirant le Loup blessé.

— Vous allez où ? demanda-t-il.

— Vers le nord, répondis-je. Il paraît que c'est moins dangereux, là-bas.

— Qui vous a raconté ça ?

— Mon père, dit Del.

— Ah oui ? se moqua Bandit. C'était un spécialiste de l'apocalypse ?

— Non, grogna Del. Il avait juste beaucoup de livres.

Je ne les laisserais pas se disputer sur les marches de l'escalier alors que l'on avait de la route à faire !

— Del ! les interrompis-je. Où est le nord ?

Il regarda sa montre et pointa la direction du doigt.

— Alors allons-y. Marchons jusqu'à ce que le soleil se lève.

— Attendez-nous ! lança Bandit. On vient avec vous…

— Non ! s'écria Tegan. Hors de question ! Si vous nous suivez, je vous jure que je vous tuerai tous les deux dans votre sommeil…

— Est-ce que tu comptes abandonner tes Louveteaux ? demandai-je à Bandit, surprise.

— Ils sont sûrement déjà morts, dit-il. Si ces choses grouillent de partout, je ne leur serai d'aucune aide.

— Mais pourquoi veux-tu venir avec *nous* ? hurla Tegan. Il y a quelques minutes, tu voulais tous nous tuer !

— C'était il y a quelques minutes. J'ai changé d'avis. Ces deux-là ont l'air de savoir comment combattre les Monstres. Avec eux, j'ai plus de chance de survivre. Par contre, toi, tu ne me sers à rien. Je me fiche de ce que tu penses.

Bandit incarnait les valeurs des Chasseurs. *Seuls les plus forts survivent.* Je le haïssais pour ce qu'il avait fait à Tegan et, en même temps, une partie de moi ne comprenait pas pourquoi elle ne s'était pas battue. Et, secrètement, j'admirais les talents de combattant de Bandit.

Je me retournai vers Del :

— C'est à toi de choisir.

— Une personne de plus ne nous ferait pas de mal, remarqua-t-il. Le voyage risque d'être difficile. Mais je ne suis pas certain que ton Loup survive.

Il n'ajouta pas que ses blessures attireraient les Monstres. Déjà qu'ils sentaient le sang dans les tunnels, j'imaginais que c'était pire à l'extérieur, avec le vent. J'attendis la réponse de Bandit avec impatience. Jusqu'où était-il prêt à aller pour survivre ? Il abandonnait déjà ses Louveteaux... Allait-il faire la même chose avec son Loup ?

La question ne se posa plus lorsque le garçon se mit à suffoquer dans les bras de Bandit. Il s'étouffait avec son propre sang. On l'allongea sur les marches et j'enlevai sa chemise : il avait le ventre déchiqueté. La blessure était bien pire que ce que j'imaginais. Lorsque j'étais môme, je m'occupais souvent des Chasseurs blessés au ventre parce que personne n'osait s'en charger. Les victimes finissaient toujours pas mourir.

Bandit murmura dans son oreille, et le Loup fit oui de la tête. Il l'acheva d'un coup, en lui brisant la nuque, et on le laissa en haut de l'escalier.

On traversa les rues désertes en silence. Personne n'avait l'énergie de parler. Les ruines de la ville m'oppressaient de plus en plus et j'avais envie de les voir prendre vie, comme avant. Mais seuls nos bruits de pas faisaient écho dans la nuit...

Avec Bandit à nos côtés, Tegan n'était pas du tout rassurée. Elle devait en vouloir à Del de l'avoir accepté parmi nous. Peut-être essaierait-elle de tuer Bandit dans son sommeil, comme elle l'avait promis... Mais je doutais qu'elle y parvienne. Bandit n'était pas une cible facile.

En marchant, j'essayai d'ignorer la douleur de mon bras et le poids du ciel au-dessus de ma tête. Parfois, j'y jetai un œil, mais cette immense étendue noire me donnait toujours le tournis. Del n'avait pas su m'expliquer les petits points de lumière qui la parsemaient, du coup, je leur inventai une histoire : pour moi, ils provenaient de milliers de torches plantées sur une ville aérienne, que seuls les oiseaux pouvaient atteindre. C'est pourquoi les hommes et les femmes qui y vivaient avaient des ailes. Dans mon imagination, leur peau était pâle, leurs cheveux brillants et leurs ailes en ivoire…

Lorsqu'on passa près d'une petite mare remplie d'eau stagnante, je m'arrêtai pour me débarbouiller. Cela sentait mauvais, mais j'avais trop de sang sur moi pour faire la difficile. Les autres firent de même. Après, j'eus un peu froid et je me couvris la tête avec mon nouvel habit. Le ciel était gris puis, peu à peu, il devint rose et doré. Avant qu'il ne sorte complètement de sa cachette, le soleil était tellement beau ! Il teintait les immeubles de couleurs chatoyantes, et rendait le paysage plus doux.

Depuis quelques heures, nous n'avions pas croisé une seule trace de gangs. Bandit le remarqua, lui aussi.

— On ne sort jamais de notre territoire, expliqua-t-il.

— Sauf quand vous cherchez des filles, lui reprocha Tegan.

Bandit haussa les épaules, comme si son opinion n'avait aucune importance. Je comprenais sa logique. Il nous respectait, Del et moi, parce que nous savions nous battre. Tegan, elle, ne savait rien faire. Elle n'aurait jamais aucune valeur à ses yeux.

— Même pour faire ça, reprit Bandit, on n'allait jamais aussi loin.

— Trouvons-nous une autre boutique, proposai-je. Il nous faut des boîtes de conserve et des bouteilles d'eau. On ferait mieux d'éviter de faire du feu tant que l'on n'est pas sortis de la ville.

Les autres acceptèrent. Tandis que le soleil montait, on se lança à la recherche d'un endroit où se reposer.

UN COURT RÉPIT

On explora trois boutiques différentes. On y trouva suffisamment de provisions pour nous aider à tenir quelques jours, mais chacun des bâtiments sentait bizarre… On mit donc du temps à dénicher un endroit assez rassurant pour nous y installer.

On tomba enfin sur un immeuble qui paraissait en bon état. À l'extérieur, un panneau portait une inscription à laquelle il manquait quelques lettres, mais je devinai le mot : « École ». Là où les mômes apprenaient des choses. Comme chez nous, sauf qu'ici, elle était immense ! On y entra par une fenêtre, et cela suffit à me faire perdre le peu d'énergie qu'il me restait. J'étais épuisée, et ma peau était brûlante.

— Tu es toute rouge, remarqua Bandit. Tu n'es pas habituée au soleil ?

— Non. Je te l'ai déjà dit, je viens d'une communauté souterraine. Une enclave.

— C'était vrai ? Je pensais que tu m'avais menti !

— Non, c'est la vérité.

Des rayons de lumière balayaient l'entrée et y faisaient danser la poussière. Le sol était intrigant, couvert de motifs vert et blanc. Je les étudiai avec intérêt, essayant de comprendre leur signification… Mais ils servaient à décorer, rien de plus.

— Séparons-nous, suggéra Del. Il vaut mieux inspecter les lieux avant de nous installer. Tegan, tu viens avec moi.

Il savait très bien qu'elle refuserait de se retrouver seule avec Bandit. Moi, j'étais capable de me défendre si jamais il décidait de m'attaquer.

Bandit m'emboîta le pas.

— C'était comment, sous terre ? me demanda-t-il.

— Sombre et enfumé… Et il n'y avait pas autant d'espace qu'ici !

— Et à quoi ressemblait ta vie ?

— J'ai grandi en apprenant qu'il y avait des Monstres dans les tunnels et que, si j'étais assez courageuse, j'aurais le droit d'aller les combattre un jour. Pour protéger l'enclave.

— C'est ce que tu as fait ?

— Au début, oui.

— Pourquoi es-tu montée à la surface ?

— Je n'ai pas eu de chance…

Je ne voulais pas m'étendre sur le sujet, et il n'insista pas. On entra dans un couloir. J'inspectai les pièces de gauche et lui, celles de droite. Puis on explora le reste de l'immeuble, en silence. Il y avait trois étages, et les pièces étaient remplies de tables et de chaises minuscules. Ils avaient fabriqué ce bâtiment *exclusivement* pour des mômes ! Impressionnée, je pénétrai dans une des salles. Il y avait un mur noir avec de la poussière blanche dessus. Je discernai des formes de lettres, mais le temps avait fait son affaire. Je touchai le mur du doigt et dessinai la première lettre de mon nom.

— Qu'est-ce que c'est ? demanda Bandit.

— Un « T ».

On reprit nos recherches. Bandit ne se déplaçait pas comme Del, il était moins discret et plus agressif. Si nous tombions sur quelque chose, il le tuerait d'abord et poserait les questions après. Le contraste était intéressant, mais je restai vigilante. Après tout, je ne le connaissais pas.

On croisa quelques rats et quelques oiseaux, mais rien de dangereux. On traversa une cuisine, que je reconnus grâce aux ustensiles qui pendaient çà et là. Cuivre utilisait les mêmes. Il y avait aussi des boîtes de conserve énormes. Je n'en avais jamais vu de si grosses !

— Dommage, déplorai-je. On ne pourra pas les emmener avec nous. On tiendrait des mois avec des doses pareilles !

— On ferait mieux de garder les petites pour le voyage, et de se servir dans celles-ci tant qu'on est ici.

Je parvins à lire l'une des étiquettes :

— « Crème de maïs », dis-je à voix haute.

— Comment le sais-tu ? demanda Bandit, étonné.

— Je sais lire. Enfin, un peu. Moins bien que Del.

— Lire ? Qu'est-ce que tu veux dire par là ?

Comment pouvait-il ignorer ce qu'était la lecture ? Cela devait être parce qu'il avait grandi sans Géniteurs.

Personne ne lui avait montré quoi que ce soit et, ce qu'il savait, il l'avait appris par lui-même. C'était un miracle qu'il sache parler !

— Ça, ce sont des lettres, montrai-je. Elles indiquent ce qu'il y a à l'intérieur de la boîte. Je t'avoue que je ne sais pas ce que veut dire « maïs », mais j'ai tellement faim que je pourrais avaler n'importe quoi !

Je sortis de mon sac le couteau que j'avais trouvé, celui avec les petits outils. L'un d'eux était assez pointu pour percer la boîte. Je répétai le geste jusqu'à ce que le couvercle se soulève... Cela ressemblait à de la purée. Bandit renifla le contenu.

— Ça ne sent pas mauvais.

Je trempai mes doigts dedans et goûtai. Ce n'était pas aussi sucré que les cerises, mais c'était bon. Bandit testa à son tour. J'en mangeai jusqu'à être rassasiée, puis sortis une bouteille d'eau que nous avions trouvée plus tôt. Je ne l'avais pas encore goûtée, je m'étais contentée de me laver avec. J'en avalai une gorgée... Elle avait un goût bizarre, mais elle paraissait potable. J'en bus la moitié, puis passai la bouteille à Bandit.

Il me regarda bizarrement. Il n'avait pas l'habitude de partager. Lui, ce qui l'intéressait, il s'en emparait sans penser aux autres.

— Il va falloir que tu t'habitues, déclarai-je. Tu n'es plus le chef, Bandit. Del pense que tes talents au combat vont nous servir, et il a sûrement raison. Mais si tu essaies de nous faire du mal, en particulier à Tegan, on en finira avec toi.

— C'est une menace ?

— Non, l'interrompit Del. C'est la vérité.

Il était arrivé sans un bruit, avec Tegan à ses côtés.

— Il ne changera jamais… grogna-t-elle. On ferait mieux de le tuer !

— Il y a eu assez de morts pour aujourd'hui, dit Del. Ne t'inquiète pas, Tegan. Je l'ai à l'œil. Il ne te fera plus de mal.

Je n'étais pas satisfaite de l'arrivée de Tegan et Bandit dans notre groupe. Je préférais largement quand Del et moi étions seuls contre tous. Mais je savais aussi que nous avions besoin de renfort.

Après tout, nous ignorions combien de temps allait durer notre voyage. Del n'avait pas trouvé de cartes à la bibliothèque, et nous ne pouvions compter que sur les histoires de son père. J'espérais que nous sortirions des ruines de cette ville le plus rapidement possible mais, pour l'instant, cela semblait impensable.

Nous évoluions dans un monde sans vie. J'avais du mal à imaginer que, quelque part, des gens avaient de quoi faire du feu, un toit sous lequel dormir et de la nourriture à profusion. J'y croyais autant qu'à l'existence de mes jolies créatures ailées…

— Tiens, dis-je à Tegan. C'est de la crème de maïs. Ça ne paye pas de mine, mais c'est très bon.

Sceptique, Tegan renifla la crème comme l'avait fait Bandit quelques minutes auparavant. Elle en avala quelques bouchées puis but une gorgée d'eau.

Moi, je me trouvai un recoin où dormir, puis je m'enroulai dans ma couverture. Je me sentais vraiment sale. Les douches et le savon me manquaient. Tegan s'allongea à côté de moi, la massue serrée contre elle, et s'endormit avec la main dessus. Del s'installa entre nous et Bandit. Tout le monde était épuisé.

Je me réveillai la première, tirée d'un sommeil profond. Tegan gémissait et se tortillait dans tous les sens. Je posai ma main sur elle pour la réveiller. Elle se releva immédiatement et me lança un coup de poing dans la figure ! Je frottai ma joue en souriant.

— C'est la dernière fois que je te réveille, plaisantai-je.

— Excuse-moi, Trèfle.

— Tu faisais un cauchemar.

— Oui, chuchota-t-elle en jetant un œil sur Bandit.

— Est-ce que tu rêvais de lui ?

— Non. Je rêvais des Loups, et de ce que Bandit les laissait me faire.

— Mais, je pensais que c'était lui qui…

— Non. Lui, il se contentait de me jeter dans leurs bras.

— C'est pour ça que tu lui en veux ?

— Bien sûr ! Les autres ne faisaient qu'obéir à ses ordres... S'il leur avait demandé de me laisser tranquille, ils l'auraient écouté !

— Est-ce que tu sais te battre ? l'interrompit Bandit. Est-ce que tu sais fabriquer des vêtements ? Des armes ?

— Non, riposta-t-elle. Et alors ?

Nous n'avions pas vu qu'il était réveillé. En même temps, Tegan n'était pas très discrète…

Bandit s'assit et passa une main dans ses cheveux. Un rayon de soleil les fit briller comme de l'or, comme ceux de Pearl.

— Alors, reprit-il, tu ne sers qu'à une seule chose : faire des gosses ! Moi, mon boulot, c'était de former un groupe, de protéger mes Louveteaux, de leur apprendre à chasser en meute. Et je le faisais bien.

— Mais tu les as laissés mourir ! reprit Tegan. Tout ça parce que tu avais peur d'y retourner seul… Tu n'es qu'un lâche !

Bandit se jeta sur elle, mais Del l'attrapa et le remit à sa place.

— Ça suffit ! cria-t-il.

Je tendis l'oreille, pensant qu'il leur demandait de se taire parce qu'il avait entendu quelque chose. Mais, à part le bruit du vent dans les couloirs, je ne remarquai rien d'anormal. Il voulait juste les calmer.

Je me levai, pliai ma couverture et attrapai mon sac.

— Vous devez oublier le passé, tous les deux ! lançai-je. Si vous ne faites pas d'effort, on n'avancera jamais. Vous croyez que c'est facile, pour moi ? En ce moment, je pourrais être tranquille, dans ma chambre, sans avoir à me préoccuper de quoi que ce soit… Mais non ! Je suis ici, à me demander chaque jour si je vais trouver de quoi manger ou un endroit où dormir… Sans jamais savoir si quelque chose va m'attaquer pendant mon sommeil… C'est dur, et ça va l'être de plus en plus ! On ne sait pas ce qu'on va rencontrer, là-bas. C'est l'inconnu. Alors, réveillez-vous un peu ! Repartez à zéro ! Moi, si je ne mettais pas de côté tout ce que j'ai perdu, je deviendrais folle… Je vous conseille de faire pareil.

Furieuse, j'entrouvris ma chemise, libérai mon bras et examinai la morsure. J'aurais mieux fait de m'en occuper la veille, mais j'étais trop fatiguée. Autour de la plaie, la peau était violette. La chair était déchiquetée et boursouflée. Je la nettoyai avec de l'eau, puis étalai un peu de baume dessus. La douleur fut instantanée, aiguë et brûlante. Les larmes me montèrent aux yeux, et j'eus du mal à me retenir de hurler...

Je voulais rentrer chez moi.

Enfin, si mon *chez moi* existait encore ! Collège avait peut-être été envahie par les Monstres… Je doutais que les Aînés aient pris nos avertissements au sérieux. Avec horreur, je pris conscience que je ne saurais jamais ce qui était arrivé à Sable et Œillet. Cela me fit encore plus mal que ma blessure.

Je ne posai pas de bandage sur la plaie et remis le bras directement dans ma manche. *Ce qui ne tue pas rend plus fort*, nous disait Soie. Le Gardien des mots avait un livre rempli de dictons de ce genre. Tous étaient écrits par un homme dont je ne me souvenais plus du nom.

Je repris un peu de crème de maïs puis ouvris une autre boîte. Cette fois-ci, c'était de la viande coupée en morceaux, mélangée à d'autres choses. J'en mangeai aussi un peu. Je bus quelques gorgées d'eau, fis passer la bouteille à tout le monde, puis je m'assis à l'extérieur le temps qu'ils préparent leurs sacs.

Dehors, il faisait encore nuit. J'appréciai la caresse du vent sur ma peau… Mon visage était endolori par les coups de la veille, et aussi par celui de Tegan. Elle était plus costaud qu'elle ne paraissait !

Bandit me rejoignit à l'extérieur. Dans l'ombre, il avait l'air moins effrayant. On voyait moins ses cicatrices et cette peinture rouge qui, bizarrement, ne s'était toujours pas estompée.

— Je suis disposé à faire des efforts, me dit-il. À condition qu'elle aussi. Avec les Loups, j'ai fait ce que j'avais à faire… Mais tout est différent, maintenant. Je ne suis plus le chef, et je l'accepte.

Finalement, il me ressemblait. Il était prêt à tout pour survivre. C'était une vraie force.

— Il n'y a pas de chef, répondis-je. On doit travailler tous ensemble, en équipe.

— Oui, je comprends. Dis-moi, tes cicatrices… Qu'est-ce qu'elles signifient ?

Il avait dû les apercevoir lorsque je soignais mon bras.

— Elles signifient qu'avant, j'étais Chasseuse. Je t'avais dit qu'en étant assez forte, j'aurais le droit de me battre contre les Monstres pour protéger l'enclave ? Eh bien, c'est ce que veulent dire mes cicatrices.

— Del a les mêmes.

— Il en a même davantage, désormais… insinuai-je, l'air moqueur.

Je ne pouvais plus lui reprocher ce qu'il avait fait à Del. Je lui avais demandé de mettre le passé de côté, il fallait que je fasse la même chose.

— Et les tiennes ? lui renvoyai-je. Et la peinture ?

— Ce n'est pas de la peinture, répondit-il. C'est de l'encre.

— Comme celle qu'ils utilisaient pour écrire dans les livres ?

— Sûrement, oui. On marque les cicatrices avec une aiguille trempée dans l'encre. Ça définit notre rang.

— C'était douloureux ?

— Oui. Et toi ?

— Moi aussi.

Assez de confidences pour aujourd'hui. Je n'allais pas lui avouer à quel point j'avais sangloté lorsque Twist avait brûlé mes plaies !

Les autres nous rejoignirent et Del nous regarda d'un sale œil. Il devait se demander de quoi nous parlions.

— Il faut retrouver le fleuve, annonça-t-il. Et le suivre jusqu'au nord, le plus longtemps possible. Comme ça, on pourra faire bouillir l'eau et manger du poisson. Il y aura aussi des animaux dans les environs… Il suffira de chasser lorsque nos boîtes seront vides.

C'était une excellente idée.

Le vent était de plus en plus fort, et une pluie légère se mit à nous éclabousser. Je mis le tissu supplémentaire sur ma tête. Les journées étaient chaudes, mais les nuits commençaient à être glaciales.

— Il faudrait trouver des vêtements plus chauds, remarqua Tegan.

— C'est ce que j'étais en train de penser, confirmai-je. La prochaine fois qu'on passera devant une boutique, on se servira.

Del ne m'avait pas beaucoup parlé depuis la veille. La mort de Pearl l'avait assommé comme celle de Bannière, et cela me mettait en colère. Il ne comprenait pas qu'une fois que les gens mouraient, nous ne pouvions plus rien faire pour eux ! Ils pouvaient nous manquer, bien sûr, mais cela ne servait à rien d'y penser jour et nuit. J'aurais tellement aimé être capable de le réconforter… Mais je n'avais pas ce talent-là. Moi, j'avais mes couteaux et ma détermination, c'est tout.

Il fallait faire avec.

L'EXPÉDITION

Jamais nous ne sortirions de ces villes ! Du moins, c'était l'impression que cela me donnait. Nous avions beau avancer, le paysage ne changeait pas : des ruines, toujours des ruines. Et dire qu'avant, des gens occupaient tout cet espace...

La bonne nouvelle, c'était que les Monstres ne nous avaient pas rattrapés. Plus nous nous dirigions vers le nord, moins il y avait de signes de vie. Je restais quand même vigilante, et tendais le nez de temps en temps.

Au début, on avança assez vite grâce aux provisions qu'il nous restait. Mais, quand on les eut terminées, on fut forcés de ralentir. Il fallait trouver de la nourriture et faire bouillir de l'eau tous les soirs, afin d'avoir de quoi boire le lendemain.

Je me réjouis lorsque, une nuit, on sortit enfin de la ville. Nous traversions désormais un territoire vide : aucune relique, aucun immeuble, et aucun signe indiquant que des gens avaient survécu à l'épidémie...

Lors du huitième jour de marche, Bandit et Tegan commencèrent à se plaindre. Pour eux, nous marchions trop longtemps, et les pauses étaient trop brèves. C'était la première fois qu'ils étaient d'accord même si, depuis notre départ, ils avaient fait de vrais efforts et ne laissaient par leur histoire compliquer notre expédition.

— On devrait arrêter de voyager de nuit, suggéra Bandit. Il fait de plus en plus froid ! Et on ne risque plus grand-chose, maintenant.

— Je suis d'accord, renchérit Tegan. Moi, j'aimerais revoir le soleil !

— Alors on ferait mieux de s'installer quelque part aujourd'hui, réfléchit Del. Comme ça, on pourrait rester éveillés toute la journée et faire le plein de provisions, pour nous adapter au changement de rythme.

— De toute manière, on n'a rendez-vous nulle part, blagua Tegan. Ce n'est pas bien grave si l'on prend du retard…

— Je vous suis, affirmai-je.

On avait tous des sacrifices à faire. Ce jour-là, c'était mon tour. J'acceptai de faire la route de jour, même si je craignais vraiment le soleil et ses effets sur ma peau. Je n'étais pas pressée de finir en cendres !

Del lut dans mes pensées :

— Ta peau va s'habituer au soleil, me rassura-t-il. Couvre-toi au maximum, le temps de t'y habituer.

— Heureusement qu'il fait froid, répondis-je en souriant.

Nous avions récupéré des vêtements plus chauds en sortant de la ville, mais l'opération avait été plus délicate que nous le pensions. Les tissus les plus épais avaient été rongés par des bêtes et par la moisissure. Celui que je portais avant était bien plus résistant. Du coup, nous avions cherché des habits fabriqués dans le même genre de matière. Nous avions fini par nous couvrir de plusieurs épaisseurs, pour nous protéger contre le vent glacé.

L'aube était presque là. Il était temps de trouver un abri pour se reposer. Del n'aimait pas trop s'éloigner du fleuve, alors je balayai la zone du regard. De nuit, j'étais celle qui avait la meilleure vue. En journée, c'était Bandit. La lumière me faisait encore mal aux yeux, malgré les lunettes de soleil.

— J'aperçois quelque chose, déclarai-je. On dirait un bâtiment.

— Est-ce que c'est loin ? demanda Tegan.

— À quinze minutes, peut-être ?

Elle était sur le point de s'écrouler de fatigue. Sa vie avec les Loups ne l'avait préparée qu'à une seule chose, et cela ne consistait pas à marcher toute la journée. Tegan manquait cruellement d'endurance.

Moi, je n'avais pas envie de dormir dans l'herbe froide comme nous l'avions fait ces derniers temps. En plus, il fallait rester éveillés toute la journée ! C'est pourquoi je n'attendis pas sa réponse, et me contentai de reprendre la marche en direction de notre futur abri.

Le ciel s'éclaircit peu à peu et laissa deviner les lignes de la maison. Elle était construite avec de petites pierres irrégulières. Ses quatre murs et son toit tenaient debout. Que demander de plus ?

La porte était grande ouverte. J'entrai en frissonnant et découvris l'intérieur : c'était humide et sale. Il y avait un amas de reliques couvert de poussière, et les coins abritaient des toiles d'araignées. L'endroit était dévasté.

La maison n'était pas bien grande, il n'y avait que quatre pièces : celle de l'entrée avec une cheminée, la cuisine, la chambre et les toilettes. Dans la première pièce, le sol était jonché de meubles en morceaux, comme si des gens s'y étaient battus et avaient tout saccagé sur leur passage. Je reconnus la cuisine grâce à la table et au *robinet*. Les pieds des chaises avaient pourri et seule la partie du haut demeurait, à moitié pliée au sol.

Dans les toilettes, je tournai un des robinets, comme l'avait fait Del lors de notre première nuit à la surface. Un gargouillement… Puis de l'eau en jaillit ! Je n'en croyais pas mes yeux. J'appuyai sur le levier des toilettes et de l'eau coula aussi à l'intérieur. Comment était-ce possible ?

Del me rejoignit dans la pièce, attiré par le bruit.

— Est-ce que tout va bien ?

— Regarde ! m'exclamai-je.

Je lui fis la démonstration et il eut l'air aussi émerveillé que moi. Au fond, il y avait une grande cuvette, assez large pour contenir une personne.

— Une baignoire ! s'écria-t-il.

Il tourna le robinet de celle-ci. L'eau en sortit marron, puis devint transparente. Froide, mais propre.

— On pourrait faire bouillir de l'eau, l'ajouter à celle-là, et prendre un bain ! triompha-t-il.

J'étais impatiente d'essayer. Nous avions trouvé un endroit sec, nous aurions chaud pour la première fois depuis des semaines, et nous allions pouvoir nous laver avec de l'eau chaude… C'était parfait !

On passa la matinée à nettoyer la maison. La lumière du soleil me gênait moins à l'intérieur, mais je gardai malgré tout mes lunettes sur le nez. Ensuite, on rassembla le bois mort qui était dehors pour le mettre dans la cheminée. Grâce au briquet de Del, le feu prit en quelques minutes.

Au-dessus du feu, un objet en métal semblait servir à y accrocher des pots. Il me tardait tellement de prendre un bain que je m'empressai de remplir un pot d'eau, et de le faire chauffer au-dessus des flammes. J'en fis bouillir trois d'affilée, que je mélangeai à une bonne dose d'eau froide qui coulait du robinet. À côté de la *baignoire*, je découvris un morceau de savon. Lorsque j'ouvris le papier qui l'emballait, il s'effrita entre mes doigts. Je le mis dans la baignoire tout en m'y glissant, et il forma une jolie mousse.

C'était bien plus agréable que de se laver dans l'eau froide ! J'en profitai pour nettoyer mes habits en même temps que moi, puis je sortis du bain et les rinçai à l'eau froide. J'enfilai la dernière tenue qu'il me restait de l'enclave. J'aurais du mal à m'en séparer, le jour où elle serait trop usée…

Tegan prit son bain après moi. Je m'assis devant le feu. J'étais épuisée et affamée, mais le simple fait d'être propre et réchauffée me suffisait. Je secouai ma couverture et m'enroulai dedans, du côté propre, puis je m'attaquai à mes cheveux : ils avaient des nœuds partout.

Un peu plus tard, Bandit entra dans la maison. La porte ouverte laissa entrer le froid et la lumière. Pour moi, les deux n'étaient pas compatibles, c'était bizarre… Dans une main, Bandit tenait un oiseau ensanglanté. Dans l'autre, un animal poilu.

— Tu peux les vider et les nettoyer dehors, lançai-je. Je les cuisinerai après.

— Pas de merci ? demanda-t-il, agacé.

— Merci, Bandit.

Il était déjà ressorti. Il tira la porte derrière lui mais elle ne se fermait pas jusqu'au bout. Il revint peu de temps après avec les deux animaux dépecés et déplumés, plantés sur des bâtons. Bandit maniait le couteau à la perfection, on ne pouvait pas dire le contraire !

J'avais vu Cuivre cuisiner des milliers de fois, c'est pourquoi cela ne me parut pas compliqué. On fit rôtir la viande dans la cheminée, en tenant chacun notre bâton au-dessus des flammes. Je remarquai que Bandit tournait le sien de temps en temps pour ne pas laisser brûler le morceau. Je pris exemple sur lui. La pièce sentait si bon que j'en salivais.

Del arriva un peu plus tard avec davantage de viande. Il avait attrapé des animaux que je n'avais jamais vus auparavant. Leurs pattes arrière étaient repliées sur elles-mêmes, et leurs oreilles étaient très longues. Plus tard, j'apprendrais leur nom : *lapin*. Je lui fis la même remarque qu'à Bandit :

— Pas de sang ni de tripes dans la maison !

Il resta figé devant la porte, et nous observa un instant tandis que le vent s'engouffrait à l'intérieur. Puis il ressortit. À quoi pensait-il ?

Tegan nous rejoignit auprès du feu et prit la place de Bandit pour qu'il aille se laver. Lorsque tout le monde fut propre, la viande était prête. Nous avions fini par la couper en petits morceaux pour qu'elle cuise plus vite. Je me brûlai les doigts en attrapant ma première bouchée, et soufflai dessus jusqu'à ce qu'elle tiédisse. La viande avait un goût très prononcé, et elle était juteuse… C'était délicieux. Jusqu'ici, nous nous étions contentés de manger les poissons pêchés dans le fleuve : il était grand temps de découvrir d'autres saveurs !

On dévora tout ce que les garçons avaient ramené. Il aurait été plus raisonnable d'en garder pour plus tard, mais nous avions trop faim. Après avoir mangé, Tegan partit explorer la cuisine. Je la suivis par curiosité.

— Il y a à manger, ici aussi ! s'écria-t-elle.

Elle sortit des boîtes de conserve qui étaient empilées sur une étagère. J'examinai les étiquettes : mélanges de légumes, thon, jambon, petits pois, crème de maïs… Toutes les boîtes étaient assez petites pour que l'on puisse les transporter. En les répartissant bien, cela ne serait pas trop lourd.

C'était la fin de l'après-midi. J'avais sommeil, mais on se retint de dormir avant la nuit : il fallait inverser notre rythme. Le lendemain, j'allais affronter mon ennemi le soleil.

Pour nous occuper, Del nous lut un extrait du *Garçon du jour et la fille de la nuit.* Nous approchions de la fin de l'histoire. J'étais pressée de savoir si le garçon et la fille échapperaient à la sorcière, ou si elle les tuerait. Pour moi, cette histoire était intimement liée à la mienne. Comme Nyctéris, j'avais grandi dans le noir et craignais la lumière. Si son aventure se terminait bien, la mienne finirait bien aussi.

J'étais tellement épuisée que je m'endormis très vite.

Mais, au réveil, le monde avait changé.

LA NEIGE

Dehors, tout était blanc ! C'était apparu pendant la nuit. Le ciel était gris et lourd et le soleil était voilé. Son reflet sur la surface blanche m'éblouissait, et de petites traces de pattes parsemaient le sol. Sans cela, j'aurais juré que nous étions seuls au monde. J'ouvris la porte, ramassai une poignée de cette matière inconnue et la relâchai sur-le-champ. C'était glacial ! Les autres me regardèrent comme si j'étais folle. Je devais être la seule à ne jamais avoir vu cela. Je ne fis pas mine de savoir ce que c'était, ils devaient être habitués à mon ignorance, à présent.

— Qu'est-ce que c'est ? demandai-je.

— De la neige, répondit Tegan. C'est ce qui arrive lorsque la pluie gèle.

— On a de la chance d'avoir trouvé un abri ! s'exclama Bandit. On ne peut pas voyager par ce temps, on mourrait de froid… Ici, on a de l'eau, de la nourriture et de quoi chasser. Il vaut mieux rester là, le temps que ça passe.

Je me demandai si les poissons mouraient gelés lorsqu'il faisait trop froid. Peut-être que la neige les tuait ?

— Tu as raison, confirma Del. On repartira après que la neige aura fondu. Heureusement que l'hiver n'est pas complètement là, sinon, on resterait bloqués ici pendant des mois !

Hiver. Encore un nouveau mot… Je croisai le regard de Del. Son visage était fermé, sans expression. Je ne savais pas s'il voulait vraiment rester. En fait, je ne savais plus grand-chose de lui. Depuis la mort de Pearl, il n'était plus le même.

— Tegan, dit Del. Qu'est-ce que tu en penses ?

— Je ne veux pas marcher dans la neige, répondit-elle.

Je balayai la maison du regard. Aucun meuble vraiment confortable pour s'asseoir ou dormir, et nous allions sûrement devoir brûler ceux qui étaient en morceaux.

— Comment allons-nous faire lorsqu'on aura brûlé tout le bois ? demandai-je.

Bandit alla dans la cuisine et revint avec un outil qui semblait servir à trancher des choses. Je n'aimais pas le voir avec une telle arme dans les mains.

— J'irai en couper davantage, répondit-il.

— Alors fais-le avant que la neige ne tombe encore plus, ordonna Del.

Ils se toisèrent du regard. Un duel silencieux. Puis Bandit se dirigea vers la porte.

— Très bien, dit-il. Je reviens au plus vite.

— Je viens avec toi ! proposa Tegan. Je vais t'aider à le porter.

Son élan m'étonna. Peut-être voulait-elle se prouver qu'elle n'avait plus peur de lui ? Elle ne prit même pas d'arme avec elle. De toute manière, même avec ma massue, elle n'avait aucune chance contre Bandit.

Ils s'engouffrèrent dans le froid et je fermai la porte derrière eux en la poussant de toutes mes forces. J'avais du mal à imaginer que nous resterions ici plusieurs jours. Je ne savais pas depuis combien de temps nous avions quitté l'enclave, mais j'étais surprise que nous soyons encore vivants.

— Ça va durer combien de temps ? demandai-je à Del, tout en contemplant la neige.

— Ça dépend… Parfois, ça dure des semaines.

— Je suis bien contente que l'on soit sortis des ruines avant que la neige arrive ! Mieux vaut être bloqué ici qu'en ville, non ?

— Bientôt, il n'y aura plus beaucoup d'animaux en vie, murmura-t-il. Il va falloir faire attention à ce que l'on mange.

— Et sous terre ? Est-ce que tu penses qu'ils sont toujours vivants ?

— Je ne sais pas. Les Monstres ont pris Nassau, et Collège ne voulait pas se préparer à une attaque… À mon avis, c'est la même chose qui les attend.

Il le dit avec détachement et froideur, comme s'il voulait me faire du mal. Moi qui pensais que la distance qui s'était installée entre nous s'atténuerait avec le temps… J'avais eu tort.

— Pourquoi es-tu en colère contre moi ?

— Je ne suis pas en colère contre toi, Trèfle.

Menteur, pensai-je.

— Contre qui, alors ?

— Moi-même.

— À cause de Pearl ?

— Oui. Est-ce que tu te rends compte de ce que j'ai fait ? Après la mort de son père, elle a survécu toutes ces années sans aucun problème. Moi, en une journée, j'ai réussi à la faire tuer.

Il était évident que nous étions responsables de la mort de Pearl, je ne pouvais le nier. Mais, au fond, nous ne savions pas qui elle était vraiment. Moi, je ne la connaissais pas, et Del se souvenait de la petite fille qu'elle était, pas de la femme qu'elle était devenue.

— Del, il faut que tu arrêtes de culpabiliser. Tu te sentirais bien mieux.

— Je sais, mais c'est plus fort que moi.

— Est-ce que je peux faire quelque chose pour t'aider ?

Il leva la tête et me regarda un long moment. Tellement long, que je me sentis gênée.

— Trèfle, est-ce qu'on est toujours coéquipiers ? murmura-t-il. Je sais que Soie nous a mis ensemble mais, maintenant, est-ce que tu me choisirais ?

— Tu es la personne en qui j'ai le plus confiance, répondis-je.

Son visage se ferma à nouveau. Apparemment, ce n'était pas la réponse qu'il attendait. Je l'avais déçu, je le sentais. Depuis quelque temps, tout semblait si compliqué avec lui !

Il partit s'occuper du feu, et sa question pesa entre nous jusqu'à ce que les autres reviennent.

///

Je détestais attendre. Nous passions nos journées à couper du bois, chasser, faire la cuisine et transformer notre abri en un nid à peu près douillet. Rien de bien passionnant, en somme. On trouva quelques tissus dans un coffre de la chambre, avec lesquels on se confectionna un espace pour dormir. Je les avais étendus devant le feu, ravie d'ajouter une touche de chaleur à notre nouvelle maison.

De son côté, Tegan s'endurcissait. Elle était bien plus à son aise dans ce type de tâches qu'à marcher toute la journée. Moi, cela me manquait. En plus, je n'avais même pas besoin de protéger la maison ou d'inspecter les environs : si quelqu'un avait l'intention de nous attaquer, il serait mort de froid avant de nous atteindre.

Les jours passèrent et la chasse fut de moins en moins fructueuse. Certains jours, nous ne nous nourrissions que de boîtes de conserve. Celles qui contenaient de la viande avaient plutôt bon goût même si, en apparence, ce n'était vraiment pas appétissant. J'en déduisis que la matière visqueuse qui enrobait la viande servait à la conserver.

Del se refermait de plus en plus sur lui-même. Un peu comme à ses débuts, à l'enclave. Il ne nous lisait plus le livre avant de dormir, et je n'osais pas lui demander de me lire la fin. Parfois, je prenais le livre entre mes mains et en touchais les pages, juste pour le plaisir.

Pour m'occuper, j'empruntai le livre de Tegan – celui avec les lettres – et appris à lire à Bandit. Je le faisais souvent travailler lorsque Tegan et Del allaient couper du bois. Il était assez doué : en l'espace de quelques jours, il avait mémorisé tout l'alphabet ! Puis les mots entiers suivirent avec facilité. Le soir, en m'endormant, je l'entendais murmurer :

— A comme Avion. B comme Baleine, C comme...

Parfois, pendant nos leçons, je remarquai que Del nous lançait des regards de travers, mais je faisais comme si je ne le voyais pas : s'il n'avait pas le courage de me dire ce qu'il pensait, tant pis pour lui !

Un jour, je reconnus que je n'avais plus rien à apprendre à Bandit. J'étais arrivée au bout. Seul Del aurait pu l'aider à aller plus loin, mais il ne fallait pas compter là-dessus.

En échange de mes services, Bandit me proposa quelque chose. Ce jour-là, il m'emmena dans la chambre, désormais vide. On avait soit brûlé, soit jeté ce qu'elle contenait. Il y avait donc de l'espace, mais il y faisait plus froid que dans l'entrée.

On se retrouva face à face. Seuls. Je ne savais pas ce qu'il manigançait mais, heureusement, je n'avais plus peur de lui. Peu à peu, j'essayais d'oublier sa vie d'avant, comme lui l'avait fait.

— Tu m'as appris à lire, lança Bandit. Moi, je vais t'apprendre à te battre. Tu es douée, mais tes gestes sont trop prévisibles.

Quelle joie ! Je ne m'étais pas entraînée depuis si longtemps… J'étais en train de me ramollir, à passer mes journées sans rien faire.

— D'accord, mais sans armes. Je ne suis pas assez rapide face à toi et tes lames.

— Bien sûr, répondit-il. En simple corps à corps.

On s'entraîna plusieurs heures, mais je me sentais lente et rouillée. *Tu parles d'une Chasseuse !* pensai-je. À un moment donné, Bandit se mit derrière moi pour me montrer comment positionner mes bras pour parer une attaque.

— Qu'est-ce que vous faites ? nous interrompit Del, qui se tenait à l'entrée.

— On s'entraîne, répondis-je. Tu veux venir ?

Il fit non de la tête et s'en alla.

Nos entraînements devinrent réguliers. J'étais de plus en plus à l'aise et efficace et, moralement, je me sentais mieux. Après tout, j'avais passé ma vie à m'entraîner au combat. Je ne pouvais pas arrêter d'un coup !

Un jour, après une session particulièrement épuisante, je m'assis au sol, coudes sur les genoux, à bout de souffle. La pièce était tellement froide que de la fumée sortait de ma bouche.

Bandit s'installa à mes côtés en me *souriant*. Je n'avais pas l'habitude de le voir sourire…

— Tu es vraiment douée, petite colombe. J'adore me battre contre toi.

— Colombe ?

— C'est un oiseau.

— Pourquoi m'as-tu appelée comme ça ?

— Il y avait des colombes, en ville. Elles faisaient leurs nids dans nos immeubles. Elles étaient petites et semblaient fragiles, avec leurs fines ailes grises… Mais elles étaient capables de voler tellement haut qu'aucun ennemi ne pouvait les attraper !

— Même pas les loups, chuchotai-je.

Je compris la comparaison. Comme la colombe, je paraissais faible, mais j'étais capable de me défendre. J'étais flattée d'être assimilée à une créature si gracieuse, et décidai donc d'adopter ce surnom.

///

On accueillit le dégel avec soulagement. La maison nous avait bien servi, mais elle devenait trop petite pour nous quatre. Étouffante, presque. Le temps passé ici m'avait donné l'occasion d'apprendre de nouveaux mots. Del, Tegan et Bandit avaient été patients avec moi, et je leur en étais reconnaissante. Grâce à eux, j'étais presque capable d'identifier tout ce que je voyais. En plus, notre pause m'avait permis de m'habituer au soleil. Désormais, je me sentais prête à l'affronter.

Le matin de notre départ, je pris le temps de dire au revoir à notre abri. Nous l'avions rendu habitable et confortable, mais nous n'allions pas vivre ici toute notre vie. Il était temps de partir, tant que le ciel nous le permettait.

Dehors, le sol était trempé, et tout paraissait neuf et propre. Il faisait toujours froid, mais mes vêtements me protégeaient suffisamment. On quitta les lieux de bon matin et on reprit notre route le long du fleuve. L'eau avait une teinte argentée, et je contemplai les beaux arbres qui l'entouraient.

Les choses se présentaient plutôt bien. Tegan avait dit que nous pourrions nous nourrir de certaines plantes, et nous voyions des poissons, toujours vivants, qui faisaient des ronds dans l'eau.

Lors du sixième jour de marche, on aperçut un énorme groupement d'arbres, au loin. Une *forêt* ! Je fus surprise car, jusqu'à ce jour, les seuls arbres que j'avais vus étaient éparpillés par-ci par-là. Ici, ils étaient nombreux et serrés les uns contre les autres.

On se rapprocha jusqu'à leur faire face. Sous leurs ombres, le sol était couvert de branches mortes et de feuilles. Cela sentait très bon : un mélange de terre et d'herbe.

Le chant des oiseaux de la forêt était envoûtant, et des battements d'ailes bleu et rouge coloraient le haut des arbres. Je levai la tête et attendis qu'ils s'envolent jusqu'au ciel, mais ils se contentèrent de sautiller de branche en branche. Le bruit du fleuve était aussi accompagné de grognements d'animaux et de bruissements dans les feuilles… Je n'avais jamais rien entendu de si beau et de si paisible.

— Il doit y avoir des lapins dans le coin, remarqua Del.

— On pourrait s'arrêter pour chasser un peu ? proposai-je.

— Tout à fait, dit-il. Séparons-nous. On se retrouve ici quand on a fini. Viens, Tegan.

Elle me regarda, l'air désolé, tout en le suivant. C'était presque devenu normal. Depuis plusieurs jours, lorsqu'on se séparait, Del choisissait Tegan au lieu de moi. Au départ, je pensais que c'était parce qu'elle ne voulait pas se retrouver seule avec Bandit mais, depuis, les choses avaient changé.

— Allons chercher de la viande, colombe.

Je suivis Bandit et m'engouffrai dans la végétation. Une fraîcheur délicieuse recouvrit ma peau. Le bruit et la lumière semblaient étouffés, filtrés par les arbres. En temps normal, j'étais très discrète. Ici, je faisais craquer les branches sous mes pas.

Tout en avançant, Bandit posa les pièges que nous avions fabriqués pendant notre pause, puis on s'en éloigna pour ne pas faire peur aux lapins. Chasser de la sorte ne me déplaisait pas, cela me rappelait nos patrouilles dans les tunnels.

Un peu plus loin, Bandit s'arrêta et me fit signe de me taire. Sans prévenir, il se jeta sur moi, me plaqua contre un arbre et posa sa bouche contre la mienne. Ce n'était pas comme avec Del. C'était… sauvage ! Ses lèvres bougeaient dans tous les sens, et il se collait trop contre moi. Je le repoussai de toutes mes forces.

— Mais… Je pensais que tu en avais envie ! dit-il, haletant.

— Qu'est-ce qui t'a mis cette idée dans la tête ? m'écriai-je.

— Tu m'as appris à lire ! Et on a passé tout ce temps à s'entraîner ensemble… Je croyais que tu avais compris que c'était une excuse pour être avec toi !

Je repensai à tous ces moments où il s'était tenu derrière moi, sa tête contre la mienne, les mains sur mon corps… et je compris. Mais, pour moi, ce n'était qu'un entraînement ! Rien de plus ! Quand je pensais à Bandit, j'admirai sa rapidité au combat et le pouvoir de ses cicatrices, mais je ne voyais rien d'autre. Cela ne m'était même pas venu à l'idée. C'était un ami, comme Tegan. Mais pas comme Del… Personne ne serait jamais comme Del.

— Pourquoi moi ? m'exclamai-je. Pourquoi pas Tegan ?

— Je pense que Del la veut pour lui, dit-il en haussant les épaules.

C'était comme prendre un coup de poing en pleine figure. Était-ce pour ça qu'il l'emmenait avec lui aussi souvent ? Il ne faisait peut-être pas que la protéger contre Bandit…

— Et même si je me trompe, reprit-il, elle ne m'intéresse pas vraiment. Elle ne sert à rien. Toi, c'est différent. Tu es comme moi.

— Une Chasseuse, tu veux dire ?

— Oui. Tu es forte.

C'est ce que racontaient mes cicatrices, en tout cas. Comme toute Chasseuse qui se respecte, je portais celles de mon baptême mais aussi celles des batailles auxquelles j'avais survécu. Mais étais-je aussi forte qu'il le disait ?

Hésitante, j'effleurai son visage avec mes doigts. Depuis le tout premier jour, ses cicatrices m'intriguaient. Vu la texture de sa peau, les plaies n'avaient pas été cautérisées. Bandit les avait laissées guérir toutes seules. Ça, c'était une preuve de courage.

Il ferma les yeux.

— Je n'ai jamais laissé personne me toucher comme ça, murmura-t-il.

— Pourquoi ?

— Ce serait une preuve de faiblesse.

Décidément... Nous avions grandi dans deux mondes différents, mais nous partagions la même vision des choses. Pour être pris au sérieux, il ne fallait pas montrer sa fragilité aux autres.

J'enlevai ma main de son visage. Il s'en empara et m'attira vers lui... Puis il me souleva et fit courir sa bouche le long de mon cou. Je frissonnai de plaisir mais, choquée par la sensation, je le repoussai à nouveau. J'aurais pu lui donner un coup de pied pour le remettre à sa place. Au lieu de cela, je le regardai dans les yeux. Leur froideur s'en était allée. Tout à coup, ils brillaient comme le soleil sur la neige. Pendant une fraction de seconde, je vis Del à sa place. Del en train de me sourire... Puis plus rien. Je ne comprenais rien à ce qui m'arrivait !

— On devrait...

— Vérifier les pièges, termina-t-il.

On retourna sur nos pas. J'étais complètement désorientée. Perdue et confuse.

On fit le tour des pièges. Je les ramassai machinalement, et il les rangea dans son sac. Nous n'avions attrapé qu'un seul lapin, mais cela suffirait. Tegan et Del nous rejoignirent avec quelques animaux en plus.

— Alors ? demanda Del.

Je rougis instantanément, comme s'il était au courant de ce qui venait de se passer. Mais peut-être avait-il fait la même chose avec Tegan ? Peut-être que ses joues n'étaient pas roses qu'à cause du froid ? Je les imaginai collés l'un à l'autre à l'ombre des arbres, en train de se murmurer des secrets à l'oreille. Je n'en voulais pas à Tegan, mais l'image me rendit profondément malheureuse. Comme si j'avais perdu quelque chose sans savoir ce que c'était vraiment.

LE CAUCHEMAR

Deux semaines après avoir quitté notre petit abri, on découvrit quelque chose de pire, bien pire que la ville.

C'est l'odeur que l'on remarqua en premier. Le fleuve formait une courbe et, lorsqu'on la dépassa, j'aperçus la source de la puanteur. Un chemin fait de pierres grises menait à un regroupement de ruines. L'endroit était dévasté, quasiment aucune des maisons ne tenait debout.

Et cela sentait le Monstre à plein nez. C'était le premier signe de vie que nous croisions depuis notre départ. D'ailleurs, je commençais à me demander si nous étions les derniers survivants au monde... L'idée était effrayante, mais le spectacle qui avait lieu devant nous l'était encore plus.

Il faisait presque nuit, mais je les voyais errer dans les ruines. C'était leur territoire.

— Ne passons pas par là-bas, décidai-je.

— Tu les sens, toi aussi ? demanda Del.

— On les sent tous, murmura Tegan. C'est dégoûtant.

— On ferait mieux de couper par l'est, suggéra Bandit.

— Ça nous force à faire un détour, dit Del. Mais c'est plus raisonnable.

Même si cela nous éloignait du fleuve, il y avait peut-être moyen de le retrouver une fois que nous aurions dépassé les Monstres. Un autre chemin, envahi par la végétation, menait vers l'est. Il avait été fabriqué avec le même type de pierre que les autres, mais le temps et la pluie avaient eu raison de lui.

Si ces ruines ne contenaient plus aucun humain, les Monstres devaient s'en prendre les uns aux autres. La frustration pouvait les rendre plus dangereux que ceux que nous avions rencontrés jusqu'ici. Ou bien étaient-ils en train de chasser, comme nous ? Je préférai ne pas pousser la comparaison plus loin : nous ne nous ressemblions pas, point.

— Je n'arrive pas à croire qu'il y en ait jusqu'ici, soupirai-je.

— Ils sont partout, dit Del, d'un air grave.

Peut-être aurions-nous mieux fait de rester dans notre petite maison. Là-bas, il n'y avait aucun Monstre, et nous avions de quoi manger. Mais nous voulions tous rejoindre l'endroit dont le père de Del avait parlé, un monde où la vie était meilleure… Même si je commençais à perdre espoir.

On arriva en haut d'une petite colline. De l'autre côté, on tomba nez à nez avec dix Monstres, tout aussi surpris que nous. Ils étaient aussi hideux que les autres, mais ils avaient l'air d'être en bien meilleure forme. Ils lâchèrent les animaux qu'ils tenaient dans les mains et se jetèrent sur nous en grognant d'excitation. Je dégainai mes couteaux.

— Mets-toi derrière nous, ordonnai-je à Tegan.

— Non ! Je me suis entraînée avec Del…

Elle avait déjà sorti la massue. Elle prit position, déterminée. Del ne se mit pas dans mon dos comme à son habitude. Bandit, lui, se tint de l'autre côté, les lames fixées sur ses mains. Les Monstres nous encerclèrent, persuadés que la bataille serait facile. Ceux-ci ne devaient pas avoir l'habitude de se battre contre leurs proies !

Ils attaquèrent d'abord avec leurs griffes, puis avec leurs dents. J'utilisai mes coudes pour bloquer les attaques, comme Bandit me l'avait appris. Je n'étais pas aussi rapide que lui, mais je parvins à éviter la plupart des coups et à protéger ma poitrine tout en attaquant. Pour en finir rapidement, il suffisait que chacun en tue deux, puis d'achever les derniers.

Près de moi, Tegan maniait la massue grossièrement, mais c'était efficace. Elle repoussait les Monstres vers moi, et je les frappai à l'arrivée. Leur sang nous éclaboussait, j'en avais plein les yeux. Je n'avais même pas le temps de vérifier si Del et Bandit allaient bien… Ces Monstres étaient bien plus coriaces que les autres !

Tue-les, murmura Soie dans ma tête. *Tue-les tous.*

Cela réveilla mon instinct de Chasseuse. J'enchaînai les coups avec finesse et rapidité. Ils étaient malins, je le voyais dans leurs yeux… Ils essayaient de comprendre mes tactiques et se jetaient sur moi pour tester mes réflexes. Mes couteaux, couverts de sang, brillaient à la lueur de la lune. J'étais comme possédée. Je sentais à peine mes blessures et n'avais aucune idée de leur gravité. Je continuai, en transe, jusqu'à ce que le dernier Monstre soit au sol. Del l'avait égorgé en un coup. Les derniers bruits d'agonie retentirent, puis s'arrêtèrent.

— Est-ce que tout le monde va bien ? balbutiai-je.

— Quelques griffures, répondit Bandit. Rien de grave.

Del essuya ses mains ensanglantées sur sa chemise :

— Je vais bien.

Je me retournai vers Tegan… et elle s'effondra sous mes yeux. Del la rattrapa avant qu'elle ne touche le sol et elle atterrit, complètement molle, dans ses bras. Elle avait les yeux écarquillés de terreur et le teint blafard.

— Où es-tu blessée ? lui demanda-t-il.

— À la jambe, répondis-je à sa place.

Son pantalon était arraché et laissait entrevoir une grosse entaille le long de sa cuisse.

Je découpai le bas de son pantalon en petites bandes et Del les attacha autour de la plaie. Cela calma le saignement, mais la blessure paraissait grave. Profonde. Je ne voyais pas comment cela pourrait guérir tout seul.

Tegan perdit connaissance à cause de la douleur, ou bien à la vue de son propre sang. J'avais déjà vu des gens réagir de la sorte.

— Partons d'ici, dit Bandit.

— Est-ce que tu peux la porter ? demandai-je à Del.

Cela fit ressurgir un mauvais souvenir. Je lui avais demandé la même chose pour le môme aveugle… Et cela avait mal fini.

— Oui, assura-t-il. Il faut trouver un endroit pour se reposer et soigner sa plaie.

Je pris les devants et restai aux aguets. Plus nous avancerions, moins les Monstres seraient nombreux. Du moins, c'est ce que j'espérais. Nous ne trouverions pas un abri sûr avant quelque temps, et ils devaient être partout autour de nous. Une seule chose me rassurait : je les sentirais avant de les voir.

On marcha toute la nuit. Del et Bandit prirent Tegan sur leur dos à tour de rôle. Lorsqu'elle se réveilla, elle demanda à marcher. On refusa. Je n'avais pas été aussi épuisée depuis un bon bout de temps, alors je n'aidai même pas à la porter. Vivre Au-Dessus m'avait rendue faible. Je repensai à notre périple jusqu'à Nassau : j'y avais survécu, malgré les difficultés et l'épuisement ! Cela me redonna du courage.

— Est-ce que vous voulez que je porte Tegan, un petit peu ?

— Non, répondit Del. On a besoin de tes yeux. Est-ce qu'on est assez loin pour faire une pause ?

Je reniflai l'air. Je ne sentis que l'odeur des arbres et des feuilles, mêlée à celle du musc d'un animal qui avait dû marquer un tronc. Je sentais aussi le sang de Tegan, ce qui voulait dire que les Monstres pourraient la détecter. Mon réflexe de Chasseuse fut de songer à l'abandonner... Après tout, elle nous ralentissait et attirait le danger vers nous ! Mais je fis taire cette voix qui ne me ressemblait plus.

— Il vaut mieux continuer à avancer jusqu'à l'aube, suggéra Bandit.

Tegan gémit, et Del la prit des bras de Bandit. Je ne portais pas la montre et je n'avais plus aucun sens de l'orientation, alors je suivis le chemin tout en restant vigilante.

Tandis que le soleil commençait à se lever, je perçus leur odeur. Encore des Monstres. Leur relent de pourriture était porté par le vent. Je tournai dans tous les sens jusqu'à les apercevoir, juste derrière nous. Ils nous avaient suivis ! C'était de pire en pire... Je me retins d'exploser de rage et de peur, et fis mon rapport de manière professionnelle :

— Mettez Tegan à l'abri. Et préparez-vous au combat.

Del l'allongea derrière des arbres.

— Ne bouge pas, d'accord ? lui dit-il. Je vais faire en sorte qu'ils ne s'approchent pas de toi.

Elle acquiesça et se colla au sol, immobile. Est-ce qu'elle faisait la morte ? Peut-être que cela suffirait si nous parvenions à les garder concentrés sur nous. Cette fois-ci, ils étaient douze, et nous n'étions plus que trois. Tegan n'était pas douée au combat mais, la fois d'avant, elle nous avait rendu service en faisant diversion avec la massue.

— Quatre chacun, ordonna Del.

Je pris position, malgré l'épuisement. J'aurais pu me servir de la massue, vu que Tegan n'en avait pas besoin, mais je n'avais pas assez d'énergie pour la manier. Nous avions beaucoup moins de chances de les vaincre, cette fois-ci. Les conséquences pouvaient être dramatiques.

Les Monstres chargèrent. Je n'étais pas persuadée de survivre à ce combat, mais je pensai à Soie, et cela me donna du courage. J'en frappai un au ventre. Ses entrailles se déversèrent et il tomba au sol. Je bloquai un coup et évitai une morsure. Ces Monstres étaient furieux, je le voyais dans leurs yeux sanglants.

Une griffe se planta dans mon ventre. La douleur me prit de court mais, avant que le Monstre ne s'enfonce davantage, je lui plantai le couteau dans la main. Il l'ôta brusquement, et cela élargit la blessure. *Ça aurait pu être pire*, me rassurai-je. *Mes organes sont toujours en place.* J'ignorai la douleur et plantai mon couteau dans sa poitrine. Le Monstre s'écroula et deux autres se jetèrent sur moi.

À bout de forces, je glissai sur le sang et les boyaux. Ils m'attaquèrent des deux côtés. Je les frappai en même temps, mes couteaux les coupant de haut en bas. Bandit m'avait appris cette tactique... Nos entraînements venaient de me sauver la vie ! Je me retournai pour voir où en étaient les autres. Ils étaient en train d'achever le dernier Monstre. J'admirai la noirceur de Del et l'éclat des cheveux de Bandit. À la fois violents et majestueux, ils se complétaient parfaitement... comme la lune et le ciel noir.

Quand ils en eurent fini, on se dirigea vers la cachette de Tegan. Elle se releva, le visage tendu par la douleur.

— On a réussi ? murmura-t-elle.

— Oui, confia Del. Je pense que c'est le seul groupe à nous avoir suivis.

Moi, je n'en étais pas persuadée. Mais Tegan avait besoin d'être rassurée, c'est pourquoi je laissai Del lui mentir.

Le ciel s'éclaircissait. Je fouillai dans mon sac avec mes mains tremblantes, et remis mes lunettes sur le nez. Peut-être que ma vue de jour ne s'améliorerait jamais ? Si c'était le cas, je compenserais avec mes autres sens. Je posai une main sur ma blessure, en espérant que ce n'était pas aussi grave que cela en avait l'air. Je repensai au Loup que Bandit avait achevé sur les marches de la bibliothèque… Je ne voulais pas d'une mort rapide et charitable ! Et, surtout, je ne voulais pas penser à quel point cela serait facile pour Bandit d'abréger mes souffrances.

Bandit prit les devants et Del mit Tegan sur son dos. Je les suivis en chancelant. Il était hors de question de dormir ici, sinon des Monstres nous attaqueraient dans notre sommeil. Il fallait avancer, le plus vite possible, sur ce chemin poussiéreux hanté par le silence. Les champs environnants étaient vides. De temps en temps, un arbre solitaire brisait la platitude du paysage. L'herbe était couverte de rosée. Tout était vert et luxuriant. Tout était beau…

C'était peut-être le dernier matin de ma vie.

Mais j'avançais. Un pas après l'autre.

LE DÉSESPOIR

Bandit trouva un endroit abrité par une petite pente rocheuse surplombant un ravin. Malgré le bandage, Tegan avait à nouveau perdu connaissance. Elle avait le teint blême et la transpiration faisait briller sa peau. J'inspectai sa blessure : le tissu était trempé. Il fallait absolument stopper le saignement, sinon, elle ne survivrait pas longtemps. À l'enclave, Scie aurait recousu la plaie avec une aiguille et du fil, mais nous ne possédions ni l'un ni l'autre. Il ne restait plus qu'une seule chose à faire…

— Va chercher du bois, dis-je à Bandit. Et prépare un feu.

Il était aussi épuisé que moi, mais il fit ce que je lui avais demandé. Il ramassa des herbes sèches, des feuilles et des branches mortes. Cela ne suffit pas, alors il repartit en couper quelques-unes à même l'arbre. Cela ferait fumer le feu, mais nous n'avions pas le choix.

Del était assis, en silence, la tête de Tegan posée sur ses genoux. En vrai Chasseur, il était toujours là pour protéger les plus fragiles. Peut-être était-ce justement la faiblesse de Tegan qui l'attirait ? Bandit avait raison, elle avait tout d'une Génitrice. Mais je ne voyais plus ce rôle comme avant : c'était grâce à eux que le monde continuait d'exister.

Je nettoyai un de mes couteaux du mieux que je pus. Les flammes feraient le reste.

— Est-ce que tu penses que ça va marcher ? demanda Del.

Bien entendu, il comprenait ce que je préparais.

— Aucune idée. Mais si on ne ferme pas la plaie…

— Je sais.

Bandit revint, les bras chargés de branches. On lança le feu en utilisant les feuilles mortes et les brindilles en premier, puis on ajouta les branches vertes. Il mit du temps à prendre, mais on parvint à le maintenir en l'alimentant sans arrêt.

J'enlevai les bandages de la cuisse de Tegan. Il ne nous restait plus beaucoup d'eau depuis que nous ne suivions plus le fleuve, mais j'en utilisai un peu pour nettoyer sa blessure. J'avais besoin de voir à quoi ressemblait vraiment la plaie… Et ce que je vis ne me plut pas du tout. L'entaille était très profonde, et la peau en lambeaux. Si elle survivait, Tegan deviendrait peut-être infirme. Elle boiterait encore plus qu'Œillet. Je me rinçai les mains et les recouvris du baume de Bannière. J'en appliquai grossièrement sur la plaie, puis plongeai la lame de mon couteau dans les flammes. Je la tins au-dessus jusqu'à ce qu'elle se teinte de rouge. Bandit m'observait sans un mot.

— Est-ce que tu veux que je lui couvre la bouche ? demanda Del.

J'acceptai sa proposition. Même évanouie, Tegan risquait de crier.

Je sortis le couteau du feu. D'une main, je resserrai l'entaille. De l'autre, je posai la lame brûlante sur la plaie…

Tegan hurla de douleur. Del lui posa la main sur la bouche. Elle le mordit et se débattit, mais je refusai d'arrêter. Il fallait aller jusqu'au bout. J'ôtai enfin le couteau de sa cuisse et le tendit à nouveau au-dessus du feu, pour le purifier. J'essayai de ne pas imaginer le pire. La blessure pouvait encore s'infecter et sa jambe risquait de gonfler. J'espérai qu'elle n'attrape pas la fièvre : dans les tunnels, je n'avais jamais vu personne y survivre.

Mes mains tremblaient. Je fermai les yeux un bon moment, et posai la tête contre le mur de pierre derrière moi.

— Tu as fait de ton mieux, murmura Del, tendrement. On ne peut rien faire de plus.

Bandit, lui, était prêt à abandonner Tegan. Je le voyais bien. Il aurait réagi pareil avec le môme aveugle. J'admirai certaines de ses forces, mais plus celle-là. Tegan était mon amie et, même si elle devenait un obstacle entre Del et moi, ce n'était pas sa faute.

— À mon tour, déclarai-je.

Je soulevai ma chemise. Lorsqu'il découvrit ma blessure, Del n'en crut pas ses yeux. Vu son expression et celle de Bandit, ça ne devait pas être joli à voir… Il fallait absolument fermer la plaie, sinon, je risquais gros. Tout comme Tegan.

— Je m'en occupe, déclara Bandit.

Il plongea le couteau dans les braises et copia mes gestes, les uns après les autres : il nettoya la plaie puis appliqua le baume. La chair était à vif. Cela me brûla comme jamais, mais cela me prépara pour la suite. Je fermai les yeux, serrai les dents et lui dis :

— Vas-y ! Et ne me préviens pas.

Au contact de la lame, j'eus l'impression que ma peau se calcinait jusqu'à l'os. La douleur était insupportable ! Je mordis mes lèvres jusqu'au sang et me retins de hurler à la mort. *Ne leur montre pas ta faiblesse*, ordonna Soie. *Tu étais la meilleure, Trèfle. N'oublie jamais ça.*

J'avais dû m'évanouir. J'étais en train de rêver... Soie ne faisait jamais de compliments !

Lorsque j'ouvris les yeux, j'étais ailleurs. Bandit, Del et Tegan avaient disparu. Il n'y avait plus de feu. Tout était en noir et blanc, comme certaines images que j'avais vues à la bibliothèque. Est-ce que j'étais... morte ?

Soie apparut devant moi.

— Ne t'inquiète pas, me dit-elle. Tu es bien vivante.

Elle avait toujours su déchiffrer mes expressions ! Je lui souris. Cela me fit plaisir de la voir, même si cela voulait dire que j'étais devenue cinglée. Elle n'avait pas changé : petite, confiante et autoritaire.

— C'est moi qui suis morte, Trèfle.

Elle aurait pu me mettre un coup de poing dans le ventre, cela aurait eu le même effet. Est-ce qu'elle disait la vérité ? Est-ce que l'enclave avait disparu ? Si c'était le cas, j'étais seule au monde. Je pensai à Œillet, Sable,

Fille26 et Twist. Je voulais me souvenir de tous ces gens ! Et tous ceux que je ne connaissais qu'à moitié… Tous ces gens…

— Est-ce que les Fouisseurs ont survécu ? murmurai-je.

— Je ne sais pas. Mais tu es la dernière représentante de notre peuple, Trèfle. Tu es la seule à pouvoir transmettre notre histoire.

— Il y a Del, aussi.

— Non. Il n'a jamais été des nôtres.

— Il trouvera sa place, un jour.

Elle ignora ma réponse. Elle avait le visage dur, solennel.

— Je suis venue te dire au revoir, continua-t-elle. Et te prévenir de ne pas laisser le feu s'éteindre.

— Qu'est-ce que ça veut dire ?

— Ne laisse pas le feu s'éteindre, chuchota-t-elle.

Elle disparut d'un coup, et je me jetai sur elle pour la rattraper. J'avais d'autres questions à lui poser ! Mais j'étais dans les bras de Del. Soie n'était plus là. Pendant une minute, les deux réalités s'entrechoquèrent. Celle en noir et blanc, et celle ensoleillée. Puis le rêve s'envola…

J'étais la dernière Chasseuse.

— L'enclave n'existe plus, balbutiai-je.

— Tu avais perdu connaissance, m'informa Bandit. Mais ça va aller. Tu es courageuse, petite colombe.

— Laisse-la tranquille, s'écria Del. Et arrête de l'appeler comme ça !

Je sentais la tension dans son corps tout entier. Il me tenait dans ses bras et me berçait doucement. Il avait dû paniquer lorsque je m'étais évanouie. J'avais honte de ma fragilité.

— Trèfle est assez grande pour décider toute seule, grogna Bandit.

Est-ce qu'ils allaient se battre, maintenant ? Il ne manquait plus que ça ! Je m'échappai des bras de Del, et le mouvement me donna envie de vomir. Leur colère fut alors remplacée par de l'inquiétude. Je préférais ça.

Je décidai de ne pas leur raconter mon rêve. Ils ne me croiraient pas, de toute manière.

— Comment va Tegan ? demandai-je.

— Pas de changement depuis tout à l'heure, répondit Del. Tu n'as pas dormi longtemps.

Je soupirai de soulagement. Peu à peu, je m'assis, le dos contre le rocher. Mon ventre brûlait, mais je le supporterais. Il le fallait !

— Il faut entretenir le feu, dis-je à Bandit. Va chercher du bois.

— Je vais chasser quelques oiseaux pour le repas, annonça Del.

Il était capable d'assommer les oiseaux avec des cailloux. Il l'avait fait plusieurs fois durant le voyage, c'était très impressionnant à voir. Une fois l'oiseau sonné par le choc, Del lui brisait le cou.

La journée avait été longue, et je n'avais pas envie de manger. Je voulais juste dormir. Mais il fallait que je surveille Tegan même si, vu mon état, je ne lui serais pas d'une grande aide.

Je gardai mes couteaux à portée de main. Je n'étais pas capable de me lever mais, si quelqu'un nous attaquait, je ferais en sorte de couper le muscle à l'arrière de ses genoux pour le faire tomber à mon niveau.

Plus le temps passait, plus j'avais la tête qui tournait. Bandit revint le premier et raviva le feu. J'attrapai son bras avec le peu de force qu'il me restait.

— Ne le laisse pas s'éteindre, ordonnai-je. Promets-le-moi.

— Je vais faire attention.

— Non ! criai-je. Promets-moi que tu ne le laisseras pas s'éteindre !

Il pensait que la douleur me faisait délirer.

— Je te le promets, Trèfle. Je retournerai chercher du bois dès qu'il le faudra.

Cela me suffit. Je sombrai dans un sommeil obscur et profond comme le fleuve.

À mon réveil, il faisait nuit et frais. Heureusement que le feu était là pour nous réchauffer. Tegan dormait encore mais elle se débattait, rongée par la fièvre. Moi, je ne me sentais pas mieux. Une odeur de viande grillée me remonta un peu le moral.

— Est-ce que ça va ? s'inquiéta Del.

Il me passa la bouteille d'eau. Vu qu'il ne restait quasiment rien, je n'en bus qu'une seule gorgée. Nous ne savions pas quand nous tomberions à nouveau sur de l'eau potable.

— Est-ce que tu as faim ? demanda Bandit.

Il me coupa un morceau de viande et me le fit passer, posé sur la lame de son couteau. Je le dévorai en quelques secondes. J'étais affamée, mais je voyais bien qu'il n'y avait pas grand-chose à se partager.

— Est-ce que Tegan s'est réveillée ?

— Non, dit Del. Pas une seule fois. Elle n'arrête pas d'appeler sa mère.

— Bon, il faut qu'on bouge d'ici, déclara Bandit.

Il se mit à jeter de la terre sur le feu pour l'éteindre.

— Non ! m'écriai-je.

J'essayai de me lever et retombai aussitôt, surprise par la douleur. Nauséeuse, je posai la main sur mon ventre… Mais je me retins de vomir ce que je venais d'avaler, il fallait que je garde des forces.

— Tu veux rester ici toute la nuit ? demanda Del.

Toute la nuit, toute la vie, je n'en savais rien ! Je ne pouvais pas leur expliquer. Soie m'avait fait passer un message important : il ne fallait pas laisser le feu s'éteindre. Pour moi, si nous repartions, nous allions mourir. Et personne n'entendrait jamais notre histoire…

— Oui, répondis-je. Passons la nuit ici. Tegan ira peut-être mieux demain matin.

Hélas, ce ne fut pas le cas.

À l'aube, Tegan était aussi brûlante que les flammes. Je la rafraîchis avec l'eau qu'il nous restait et la forçai à en boire. Elle gigotait dans tous les sens, gémissait et pleurait. Elle versa une telle quantité de larmes qu'à un moment donné, elles s'arrêtèrent de couler.

Je croisai le regard de Bandit, et le sien en disait long. *On pourrait lui épargner tout ça. L'achever maintenant et reprendre notre route, avant qu'on ne soit trop faibles*… Si j'avais écouté mon instinct de Chasseuse, j'aurais accepté. Mais je ne me laissai pas abattre.

— Donnons-lui une chance, suggérai-je. Jusqu'à ce soir… En attendant, allez voir s'il y a de l'eau dans les environs. Et ramenez du bois !

— Tu es complètement obsédée par ce feu, s'étonna Bandit.

Il avait raison. C'était devenu une obsession. *Ne laisse pas le feu s'éteindre*. Je faisais confiance à Soie, et je refusais de la décevoir. Si le feu tenait le coup, on survivrait.

— Je retourne à la chasse, me confia Del.

Je le remerciai, même si la nourriture n'était pas ma priorité. L'eau et le bois, si.

Ils partirent chacun de leur côté. Je me mis à murmurer des choses dans l'oreille de Tegan : des histoires que les Géniteurs m'avaient racontées, des légendes que je me rappelais… Puis je lui lus son livre d'alphabet.

Parfois, elle se mettait à pleurer. Parfois, elle souriait. Un instant, elle essaya de se relever, les yeux ouverts mais le regard vide. Elle ne me voyait pas. Calmement, je repoussai les cheveux collés sur son front mais, à l'intérieur, je paniquais : Tegan allait mourir. J'allais la perdre avant même de lui avoir confié à quel point elle comptait pour moi !

— Ne meurs pas, l'implorai-je. Tu es ma seule amie…

Tegan était différente des autres, elle n'exigeait rien de personne. Elle était droite et honnête. Avec elle, je pouvais discuter pendant des heures…

Je compris alors ce que ressentait Del à l'égard de Bannière et de Pearl. Moi, je n'avais jamais perdu d'amis jusqu'à ce jour : je supposai que Sable et Œillet avaient péri avec le reste de l'enclave. Del avait raison, c'était insupportable ! J'aurais aimé retourner dans le passé et le réconforter dans ses moments de deuil. J'aurais mieux fait d'être là pour lui, au lieu de lui demander bêtement de s'endurcir.

— Ne pars pas, murmura Tegan.

— Je ne vais nulle part, la rassurai-je. Je reste avec toi.

— Je n'aime pas quand tu me laisses, maman.

Elle saisit mon bras avec ses mains tremblantes, mais elle voyait quelqu'un d'autre à ma place. J'imaginai la peur de Tegan lorsque sa mère la laissait seule, pour aller chercher de la nourriture… À l'enclave, je ne m'étais jamais retrouvée toute seule.

Les garçons mirent plus de temps à revenir que d'habitude. Tegan se tut enfin, mais ce n'était pas bon signe. Elle avait dépensé toute son énergie en se battant contre la douleur, et elle était en train de lâcher prise.

Del nous rejoignit en premier avec plusieurs oiseaux et un lapin dans les mains. Il avait aussi trouvé de l'eau dans une mare. On la fit bouillir dans le pot que nous avions gardé depuis notre séjour dans la maison.

L'eau était un peu boueuse, mais nous ne ferions pas les difficiles : la chaleur tuerait les bactéries, c'était le principal. Les lèvres de Tegan étaient sèches et craquelées. Je versai de l'eau tiède dans sa bouche, tout en sachant que cela ne lui ferait du bien que temporairement. J'inspectai sa blessure. Elle avait commencé à gonfler.

Del, attristé par la nouvelle, s'occupa l'esprit en vidant les oiseaux et le lapin. Il laissa les entrailles loin de nous, pour ne pas attirer de charognards.

Bandit nous rejoignit longtemps après, avec le bois. Il avait dû aller plus loin que d'habitude.

— J'ai inspecté les environs, confirma-t-il. Ça m'a l'air assez calme.

— Tant mieux, soupirai-je.

Il s'assit à côté de moi et posa sa main sur mon front.

— Tu es brûlante, colombe. Est-ce que tu as bu, aujourd'hui ?

— Non. Je gardais l'eau pour Tegan.

— Pourquoi ? demanda-t-il, outré. Elle ne va pas mieux… Toi, si !

Del me donna une bouteille remplie avec la nouvelle eau. Je bus très lentement. Ma gorge était complètement sèche et, en effet, j'avais particulièrement chaud. Pour me rassurer, je remis la faute sur le feu, pas sur la fièvre.

— J'ai gardé l'eau pour Tegan parce qu'elle fait partie de notre équipe, expliquai-je. Et parce que j'en ai marre d'abandonner les gens et de les voir mourir…

— Accepter l'inévitable, ce n'est pas abandonner.

— Si, coupa Del.

— Mais Tegan ne peut même pas marcher ! s'énerva Bandit. Cette fois-ci, je vous préviens, je refuse de la porter…

— Je m'en chargerai, conclut Del.

Bandit voulait partir après avoir mangé. Mais on devait rester là. Je le savais. Il fallait entretenir le feu. Ne pas le laisser s'éteindre. Peut-être était-ce la fièvre qui me rendait folle ? Peut-être avais-je inventé Soie de toutes pièces ?

Mais je ne céderais pas au désespoir. Je voulais y croire ! Pour Tegan. Pour nous tous. Je refusai de penser qu'elle allait mourir, qu'il n'existait pas de monde meilleur… Il y avait bien autre chose, sur cette Terre, que des Monstres et des paysages désolés ? Je me rendis compte que des larmes dévalaient mon visage.

— Le monde entier est comme le rasoir de Chrome ! m'écriai-je. Il nous coupe et nous recoupe, et on saigne sans cesse, sans aucune raison !

Une Chasseuse ne doit pas perdre son sang-froid, pensai-je. Cette fois, c'était bien ma voix qui le disait, pas celle de Soie. Elle était partie… Elle m'avait dit au revoir, mon peuple avait disparu et, moi, je n'étais plus une Chasseuse. Je n'étais rien du tout. Rien !

J'ai fait ce que tu m'as demandé, lui dis-je dans ma tête. *Ce n'est pas juste ! Je n'ai pas laissé le feu s'éteindre.*

Je me mis à sangloter comme une môme. Del donna sa pique de viande à Bandit et vint s'asseoir à mes côtés. Il passa son bras par-dessus mon épaule et posa sa tête contre la mienne, comme il l'avait fait il y avait si longtemps, dans les tunnels.

— On va s'en sortir, promit-il.

— Vraiment ? hoquetai-je. Et comment ?

C'est à ce moment-là, au moment même où l'espoir me désertait, qu'une voix inconnue surgit des ténèbres :

— Hé ! Qui va là ? J'ai vu votre fumée ! Si vous êtes des gens sympas, répondez-moi ! Sinon, je m'en vais…

Quelqu'un nous avait trouvés.

Sauvés. Nous étions sauvés !

Je regardai notre colonne de fumée se mêler au ciel noir, et un sourire remplaça mes larmes.

Merci, Soie.

SAUVÉS

J'oubliai ma douleur et me levai d'un coup. La voix venait d'au-dessus de nous. D'abord, je ne vis rien. J'espérai que la fièvre ne me jouait pas des tours... Je n'avais quand même pas inventé ça ? Puis une ombre floue prit la forme d'un homme. Il était bien là, devant moi ! Dans une main, il tenait une lampe comme celle que nous avions utilisée dans les tunnels. L'étranger nous étudia. Il avait l'air aussi surpris que nous.

— Vous êtes tous jeunes ! s'exclama-t-il. Qu'est-ce que vous fabriquez ici ?

— On s'est perdus, répondis-je. Et notre amie est blessée.

Il se pencha pour vérifier mes dires, et aperçut Tegan.

— Alors suivez-moi, dit-il. C'est trop dangereux, par ici.

Non sans difficulté, j'escaladai la pente rocheuse qui nous séparait de lui. Le flanc de la colline était raide, on l'avait choisi pour ça. L'homme me tendit la main. Il était plus grand que Del, et il était vieux. *Très* vieux. Je n'avais jamais vu quelqu'un d'aussi vieux que lui ! Il avait les épaules courbées, les cheveux argentés, et il portait quelque chose sur la tête.

— Vous êtes très loin de la route principale, remarqua-t-il. Vous venez d'Appleton ?

J'étais tellement choquée par son apparence que je ne parvins pas à formuler une réponse. Je pressai ma blessure d'une main et gardai un couteau dans l'autre, au cas où. Bandit nous rejoignit et répondit à ma place :

— On vient de la ville, dit-il.

— Tu te moques de moi ? s'écria l'homme. Plus personne ne vit dans les villes !

Il avait parlé avec la même conviction que les Aînés. Il croyait tout savoir mais, comme eux, il avait tort : son peuple ignorait l'existence du nôtre.

— Tegan se porte très mal, l'informai-je. Elle est blessée à la cuisse. La plaie est profonde.

— Vous avez croisé des Mutants, j'imagine. Il y en a beaucoup, par ici. Moi, je ne me déplace jamais sans Mémère !

Il nous montra un objet long et noir. Je supposai que c'était une arme.

— Je m'appelle Karl, reprit-il. Mais tout le monde m'appelle Veinard.

— Pourquoi ? demanda Bandit.

— Parce qu'à chaque fois que je quitte la maison pour faire commerce avec nos voisins, je risque ma peau. Et je reviens toujours en un seul morceau ! J'ai toujours eu de la chance. Je fais ça depuis vingt ans.

C'était impossible. Sous terre et dans les ruines, les gens ne vivaient pas aussi longtemps.

— Quel âge as-tu ?

Je savais que ma question semblerait impolie, mais elle était cruciale. Le simple fait que cet homme se tienne devant moi était en train de briser l'image que je m'étais faite du monde entier.

— J'ai quarante-deux ans.

Incroyable... Il devait vivre dans un endroit bien meilleur que le nôtre ! C'était la seule explication. Je voulais faire partie de ce monde, moi aussi ! Peut-être n'était-ce pas trop tard pour nous, malgré notre passé difficile ? Peut-être pourrions-nous vivre longtemps, comme lui ?

— Essayons de sortir votre amie de là, déclara Veinard. Je n'aime pas laisser mes ânes seuls trop longtemps.

Del prit Tegan dans ses bras, aidé par Bandit. Moi, je les attendis en haut. Le simple fait d'avoir grimpé la pente m'avait épuisée. Ils regroupèrent nos affaires, éteignirent le feu et escaladèrent à leur tour. Lorsque le vieil homme posa les yeux sur Tegan, il recula d'horreur :

— Elle a de la fièvre ! paniqua-t-il. Est-ce qu'elle est malade ? Est-ce que c'est contagieux ?

— Non ! le rassurai-je. Elle a de la fièvre à cause de la blessure, c'est tout. Je vais vous montrer.

Je soulevai délicatement la jambe de Tegan pour qu'il puisse vérifier par lui-même.

— Dis-donc, vous avez fait du beau boulot avec pas grand-chose ! s'exclama-t-il. C'était courageux de votre part. Mais sa blessure est loin d'être guérie, et on est à un jour de marche de Salvation... Allons-y ! Ma charrette est là-bas.

On le suivit jusqu'à la route. J'étais plus lente que les autres, et le moindre mouvement était douloureux. On arriva enfin devant sa *charrette*. J'en avais déjà vu des plus petites, rouillées et rouges… Mais la sienne était gigantesque, et tirée par deux animaux. Ses *ânes*, supposai-je. Ils n'avaient pas l'air méchant.

— Le chariot est rempli des provisions que je vends, alors il va falloir vous serrer à l'arrière. L'un de vous peut s'asseoir devant, avec moi.

— Je monte avec vous, dit Bandit.

Le vieil homme ne mentait pas : il n'y avait pas beaucoup de place pour nous. Je grimpai en premier et me retins de grogner de douleur. Puis j'aidai Del et Tegan à s'installer. Il y avait des montagnes de sacs et de boîtes. Ce n'était pas l'endroit le plus confortable du monde, mais on s'y ferait.

— Vous êtes prêts ? cria Veinard.

— On est prêts, répondit Del.

— Yah !

Veinard tira sur les cordes accrochées aux ânes, et la charrette se mit à avancer. Tegan était allongée à moitié sur moi, à moitié sur Del. De temps en temps, je lui donnais à boire, mais elle était trop faible pour avaler. Je lui frottais la gorge pour faire couler l'eau jusqu'à son estomac.

Moi, la fièvre me mettait dans tous mes états. Un coup j'étais bouillonnante, un coup j'étais froide comme la neige. Je me blottis contre Del et essayai de faire le vide, de ne pas penser à l'avenir. Nous avions tout donné. Il ne nous restait plus qu'à attendre.

— Tu savais que quelqu'un viendrait, murmura Del. N'est-ce pas ?

— Oui, en quelque sorte…

— Comment ?

— C'est Soie qui me l'a dit.

Au point où j'en étais, il pouvait ne pas me croire, je m'en fichais. Il se tut, soit parce qu'il me pensait folle, soit parce qu'il essayait de comprendre. Je sombrai dans un sommeil hanté par des chuchotements. *Ne m'abandonne pas, Trèfle. J'ai besoin de toi. J'aimerais que ça redevienne comme avant… Avant que les autres ne nous rejoignent. Je n'ai jamais su comment te le dire, mais…* On aurait dit Del, mais je n'avais jamais entendu une telle émotion dans sa voix. Et est-ce qu'il venait vraiment de me dire…

Je t'aime ?

Non, j'étais en train de rêver…

Je fus réveillée par la lumière du jour. J'avais mal partout et j'avais des fourmis dans les jambes, là où le corps de Tegan avait appuyé.

Tegan ! Je me relevai brusquement, en panique, pour vérifier si elle avait survécu à la nuit. Del me retint dans mon élan.

— Elle s'accroche, me dit-il. Ne t'inquiète pas.

— Est-ce qu'on est bientôt arrivés ?

— Je pense, oui.

— Del, est-ce que tu pourrais me rendre un service ?

— Si c'est dans mes cordes, répondit-il.

Il souriait presque.

— Est-ce que tu peux me lire la fin du livre ? murmurai-je.

Il ne me demanda pas pourquoi. Il sortit le livre de son sac, l'ouvrit, et reprit là où il s'était arrêté :

Ils se marièrent le jour même. Et le lendemain ils allèrent se présenter devant le Roi et lui racontèrent toute l'histoire. Mais qui trouvèrent-ils à la Cour, sinon le père et la mère de Photogène ? Aurore faillit mourir de joie et leur conta comment Watho avait menti en lui faisant croire que son enfant était mort.

Du père et de la mère de Nyctéris, personne ne savait rien. Mais Aurore reconnut dans la ravissante jeune femme ses propres yeux d'azur. Les deux mères qui avaient habité ensemble, mais sans se voir ni se connaître, dans le château de Watho avaient échangé leurs yeux à leur insu dans la personne de leurs enfants.

Le roi donna au jeune couple le domaine de la sorcière, et ils vécurent là de nombreuses années, qui furent trop heureuses pour leur paraître longues. Ils s'enseignèrent l'un à l'autre bien des choses, et d'abord à n'avoir peur ni de la nuit ni du jour. Bientôt Nyctéris en vint même à préférer le jour, où rayonnait le mieux Photogène, et Photogène, lui, en vint à préférer la nuit, où s'épanouissait Nyctéris.

Certains mots me parurent étranges, mais ils me remplirent d'espoir. C'était exactement la fin que j'attendais.

Le garçon du jour avait épousé la fille de la nuit ! Leur victoire me redonna foi en la vie.

La charrette s'arrêta brusquement.

— On est arrivés, nous informa Veinard.

Puis il cria :

— Caravane marchande ! Ouvrez-nous !

Je poussai Tegan délicatement pour voir où nous étions. J'en eus le souffle coupé : des murs en bois, très hauts, encerclaient une enclave terrestre. Des hommes se tenaient en haut d'une grande porte avec, dans leurs bras, les mêmes armes que celle de Veinard. De leur perchoir, ils nous inspectèrent, nous et le chariot. Certains d'entre eux étaient plus jeunes que Veinard, d'autres étaient un peu plus âgés que nous.

On était arrivés à Salvation.

Quelqu'un ouvrit la porte, et les ânes avancèrent. Les pauvres bêtes devaient être épuisées... Elles nous avaient tirés toute la nuit ! Je rangeai le livre dans mon sac et profitai de la vue.

Cet endroit était superbe. Les immeubles étaient tous neufs, construits avec du bois et de la terre. Certains étaient blancs, fraîchement peints. Et il y avait des gens... Des gens qui marchaient tranquillement dans les rues ! Ils n'étaient pas armés et paraissaient propres et bien nourris.

— Mon père avait raison ! s'exclama Del. C'est ici !

La charrette s'arrêta et je m'empressai d'en descendre, ne faisant plus attention à la douleur. J'avais moins de fièvre et les idées plus claires.

— Je vais vous emmener chez le Dr Tuttle, dit Veinard. Prenez la fille avec vous. Si elle a des chances de survie, il la remettra sur pied. Sinon, il l'aidera à libérer son âme.

Je n'avais jamais entendu le mot « âme », mais mon instinct le lia à la trace que Soie m'avait laissée, après que les Monstres l'avaient tuée…

— Merci, murmurai-je.

Del porta Tegan jusqu'au bout. Il devait avoir mal au dos, à force. Bandit s'arrêtait de temps en temps pour observer notre nouvel environnement. Les habitants, eux aussi, étaient intrigués. Je ne leur en voulais pas : nous étions crasseux et nous avions l'air de sauvages !

Le mur faisait tout le tour de l'enclave et des gardes se tenaient à chacun des points vulnérables. Des Chasseurs, à leur manière. Il devait sûrement y avoir des Géniteurs et des Ouvriers, ici aussi. Ce n'était pas si différent de chez moi, exception faite de la propreté du lieu et des bonnes odeurs qui nous parvenaient…

Veinard entra dans une maison et nous fit signe de le suivre.

— Docteur ! s'écria-t-il. J'ai du boulot pour vous !

— Est-ce que tu t'es encore fait mordre par une de tes maudites bêtes ? plaisanta une voix.

Le docteur nous rejoignit dans l'entrée. Il était petit, gros et chauve. Il n'était pas tout jeune non plus. Je n'aurais jamais imaginé qu'il existait un endroit où les gens mangeaient tellement qu'ils en devenaient gros !

— La pauvre fille s'est fait attaquer par un Mutant, expliqua Veinard. J'espère que tu pourras la sauver…

Bon, je vais retourner à mes affaires avant que les gens se servent tout seuls !

Le Dr Tuttle inspecta la jambe de Tegan.

— Vous avez cautérisé la plaie vous-mêmes ? nous reprocha-t-il.

— Oui, je l'ai fermée en y posant un couteau rougi… Elle perdait beaucoup de sang, et on était en territoire ennemi.

— C'est bien ce que je pensais, s'énerva-t-il. Vous avez compliqué les choses… Allez, sortez d'ici ! Ouste !

— On aimerait rester avec elle une minute, imposai-je fermement.

— Très bien, dit-il. Je vais préparer mes affaires.

Tegan n'était pas consciente, mais je lui embrassai le front et la rassurai malgré cela :

— Tu vas t'en sortir. On va revenir très vite, Tegan.

Del repoussa les cheveux de son visage. Il ne voulait pas la laisser seule avec le docteur, cela se voyait. Moi aussi, j'avais l'impression de l'abandonner.

Je fus surprise lorsque Bandit s'approcha d'elle. Il ne lui dit rien, mais son visage s'était adouci.

— Tu es bien plus forte que je ne le pensais, repris-je. Continue à te battre.

— Tu dois te battre, toi aussi, me dit Del. N'oublie pas que tu es blessée, comme elle.

— Tegan est plus importante que moi, répondis-je avec tristesse.

Le docteur revint vers nous avec un plateau rempli d'outils que je n'avais jamais vus de ma vie.

On ne voulait pas le mettre davantage en colère alors qu'il était sur le point de soigner notre amie, on le laissa donc faire son travail. Je craignis qu'il ne soit aussi mauvais que Scie et ne fasse qu'empirer les choses, mais nous ne pouvions pas faire mieux.

De retour dans la rue, je lus les panneaux accrochés aux immeubles. « VÊTEMENTS », « ÉPICERIE », « BOUCHERIE ». Il y avait même une boutique de chaussures ! Les miennes étaient tellement abîmées que je les avais entourées de tissu pour ne pas marcher pieds nus… J'avais besoin d'une nouvelle paire, mais je n'avais rien à donner en échange. Je ne savais même pas comment fonctionnait cet endroit !

On resta plantés en plein milieu de la rue, sans savoir quoi faire ni où aller.

— Allons voir Veinard, suggérai-je. Il saura peut-être nous aider.

On retourna à son chariot. Veinard le surveillait pendant que des hommes le vidaient, et il nous sourit amicalement. À la lumière du jour, ses traits étaient mieux dessinés. Je remarquai qu'il avait de longs poils au-dessus de la bouche. Je n'avais jamais vu ça auparavant.

— Besoin d'un autre service ? demanda-t-il.

— Oui, répondis-je. Est-ce que vous savez où on pourrait s'installer en attendant notre amie ?

À dire vrai, nous avions besoin d'un endroit permanent. Nous nous adapterions très bien à cette vie-là… Ailleurs, il n'y avait rien de bon. Mais je décidai d'y aller étape par étape. Notre apparence effrayait les habitants. Pour l'instant, lui seul pouvait nous aider.

— Mme Oaks va vous accueillir. Elle a quelques chambres de libres. Un de ses fils a été tué par les Mutants, et l'autre vient de se marier. Dites-lui que c'est moi qui vous envoie.

— Merci Veinard, soupirai-je. Les Monstres, enfin, les Mutants que l'on a croisés rôdent tout près d'ici. Ils sont intelligents. Il faut vous préparer à les affronter.

Contrairement à Soie, il ne prit pas mon conseil à la légère. Il brandit son arme et déclara :

— Ne vous inquiétez pas. On est toujours prêts !

— Est-ce qu'ils vous attaquent souvent ? demandai-je.

— Moins qu'avant, répondit-il. Mais on reste vigilants. On a perdu trop d'hommes.

Cela me rassura. Ils étaient méfiants et sur leurs gardes, contrairement aux Aînés.

Veinard nous salua et retourna au travail, et on récupéra nos affaires à l'arrière du chariot. Nous ne possédions pas grand-chose, mais les derniers restes de Collège se trouvaient dans mon sac... Je les garderais précieusement, désormais.

Bandit passa devant nous, visiblement impatient d'explorer les lieux. Des filles s'arrêtaient pour le regarder, les yeux écarquillés. En échange, il leur lançait des sourires féroces. Del, quant à lui, marchait lentement, tête baissée.

— Ne t'inquiète pas, le rassurai-je. Tegan va guérir, j'en suis sûre.

Il me regarda avec ses yeux noirs : il ne me croyait pas. Nous avions perdu trop de gens sur la route, et Tegan lui rappelait Bannière et Pearl.

Pour me changer les idées, j'étudiai attentivement les rues que nous traversions. Salvation était une petite enclave, très belle et lumineuse. J'aurais aimé que les mômes voient tout ça… Fille26 aurait adoré !

On trouva facilement l'endroit que Veinard nous avait conseillé. L'immeuble était plus grand et plus haut que les autres. Il était recouvert d'une peinture blanche qui brillait au soleil, contrastant joliment avec des poutres de bois noir. Il y avait même des plantes, devant. Elles étaient roses, rouges et jaunes.

Je me recoiffai pour avoir l'air présentable et frappai à la porte. La femme qui l'ouvrit devait être aussi vieille que Veinard. Elle recula en nous voyant, à cause de notre apparence mais aussi de notre puanteur. Ses yeux devinrent énormes lorsqu'elle vit les cicatrices de Bandit.

— Qu'est-ce que vous voulez ? grogna-t-elle.

— Veinard nous envoie, expliquai-je. Il nous a dit que vous nous laisseriez peut-être dormir dans une de vos chambres.

— Et pourquoi donc ? Vous êtes tout crasseux !

— S'il vous plaît… On va se laver dehors. Et on peut travailler, en échange de votre hospitalité. On vient de très loin, et on est très fatigués…

— Ah oui ? s'étonna-t-elle. Vous venez d'où ? Appleton ?

Je ne me souvenais plus du nom de la ville. Pourtant, je l'avais vu à la bibliothèque ! Je me concentrai un peu, fouillai dans ma mémoire embuée... et je le retrouvai : je lui dis le nom, sans vraiment savoir comment le prononcer.

Elle devint toute blanche.

— Vous mentez ! Plus personne ne vit là-bas. Pas depuis les évacuations.

— On ne vous ment pas ! protesta Bandit.

Je lui fis signe de se taire. Elle était assez effrayée comme ça.

— Montre-lui le livre, murmura Del.

Je fouillai dans mon sac et en sortis le livre que j'aimais tant. Elle l'attrapa avec délicatesse et l'ouvrit à la dernière page. Une vieille carte jaune y était collée. L'inscription disait : « Ce livre appartient à la Bibliothèque de New York. »

Lorsque Mme Oaks releva la tête, ses yeux brillaient d'excitation.

— Vous venez vraiment de la ville ! Oh, il faut que j'en parle au conseil municipal... Edmund ! Il y a des gens qui habitent au sud de Gotham !

— Vraiment ? demanda une voix.

Un homme apparut derrière elle et nous scruta de haut en bas. Lui aussi était vieux, cela se voyait sur son visage. J'étais émue par ces gens qui avaient vécu de si nombreuses années sans souffrir de la faim ou de maladies...

— Entrez ! s'écria Mme Oaks. Il faut que tu me racontes ton histoire, ma petite !

Je faillis répondre que je n'étais pas « petite ». Que j'étais une Chasseuse. La dernière des Chasseuses. Mais un coup d'œil à son visage aimable et innocent m'en empêcha. La vérité la choquerait plus que tout.

Elle nous accueillit les bras ouverts, et ferma la porte derrière nous.

NOTES DE L'AUTEUR

Il est difficile d'imaginer à quoi ressemblerait la fin du monde. D'après mes recherches, si l'apocalypse (épidémie, famine ou invasion de zombies) avait lieu, notre société ne tiendrait le coup qu'une centaine d'années.

J'ai lu de nombreux articles, dont celui-ci : http://news.bbc.co.uk/2/hi/science/nature/8206280.stm. Et des études détaillées sont disponibles ici : www.mathstat.uottawa.ca/~rsmith/Zombies.pdf.

Dans *Enclave*, ce sont les armes biologiques et bactériologiques qui sont responsables de la détérioration de la vie moderne et de ce futur nébuleux. Pour imaginer à quoi ressembleraient les villes après une telle catastrophe, je me suis inspirée de ce qu'est devenue La Nouvelle-Orléans après le passage de l'ouragan Katrina : les pauvres étaient restés dans les ruines abandonnées, sans espoir et sans aucune ressource, et se mirent à se battre les uns contre les autres. C'est pourquoi les gangs sont violents, vicieux et patriarcaux. J'ai essayé d'imaginer à quoi ressembleraient nos vies dans ces conditions-là, à la surface mais aussi sous terre. Pour m'inspirer, j'ai regardé *Life After People* (« La vie après les humains »), un documentaire instructif et divertissant proposé par History Channel.

J'ai aussi étudié quels produits resteraient utilisables dans le temps, ceux que les survivants pourraient trouver dans les décombres d'un monde perdu. Le plastique a une espérance de vie très, très longue. Dans un article que j'ai lu, il était dit que certains types de plastiques ne se détérioreraient jamais, même dans une décharge. Les seaux, les bouteilles d'eau et les lunettes de soleil avaient donc leur place dans mon livre. J'en ai aussi déduit que les véhicules motorisés ne seraient plus utilisés. C'est pourquoi le vélo et les charrettes seraient les seuls moyens de transport visibles dans *Enclave*.

De plus, je suis tombée sur des informations fascinantes concernant la longévité de la nourriture en conserve. Une anecdote raconte qu'une boîte de veau, que William Parry avait emportée durant une expédition en Arctique en 1820, a été ouverte en 1938 et servie à un chat. Le contenu datait d'il y a plus de cent ans, mais l'animal dégusta son repas et n'eut aucun problème de digestion. Un autre cas intéressant : le bateau à vapeur *Bertrand* qui avait coulé dans la rivière Missouri, en 1865, parce que ses provisions étaient trop lourdes. En 1968, le contenu a été retrouvé au nord d'Omaha, dans le Nebraska. Parmi les provisions, on trouva des pêches conservées dans de l'alcool, des huîtres, des tomates olivettes, du miel et des mélanges de légumes. Des chimistes ont alors analysé les restes pour étudier leur qualité nutritionnelle et évaluer les dommages du temps. La nourriture n'était plus fraîche, certes, mais elle était mangeable et sans danger pour l'homme. Vous pouvez trouver plus d'informations ici : www.internet-grocer.net/how-long.htm.

Enfin, j'ai toujours été fascinée par ces gens qui se coupent de la société moderne et créent leur propre contre-culture en habitant sous New York. Je me suis inspirée d'eux pour tisser la communauté souterraine d'où vient l'héroïne. Vous pouvez en lire davantage dans le formidable livre *The Mole People : Life in the Tunnels Beneath New York City* (« Les hommes taupes : la vie dans les tunnels en dessous de New York ») écrit par Jennifer Toth.

J'espère que vous avez passé un bon moment au milieu de l'apocalypse.

REMERCIEMENTS

Ce livre n'aurait jamais existé sans mon agent, Laura Bradford, et mon amie, Shannon Delany. Je les remercie toutes les deux du fond du cœur. Au tout début, Sharon Shinn m'a donné le courage de continuer grâce à ses remarques à la lecture des premières pages, et aussi à sa gentillesse. Je lui serai reconnaissante toute ma vie. Merci à Liz Szabla, avec qui c'est un réel plaisir de travailler et qui a enrichi *Enclave* grâce à sa perspicacité. Elle était l'éditrice parfaite pour ce projet, et je remercie ma bonne étoile de l'avoir fait miser sur moi. Je me dois aussi de remercier l'extraordinaire équipe de Feiwel and Friends pour leur superbe travail, en particulier ma correctrice, Anne Heausler. Je suis tellement reconnaissante d'avoir un groupe si fantastique derrière moi. Enfin, merci à tous mes lecteurs. Sans vous, je ne serais rien.

PAPIER À BASE DE FIBRES CERTIFIÉES

Le Livre de Poche s'engage pour l'environnement en réduisant l'empreinte carbone de ses livres. Celle de cet exemplaire est de :
235 g éq. CO_2
Rendez-vous sur www.livredepoche-durable.fr

« Pour l'éditeur, le principe est d'utiliser des papiers composés de fibres naturelles, renouvelables, recyclables et fabriquées à partir de bois issus de forêts qui adoptent un système d'aménagement durable. En outre, l'éditeur attend de ses fournisseurs de papier qu'ils s'inscrivent dans une démarche de certification environnementale reconnue. »

Édité par la Librairie Générale Française - LPJ
(43 quai de Grenelle, 75905 Paris Cedex 15)

Composition Nord Compo
Achevé d'imprimer en Espagne par BLACK PRINT CPI IBERICA
Dépôt légal 1re publication janvier 2015
12.6670.4/02 - ISBN : 978-2-01-203181-4
Loi n° 49-956 du 16 juillet 1949 sur les publications destinées à la jeunesse
Dépôt légal : avril 2015